2015年浙江省三农重点出版项目
2015年浙江省重点主题出版项目

小村之恋

应红鹃　著

宁波出版社

图书在版编目（CIP）数据

小村之恋 / 应红鹃著．—宁波：宁波出版社，
2015.8

ISBN 978-7-5526-2226-3

Ⅰ．①小… Ⅱ．①应… Ⅲ．①散文集—中国—当代
Ⅳ．① I267

中国版本图书馆 CIP 数据核字（2015）第 200571 号

书　　名　小村之恋
作　　者　应红鹃
出版发行　宁波出版社（宁波市甬江大道 1 号宁波书城 8 号楼 6 楼　315040）
网　　址　http://www.nbcbs.com
责任编辑　卓挺亚
装帧设计　金字斋
印　　刷　浙江新华数码印务有限公司
开　　本　710 毫米 ×1000 毫米　1 / 16
印　　张　18.25
字　　数　250 千
版　　次　2015 年 8 月第 1 版
印　　次　2015 年 8 月第 1 次印刷
书　　号　ISBN 978-7-5526-2226-3
定　　价　58.00 元

自序

岁月和力量全部奉献给了劳动

这本《小村之恋》不是一朝一夕写成的，是我在十多年的记者生涯中长期与第一线的劳动者们接触，有感而发写下的。

“世界这么大，我想去看看。”前阵子，一位女老师的辞职信引起了社会的广泛关注。一时间，大家都恨不得追随着这位辞职者的脚步，全体辞了职潇洒地去看世界。我在想，如果开飞机的开轮船的全都这么想，那么，人们将如何出行呢？或者，如果我这本《小村之恋》里种田种橘子养海塘的人都说不干活了，要出去看世界，那么大家都吃什么呢？喝着西北风，行到水穷处，坐看云起时吗？

我无意评价或指责别人的生活方式，我写这本书的目的只是想让更多的人知道，滚滚红尘中有一些人坚守着自己的一方土地，他们默默地劳作，日复一日年复一年。他们从不随心所欲，也不听天由命，他们尽人事，听天命，不遗余力地使用自己，然后乐天知命。

他们就像托尔斯泰说的那样：“上帝赐予岁月，上帝赐予力量。岁月与力量全部奉献给了劳动，劳动本身就是奖赏。”在我们象山这块土地上，有无数把岁月和力量奉献给劳动的“他们”。

用世俗的眼光来看，他们不是高大上的人物，但在我的心里，他们绝对是真善美的。一本书容纳不了所有想记述的人物和想表达的心情，所以只能有选择地写其中一部分“他们”。谨表我的敬意！

应红鹃

2015年7月18日

目 录

人/物/篇

农/家/乐

尾/篇

人 / 物 / 篇

家富不在钱多

今年，也就是2015年，正月初七上班第一天，我和乔娜以工作的名义去赏花。花开满树，见之忘俗。感谢自然的造化，感谢园丁的辛勤！

我们的工作多么美好，发现美，歌颂美，传播美，我相信，我们创作时陶醉其中，读者阅读时想必也能愉悦欢喜。所以每一次都强烈自恋，以爱花之心爱己，以爱己之心爱世界。尽管人世有荣与辱、穷与达、得与失，有许多的不尽如人意，可我们还是要为花开为幸福活着。新的一年里，让我们以不可救药的乐观主义精神做一个赏花人。

这不是在拍电影，这是现实生活，这一家人是这片梅花的芳邻，家距梅花林不过50米，日日推窗见梅。钱利华老师一家可谓是音乐之家，他精通萨克斯、洞箫等乐器，妻子和女儿都是古筝高手。梅花树下他们一家和谐共鸣，神采飘逸。

寻香花满衣，更有那仙乐飘飘，不知今夕何夕了。“能在这满树梅花下弄琴吹箫，真是不枉此生了。”钱老师说。

跟随着这一家人欢快的脚步来到他们的家，这是一幢二层的白色小楼

房，明快简洁。钱老师本是住在丹城一小区的，但是他们向往田园生活。于是便采用了这个方式，在这块离丹城不过十分钟车程的地方——大徐的上岙村租了这幢房子，租二十年好像也不过是城里买一个客厅的钱。尽管不拥有房产证，但是有居住权啊，享有比拥有更高一个档次啊。有时候我们换个角度，也许会找到更适合自己的生活方式。英国有位诗人说：上帝创造了乡村，人类创造了城市。孰高孰低，见智见仁。

一只名叫小米的狗欢快地来迎接我们，小米脖子上吊着根绿绳子，长达20米。钱老师说本来是不吊的，但是小米慢慢长大后，长成了一个热情奔放的“青年”，老是喜欢和邻居家的鸡呀鸭的去玩耍，但是那些不懂风情的鸡鸭以为它要咬它们，于是闹得鸡犬不宁的，所以先用根绳子束缚一下它的热情，等懂得矜持了再还它自由。小米是钱老师女儿忆清的心头爱，她会忘了自己吃饭但绝对不会让小米饿肚子。

客厅里钱老师亲笔书写的字画洋溢着才情，一幅格调高远的山水画挂在墙上，看一眼就让人悠然神远！其实窗外就是真实版的山水画，四周的山宛若屏风，浓厚的田园气息恬静悠远。他给我们泡茶，说这水是5里外的山泉水，据说是象山水质最好的。是不是水质最好，这有待考证，但我觉得他对生活品质的追求和他生活的质量是我见过最好的。

妻子吴慧娟话不多，眼底眉梢都挂着笑意。当然，住在这青山绿水间，琴瑟和谐，日日深杯酒满，朝朝小圃花开，心情怎能不好呢？更有那佳木葱茏，繁花似锦，小溪潺潺流淌在家门口，这样的生活神仙也要羡慕。

他们这个家没有豪华的陈设，没有铺天盖地的装潢，要说藏书千册也没有，要说古董名画也没有。有的只是女主人的微笑，那样甜蜜又那样自然，有的只是男主人对生活的品味和对自然的热爱，有的只是小女儿的甜蜜活泼娇憨。想起卢梭的一句话：真正精神上的满足最可靠的标志是隐居的家庭生活。

家富不在钱多，看一个人的财富，不是看他钱柜里有多少钱，而是看他对他的钱如何使用。有时候，赚钱是一种本领，花钱则是一门艺术，而生活本身更是一门艺术。真诚地祝愿各位能及早地掌握这门艺术。

嫁给蓝莓

大徐上岙的蓝莓又成熟了，美珍说去年我们才来过呀，又是一年了！这

时间真是快得可怕。在飞逝的时间里，史建国和他的妻子倒是从容不迫的模样，在我们眼里，他们就像是长在这块蓝莓地上一样，一年前是这样，一年后依然还是在老地方相依相随。这样的情景再现，让人一时间有了时光在此停驻的恍惚感。

与往年不同的是，蓝莓地今年穿上了“防晒衣”，天气实在太热了，人受不了，蓝莓也一样受不了。于是史建国花了 7 万元买了遮阳布为他的 50 亩蓝莓做防晒衣。骄阳下，史建国和他的两个帮工一起为蓝莓披防晒衣，全然

史建国在蓝莓庄园边亲手搭了间小木屋，属清新派建筑。我故意透过小木屋的格子窗看窗外的蓝莓基地，寻找童话般的感觉。但其实不用寻找，那种超凡脱俗温暖明亮的感觉马上就全面降临。颗颗蓝莓睁着蓝色的小眼睛，像淘气善良的蓝精灵，穿梭在蓝莓园里可爱熟悉的身影更是增添了童话色彩。

不顾自己身上汗流如雨。

披好防晒衣，拎来山泉水，于是有了小竹亭里的片刻小憩。在这里，风是自然的，水是自然的，没有一样经过工业加工，人也在自然里成了自然人。“人爱名与利，我爱水与山。”说的就是这样的地方了。喝着凉凉的山泉水环顾四周，都是绿野，鸟儿在身边一叫嚷，心里便滋生出“人乐纷而竞，我乐静而闲”的情怀。

史建国的声音暂时打断了我的悠然思绪，他介绍说：“这防晒布不仅防晒，还能防风防雨防鸟，有了它们的悉心呵护，蓝莓的表皮也会更加娇嫩，口感更好。”史建国的蓝莓比超市卖的价格要贵好多，但依然有一批固定的只吃他们家蓝莓的“蓝粉”：一是新鲜，二是口感好。他的蓝莓有南高丛、北高丛、兔眼三大系列。

史建国说蓝莓的品质60%靠品种和培育，还有40%靠采摘的水准。他拿了个盒子让我们去摘，摘回来的蓝莓和他摘的一比，果然是大相径庭。看看大同小异，但要判断哪一颗真正熟到可以摘了是有学问的，而且他的蓝莓

都是直接摘到小盒子里，不第二次装盒。一般都是老客户来电话了，他再去采摘，保证绝对的新鲜度。每年他的蓝莓从5月25日开摘，一直可采摘到9月5日左右。

史建国妻子说蓝莓有美白功效，这一点我们绝对相信，因为她天天在这蓝莓地里劳作，皮肤却依然白皙，护肤佳品除了蓝莓应该不会有其他秘方。她真是个性情豁达快活的人，一连三年，每次看到她总是在忙进忙出，面带笑容，步履轻快。从来没有听到过她的一句抱怨，我在想她应该有许多抱怨的理由啊，诸如天气太热、台风来袭、农活太累、收效太慢之类的。可真是从来没有，去年的收成一半被台风卷去了，她却说，“今年的台风影响不大，再说我们罩了防风布”。我静静地看着她，想起那句话：用美丽的心态看世间，不但发现一切会变美丽，连自己的外在也会越来越令人欢欣。她的脸上始终笑意盈盈，仿佛那山间吹来的风，清爽宜人。她还热情地带我们到蓝莓地旁的一小块土地上，那里的黄瓜熟了，是她的作品。她摘了好大一把让我们尝一尝。面对她的热情，我们除了负责赞美想不出其他招了。

都说嫁给一个男人就是嫁给一种生活方式，她嫁给了史建国，便嫁给了蓝莓。每天早上5点，她便和丈夫一同来到了蓝莓地，一待便是一整天。就这样，一整天一整天地连成了五年（早两年我们没来），从来都是夫唱妇随，起早贪黑。这样的生活画面难道不比“在天愿做比翼鸟，在地愿为连理枝”更为情深意长吗？

看着形影相随的他俩，我想起了一对和他们格局不同但同样恩爱的夫妻：钱钟书和杨绛。一代大家钱钟书这样评价妻子在自己心中的地位：“杨季康（杨绛本名），绝无仅有地结合了各不相容的三者：妻子、情人、朋友。”这赞美，算是极致了。对此，杨绛认为：“三者应该是统一的。夫妻该是终身的朋友，夫妻间最重要的是朋友关系，即使不是知心朋友，至少也该是能做伴侣的朋友或互相尊重的伴侣。情人而非朋友的关系是不能持久的。夫妻而不够朋友，只好分手。”

家在杨绛心中是人生的核心。自从嫁给钱钟书后，杨绛一直甘愿做“灶下婢”，不辞辛劳地操持家务，以至于心疼女儿的父亲不免有些不平地说：“钱家倒很奢侈，我花这么多心血培养的女儿就给你们钱家当不要工钱的老妈子！”钱钟书的婶婶夸杨绛：“季康啊，你是‘上得厅堂，下得厨房，入水能游，出水能跳’。宣哥（钱钟书）是痴人有痴福。”

杨绛曾向钱钟书转述一位英国传记作家对自己美满婚姻的描述：“我见到她之前，从未想到要结婚；我娶了她几十年，从未后悔娶她；也未想过要娶别的女人。”钱钟书当即道，我和他一样。杨绛说，我也一样。

衷心希望天底下的夫妻都能修到这样的福分，不管是一起做学问，还是一起种蓝莓！

◎ 严兴国：是香烟迷蒙了眼睛

冬日的清晨，寒风凛冽，一艘小船从山海缥缈间向我们缓缓驶来。那感觉一下子让我觉得自己穿越了，仿佛我们是等在岸上的地下党，后面追兵万千，我们心急如焚等着自己人来营救。

自己人离我们越来越近了，我们看清那张亲切的脸了：轮廓分明，炯炯有神的目光有着地下党般的坚毅。一看就是位作风朴实的同志，是可信任的同志。于是我们放心地上船了。十年修来同船渡，看着茫茫大海，吹着冷冷海风，我们拉拢了衣襟。海天一色间漫天联想，想着有人同渡，如果要形容那份感恩的心，那就是那一刻掉进海里觉得也是心甘情愿的。

当然，更知道，这位自己人在这海上风雨往来二十五载，绝不可能让我们掉进海里。

同船渡的时间太短，短到我还没感动够就已经到了目的地——自己人严兴国的网箱养殖基地。老严一到自己的地盘就“翻脸不认人”，把我们扔在一边，忙自己的活去了，他一头栽进五六个热火朝天地干活的人中，和一大堆的马鲛鱼较起劲来，把马鲛鱼一箱箱地装好，过秤。说是去喂鱼。

“鱼怎么也吃鱼啊?”我掏出个采访本，觉得自己问得相当有水准。

“肉不也吃肉吗?”刚刚同船渡的黄避岙乡宣传干事林伟烈不假思索地替老严回答了。是啊，肉身打造的我们不也老大快朵颐吗?看着戴着黑框眼镜的伟烈，刹那间觉得这小伙真是有内涵。伟烈也是个年轻的老同志了，来黄避岙乡工作近五年。伟烈说他第一年来到黄避岙

乡，农民朋友们都叫他林同志，第二年叫他伟烈，第三年就叫他阿烈了。有一次他路过乡卫生院，一位村民拉着他的手详细地介绍了他的腿昨晚摔伤及现在治疗的经过。“不是为了要求补偿，就是想找个人倾诉。人在脆弱时总想找个人倾诉的。”伟烈说。“他们都不把你当外人了。”“是的，特别是我联系的村，不要说家里有几个人，就是房前屋后有几棵树我都知道得一清二楚啊！”关系的建立都是靠真诚和用心的。

说句题外话，我可爱的朋友赵菊香曾在墙头镇工作了五年，有一次去村里做坟墓拆迁工作，这种类似“太岁头上动土”的工作，其难度是可想而知的。有一位村民誓当钉子户，死活不拆，给出的理由是有个领导家的也没拆迁。可怜的小赵去他家不下二十趟。一个阴雨的星期六，她带着女儿又去了，一进门就被来了个下马威：“你不用来的，就算讲破了嘴皮子我也是不会拆迁的。”时间在冷风冷战中分分秒秒过去，一个小时两个小时，小赵又饿又冷，说：“我肚子也饿了，你们家这烤土豆我先吃了。”于是她拿起桌上又冷又硬的土豆填进肚子里，吃得太急太猛差点被噎着，随即又捧起一只锈迹斑斑的茶杯咕咚咕咚喝了好几口水。

奇迹发生了，那位钉子户低着头对她说：“你走吧，我明天就去拆。”小赵大惑不解啊！他这样解惑：“我们家条件不好，平时上门的人少，更别说来吃饭的。你不嫌弃我们家贫，能吃我这隔夜的洋芋艿（土豆小名），还喝我们家的茶。”就这样，几只冷土豆一杯冷茶把钉子给拔了。

言归正传，伟烈对我说，关于严书记（老严曾任高泥村党支部书记长达18年）网箱养殖的资料网上一搜索多的是。言下之意就是有些太常识性太幼稚的问题就别多问了。接着他简明扼要地向我说明，老严是象山最早尝试网箱养殖的，可以说是我们象山网箱养殖开山鼻祖级的人物。27年了，在他的带动下，他所在的高泥村有60%的村民从事网箱养殖，基本上个个赚到了钱。到底多有钱？这么说吧，村民们随便掏出个十几万、几十万，那是没问题的。

我别的优点不突出，但是不啰嗦倒是真的。听了伟烈的提醒，我对阳光

下干活干上瘾的老严说："停一下，停一下，我们一起晒十分钟的太阳。"

老严肯定知道唯女子与小人难养这个真理，知道不停下来我也会催到他停下为止，于是他第一时间从马鲛鱼身边撤退，来到我身边。于是我们俩一人一条小板凳，坐在粉蓝色的小屋子前。总是离题的我用五分钟时间表扬这房子的颜色真美，真粉嫩，真童话。第一个问题居然愚蠢地问这房子的颜色是谁的创意，老严专注地抽手中的烟没来理我。

我搞不清楚他是没听见还是故意的，于是我把目光从房子的身上转移到老严身上，再一次仔细打量了一番老严。这老严尽管抽烟抽得一口黄牙，衣服上都是或深或浅的泥巴，但是整个人没有一丝浊气，他坐在我身边，我感觉他和阳光一样明朗，月光一样清爽。

然后我吸取教训，不再问房子颜色的问题，开始问他网箱养殖的动机。动机很简单，赚钞票呗。然后问他，这个活怎么学会的？道理很简单，动脑筋啊！再问，25年来，其间遇到多少艰难险阻？老严的回答是：印象深刻的有两次台风，1988年和1997年，1988年那次尽管比较厉害，但是和1997年比还是差远了。1997年那次台风鱼儿被吹得不知上哪里去了，损失达40多万。还有许多次鱼儿生病，最严重的一次是2009年，两万多条可销售的鲈鱼集体生病，一命呜呼，一起去世的还有两万条黄鱼。它们的不幸身亡让老严的老婆哭成了泪人，有几个女人能在100万元的损失面前不落泪啊！

"那你有没有哭啊？"

"哭什么，这种情况又不是第一次遇到。"停顿了一下，老严语调沉重地补了句，"当然损失那么多还是第一次遇到。"老严点了根烟，根本没问我可不可以抽烟这种他想也不曾想过的问题。烟雾中我担心老严的眼里会闪出泪花，那样他可以说：不会哭泣不会哭泣，只是不小心，让香烟迷蒙了眼睛。我承认是我中了蔡琴那首《是香烟迷蒙了眼睛》的毒，但我相信，那段日子老严一定让香烟迷蒙过眼睛，不是泪，是烟。

"那你怎么安慰老婆啊？"烟雾中我故意为难老严。

"钱去了会赚回来的嘛，有什么好哭的啊！"

"你们家钱是谁保管的啊？"

"我。"老严脱口而出，说完这句话老严似乎觉得有些不好意思，然后颇为难为情地笑了笑，补充了一句，"反正她要用钱我会给她的。"

"老婆有没有和你一起来养鱼啊？"

"有五六年没来养了，在家带孙子。"老严有两个儿子，都结婚生子了，大孙子9岁，小孙子3岁。带孙子这个活肯定是比养鱼重要得多了。

中午时分，老严摇着小船载着我们回家了，家就在岸边。他的家超出我的想象，"简直是白宫啊！"我觉得爱夸张的我这次没有夸张。

"1995年的时候造的。"老严介绍。可想而知，我又大大地感慨了一番。说了一些20年不落伍之类的俗话，不过，倒的确是真心话。房子高大上，院子里的花草也葱茏茂盛。美珍权威地宣布：可以评为最美庭院，而且是市级。

走到屋里，嗬！有美丽的旋转楼梯，楼梯旁，老严的老婆在喂孙子吃饭，自己一口也没吃。小孙子他爸爸自顾自地坐在一边吃得很欢。

老严说，餐桌上的蔬菜基本上是自己种的，鸡蛋也是自家的鸡生的，他有一个菜园，另外养了三只鸡两只鸭。老严说儿子们（两个儿子，够称得上“们”了）每个礼拜天回到家里，带点蔬菜，再带点鸡蛋鸭蛋和鱼回城里。我说你这样搞下去菜场都要倒闭了。说这话时，我们谈话的阵地换到了菜地，就在老严家的隔壁。这一片领土也是老严耕耘的。他站在菜地中，一如站在网箱上，那么轻松自若。有三三两两的村民过来，个个都和他打招呼，亲热里透着尊重。“爱人者人恒爱之。”我想起伟烈的话——“村里60%的人跟着老严养殖都赚到了钱”。

我记得在网箱上他对我说：“我这个活比你们的工作要轻松多了，自由，赚你们那些工资我真是不用花多少力气。”这么多年采访下来，很少有人说从事农业渔业的工作比我们上班族要轻松的，也很少有人那么直截了当地说赚你们那点工资钱我真是不用怎么费劲。不得不夸一句：老严有举重若轻的大将风范，更有实诚的农民本色。

此处加一段,有点离题:

话说有位叫何贵的仁兄,在帮助老严打理网箱事业。他日夜居住在这片海面上。容我在这里离题一下,因为觉得何兄太有故事性了。他说从事网箱养殖有16年了,但都是帮别人养,拿工资的,来老严这里还是今年的事。

我问他家里人呢,他说:“老婆跟人家走了,有十多年了。”

我又问:“那你怎么不另娶一个?”回答是年纪大了,娶什么。

我说:“十多年前你不大啊!”因为我刚才了解到他比老严小一岁,今年58岁。十多年前才四十几的人啊!

他答非所问,说:“女儿很乖,在杭州读了四年大学,现在在上海工作。今年结婚了,结婚时她妈妈也来过了,而且还带来两万块钱。女儿每个礼拜都会给我打一个电话。”

当我们坐着老严的小船远离这片海时,何贵在海面上的身影显得那么孤单。他和陆地的联系就是女儿一个礼拜的一个电话。

老严说:“以前何贵的老婆也和他一起在网箱上生活过,但是她老婆待不住。”我想起何贵说他老婆是一日要搓三场麻将的,这样的个性怎么可能在茫茫海天间生活。

“他一个人在这里可真孤单啊!”

“何贵说了,他老婆说过几年会回来和他一起过日子的。”老何摇着桨,不紧不慢地说了这么一句。

“什么?”这真是比一个巨浪更让船上的另外三个人惊讶!

“她要回来,他就让她回来啊!”老严一点都不照顾我们的情绪,依然不紧不慢地表述。听闻此言,用一句我常用的话:“我真是差点昏过去了。”

“他还要她回来吗?”这个问题我们不得不问。

“怎么不要她回来啊?!靠靠老也好的呀!”老严毫不怜悯地看着差点昏过去的我们,说了一句最浪漫的话。

“那真是来去自如啊!人生最高境界啊!”很少用感叹词的美珍连用两个“啊”,表达了她高山仰止的心情。

◎ 赖伟平:种了 960 亩田的男人

赖伟平说他种了 960 亩的田，当时的我只顾着惊叹了，采访回来才惊觉 960 这个数字好熟悉哦！960 万平方公里的土地上能种 960 亩田的种粮大户估计也是寥若晨星。他种足这个数字我想应该不会是巧合。

今年 56 岁的赖伟平是从 1994 年开始种田的，一开种便是大手笔，种了 137 亩。以后逐年增多，去年他向国家上交粮食 600 多吨，今年有增无减。这会儿正是晚稻成熟的季节，和他一起站在田头，闻着稻穗的清香，我仿佛接受了一场教育。

“如果办厂的话，20 多年的厂办下来，老板做得很大了，种田种了 20 多年，赚的钱哪能和办厂赚的比。”赖伟平的老婆不无遗憾地说。我想我们每个人对他的尊重不是用金钱可以衡量的。至少我看着面前瘦高的赖伟平，觉得这男人寒松一般坚韧，山峰一样清峻。

同去的西周镇农办祝忠伟说赖伟平就是文化程度不太高，其他没缺点了。我想说他本身就是一本书了，一本值得大家好好品读的书，一个人能把田种到 960 亩，一个人一年能为国家上交 600 多吨的粮食，世上有几本书能像他这样丰富厚重！这本书没有冗长的说教，只有简单的务实，没有繁复的

理论，只有不变的真理——多种田多交粮，不让田地荒芜，不让人生留白。

算起来，赖伟平开始种田的时候已有37岁了。我问他：37岁之前做了些什么？回答十分简单扼要：21岁到23岁在生产队当队长，后来开三轮小卡车，再后来去上海打工，工钱老是没着落，于是去赌博摊边转悠了，赌到袋里没一分钱，过年时问人家借一百元，结果因为赌名在外，没人肯借给他。于是他痛定思痛，想起当时上海大米卖1.6元一斤，而家乡有许多田地空着没人种，当即决定回家种田。

我问他现在还会打打牌吗。他说不打了，一是没时间，二是既然金盆洗手了就再不去蹚这趟浑水了。正是有了这样的自制力，他才变成了一个有力量的人，有力量种960亩的田。尽管有时累到直不起腰，但他的心里仍感谢现在的生活，这用汗水浇灌的田园带给他内心的满足和宁静，带给他生活的富足和洁净!

为了方便播种,经过批准,他在稻田中间造了一幢小楼,墙上挂了两块金色的小牌:“象山西周伟平农场”和“象山县绿洲农机专业合作社”。可以想象在一些农闲的日子里,有志同道合的农民朋友们前来探讨农经,闲话家常!

问他农忙时一天是怎样安排的,赖伟平说:这个说不准,有时候黄昏时睡一觉,然后夜里12点起床开始耕田、施肥、插秧——然后一抬头发现星光早已消失,晨光下他又开始干一整天,这样的日子是一种常态。夜晚12点,我想有时候是一轮满月,有时候是满天星光,那个时候,人们都已沉入梦乡,天空只为赖伟平一个人张灯结彩。

我真想有一支巧笔,写出赖伟平农业上的成就,写出他的辉煌他的勤劳他的种种辛苦和不易。但我知道我没有这支巧笔,那么就学习成熟后沉甸甸的谷子吧,谦虚地低着头,向它们的播种者表示我最高的敬意!

那天是去采访西周种粮大户赖伟平的,阳光正好,晚稻金黄,赖伟平和他的伙伴们正忙着收割,一个个充满生命力的身体奔走在这片田野上,让田野充满了生机。

我们一行对着这片田野和劳动者们拍个不停,有个人过来对我说:“你们是记者,能不能反映个事啊?”来人一副结实的身板,一件卡其色的外罩估计已穿了十年以上,纽扣掉了好几个,他索性就让衣服敞开着。

我问他什么事,他说他种了70亩的晚稻,由于今年台风“凤凰”的影响,有20亩倒压了,保险公司说要来看看,可到现在还没来。还没等我回答,他又接着说:“当然,保险公司也忙,总要等大户们的事处理好了,再管我们这些小户的。”

我说你种了70亩也很多了。听了这话他有些小自豪:“是啊,我还种了5亩西瓜,种了13年了,西周像我这样种那么长时间的人不多,每次县里开西瓜啊这些会,镇里都让我去开呢!”说话间,他把保险公司的主题忘了,开始津津乐道他在农业上的作为。我也饶有兴趣地听他往下讲,于是知道了他名叫肖国平，今年51岁，有个儿子22岁了，在爵溪电厂工作。问他老婆呢？他说儿子4岁那年老婆便过世了，他一个人又当爹又当妈把儿子拉扯大。好在他的父母至今还健在，帮他一起料理家务。

真的可以说刹那间我觉得我身边这位其貌不扬、胡子拉碴的男人变得高大上了。他笑了笑，牙齿黄黄的，但一点不影响我对他的好印象，我只觉得他有坚强而淳朴的性格，有着清教徒般的坚忍。

我问他当时那么年轻怎么不想着再娶一个，他说了句很有见地的话："女人都喜欢那些烟抽得好、衣服穿得好的男人，至于那些男人是不是懒汉她们不管的。"

看着面前这片金色的稻田，我在想这份收获背后有多少泥土一般平凡的人在默默地付出啊！他们在这片土地上生活，和土地做朋友，一年四季把力量全都赋予了劳作。

再次来到赖伟平这里，是被漫无边际的油菜花吸引的。这油菜花田有180亩，赖伟平自2013年开始种油菜，今年是第三年。他说一到周末，来这里看花的人真是挤得连路都走不过。看花的人一般都不会想到花背后的那个人，此刻我和花背后的这个男人站在这块花田上，天空是一片纯净温暖的蔚蓝，似乎也在赞叹这片金灿灿的花海。

我故意问他："你种花不是为了看看的吧？""那当然啦！怎么会为了看花去种花呢？"然后他和我谈了谈一亩油菜的收成，谈了他种了早稻120亩，晚稻120亩，单季稻700亩，小麦160亩，油菜花180亩。一亩地里是可以错季种的，我听得都糊涂了，只知道一个概念，一年四季他没让这块土地空着，也没让自己闲着。

他种花的初衷是为了收成，却给了赏花人另一种价值。因为对种花人有了了解，所以我看到每一朵在春天里摇曳的花，都觉得这些花是孩子，是用汗水呵护出来的，需要我们用深情去观赏。

◎ 钟亚春:种了 800 亩田的女人

首先介绍一下人物,钟亚春,种粮大户,家住贤庠镇俞公岙村,种了 800 亩田。

这是我第二次去钟亚春家,是慕名去看她的飞机的。贤庠镇宣传委员包艺峰说钟亚春买了架小飞机,这消息太让人振奋了!记得上午 10 点得知这个消息,我和乔娜把午睡时间都牺牲了,吃完午饭第一时间来到镇政府,和镇里两个小伙子直奔钟亚春家。

我们到她家的时候,亚春姐还没在家。她家里一位大姐(后来知道是亚春老公的姐姐,也就是她的大姑子)说她陪客人在饭店吃饭。我们这次的热情不在她身上,于是兴冲冲地问:“飞机呢?”

“飞机在楼上!”大姑回答。我们面面相觑了一番,“你们楼上平台有那么大吗?能停直升机?”

“没停在平台上。”大姑一边称着米一边包着米,头也不抬地给了我们一个不可思议的回答,语气相当淡定。

“没停在平台上,那停在哪里?”我们集体发问,语气之激动和大姑的淡定成反比。

“停在房间里。”

天哪，停在房间里，难不成是玩具飞机？包委员应该不会把玩笑开那么大吧！在大姑的允许下，我们四人怀着同样的心思上了楼。上楼期间亚春姐回来了，她敦实的身子走上楼来，踩得楼梯咚咚作响。她慷慨地让呆若木鸡的我们把飞机抬下来好好看。两个小伙子一前一后就抬下了一台飞机，于是就有了我和亚春姐在阳光下研究飞机的这一幕。乔娜及时地拍下了我那发自内心的笑容。我对着小飞机说：是我想多了，把你想大了。

人不可貌相，飞机也一样。亚春姐说这台飞机全宁波市只有三架，县里只有她一架，别看小，价值16万呢！这台飞机是用来喷洒农药的，15分钟能喷10亩田，今年已为她喷了600亩田的农药。其中好多田是其他农户的，这小飞机可是立下了汗马功劳，可谓功德无量。我感觉，眼前的飞机还是那么小，可是不再那么好笑了，而是小得很可爱。

满足了对小飞机的好奇心，我又被一张毛主席的画报吸引了，画报中毛主席戴着顶草帽，笑容灿烂极了，一副刚从田头收割回来，因为收成很好内心很满足的模样。钟亚春说这张画报（其实是一张挂历）是她在一个朋友家看见的，她一见钟情，于是硬要朋友忍痛割爱给了她。拿来后她挂在办公室里，当成了一种信仰。每天看一眼，再疲惫的时候也觉得有了力量。另一面墙上，是她和老公、儿子在田头劳动的照片以及各级领导前来他们农机站指导的照片。

我们本想在阳光下和亚春长谈一番，可是她报告了一个不好的消息，说是老公今天早上突然昏倒人事不省，送到丹城的医院去抢救了，这会儿还在医院，她要去看他，刚好可以坐我们的车去城里。

一路上，她说早上她刚陪老公去了医院回来，病也不严重，估计就是太累了。中午刚好有客人，也是农业方面的专家来村里，于是安排好医院里的事，她便赶回来了。下午除了去医院，还要去一下农机站，从俞公岙到丹城的路很长，车程将近四十分钟。这四十分钟里钟亚春对我讲的话，我将感动一生。

她先是从丈夫的病说起，那真的是因为太累了。累到什么程度？亚春说了件事：从田头回来，端着饭碗吃晚饭，吃着吃着饭碗掉地上都不知道，人睡着了，实在太困了。那是刚结婚那会儿，从此以后，钟亚春下定决心，要为丈夫分担农活，不管是开拖拉机还是下田插秧，十八般武艺她都要亲自掌握。

从此，她便跟在丈夫身后，他干什么她学什么，大有长江后浪超前浪的气势。当她一身泥巴从田里赶回家时，好多乡亲已经摇着扇子在纳凉了。钟亚春的心里也有过委屈，也抱怨自己那过于劳累的命运。但是再苦再累她都坚持下来了，因为没有岁月可回头，这些年，当她的田越种越多，随之而来的荣誉也越来越多时，她的心坦然了，成就带来的快乐是清闲无法相比的。

她说从事农业实在太辛苦了，所以她迫切希望儿子能跳出农门。大儿子读书成绩好，“他考上大学时，我借了三分利也供他读书。”亚春这么说。大儿子大学毕业后，在县里的一所学校当老师。小儿子和他们一起从事农业生产，“但是现在没以前那么辛苦了，因为农业生产都实现机械化操作了。”钟亚春说。

她的身上有着坚忍不拔的劲，那股劲支撑着她不向任何困难妥协。在她的身上有一种朴实庄重的精神，让人觉得可以信赖，可以亲近，就像自己的某个姑姑。她的身上更有一种伟大的母性，土地一般厚重，让人安心。

镜头回放到一年前

春雨滴滴答答地下，钟亚春撑了把紫雨伞在家门口的田埂上等我们，那辽阔的田园气息在雨水的酝酿中更加清新。

走进她家院子，嗬！一辆辆收割机、插秧机、拖拉机等农用机械威风凛凛地驻守在那里，颇有些保家卫国的气势！从插秧机到烘干机，钟亚春的农业生产已实现全程机械化。钟亚春的丈夫在院子对面的一间屋子里干油漆活，是给那些机械们住的房子上油漆。

我和郑丽敏随钟亚春走进她家的客厅，客厅里挂满了“丰盈农机合作社”的各种规章制度，对面那间屋子里堆满了一袋袋大米。钟亚春介绍说，这是她去年下半年注册的丰钟牌大米。在朝南一间挂满奖牌的办公室，她的儿子给我们泡了杯绿茶。我们手捧绿茶稳稳地坐下，一种富足、宁静的气息深深地萦绕在周围。

忘了交代这地点了，这是钟亚春位于贤庠镇俞公岙的家。说是家，其实也不准确，这是她为了方便种粮在稻田中央搭建的一个居住地。目前，她和丈夫生活在这里，他们的大儿子已成家了。她种了600亩的田，是个让人敬佩的种粮大户。

今年51岁的钟亚春12岁开始种田，从此一生和田结缘。要说大户生涯还是从2005年开始的，那一年她去县里开了个会，说是鼓励开荒，于是她便把下庄、民洋（钟亚春娘家）等村里荒着的70多亩地都给翻耕起来，让这些荒芜的田地重新飘起稻穗的清香。“看着稻子颗粒饱满地弯着腰在田中央，我心里不知多高兴。”这话从钟亚春的口里说出来，让我有想流泪的冲动，这600亩的田出自一个女人的手，她没有抱怨种地的艰辛，有的却是满心的欢喜。坐在这样一个女人的身旁，感觉大地像母亲这句话真是一点也不做作。

雨滴滴答答下个不停，这下个不停的雨对钟亚春的稻谷可真是有太多的负面影响，“去年的年成是最好的，没有台风，没有病虫害，今年龙年嘛，总是有点风风雨雨的。”钟亚春依然没有抱怨，而是把过去的一年拉出来感激了一回。

我真是有一百个向她学习的理由，学习她的勤劳，学习她的胆魄……我对郑丽敏说，和她一比，我真不知自己每天在混点啥。丽敏同志安慰我，社会分工不同嘛，我们好好干，也是一份事业呀！她种的是粮食，而我们是生产精神食粮的，缺一不可嘛！话是这么说，但人贵在有自知之明，我自知和她没有可比性。像我这样涂涂写写的多的是，像她这样种600亩田的女人，估计在全国也是寥若晨星吧！

付出总有回报，钟亚春去年被评为浙江省双学双比女能手，今年被推选为象山县政协委员，她是2006年浙江省优秀种粮大户，2007年宁波市的优秀种粮大户——这些荣誉于她真是实至名归。她种的晚稻最高亩产1300斤左右，早稻也达到亩产950斤，早稻亩产最高的突破1100斤，这些数字是用汗水和智慧换来的。

去年她注册了一个商标：丰钟牌大米。绝对的无公害大米。

这张照片怎么看都觉得钟亚春比她老公高了一个头，其实不然，那是拍照的角度问题。这倒是让我想起了一则笑话：小华爷爷身高1.60米，而小华奶奶身高却有1.80米。小华问奶奶："奶奶，您怎么会爱上一个比你矮的男人？"奶奶说："孩子，我们是坐着谈恋爱的，等我站起身来已经为时太晚了。"

第三次去钟亚春家，是2015年的春天，是和蒋曼儒一起去的，想请蒋曼儒拍几张专业的照片。那是2015年3月29日星期天，到钟亚春家时已经是中午11点，她们一家人已经在吃午饭了。

钟亚春脸上的泥土仿佛一本教科书，一次次地校正着我的价值观，冲刷着我的灵魂。

看见我们这几个不速之客，钟亚春放下饭碗走到院子里来。她穿一件色彩艳丽的毛衣，但比这艳丽的毛衣更夺人眼球的是她脸上和裤腿上的泥巴。那裤子基本上一整条都是泥了，脸上也是泥巴，我看着她，心里想，这个形象和“高雅”“温和”等词是完全搭不上边的，但是她就是让人觉得温暖，觉得厚重，觉得阳光。她那双总是显得有些疲惫的眼睛洋溢着快乐的神采。

她的丈夫跟在她身后缓缓地走出来，和风风火火的钟亚春显然是两个版本，他身材瘦小，表情平和。到过他们家三次，我今天才知道这当家人和我同一个姓——姓应，名叫应国林。我于是又离题千万里地问起俞公岙村有多少姓应的人，他说大半个村庄都姓应。我马上对他有了兄弟般温暖的情感，同时送上一句迟到的问候：“你上次住院住了多久啊？”国林兄说：“住了半个月。”我说：“这半个月是你一生中休假最长的一次吧。”他笑了笑说是的。

这次拍照拍了他们俩夫妻劳作中的一些小片段，尽管有摆拍的成分，但是不管怎么摆拍都拍不出他们日常劳动的千分之一。告别这对朴实的夫妻，回望他们矗立在田野中的家，我盘算着：第四次什么时候去拜访呢？找到本家了，更有理由常来看看！

◎ 世上没有一匹马能驮着你离开你自己

当我们爬得气喘吁吁泄气地抬头张望时，只见有一个人挑着一担东西飞一样下山。我习惯性地拿出手机捕捉这画面，还没一瞬工夫，他已飞至我面前，按下快门时，几乎已是一张大头像。但是这么近，道骨仙风的味道还是浓浓的。

“袋里是茶叶吧？”我被山风一吹，福至心灵。

“是的。”他停下了脚步，说了一句让我受宠若惊的话，“你们到我家去喝茶吧！”

“你都下山了，怎么去你家喝茶？”

“我老婆在家的，我等会儿就上来了！”话音刚落，人已消失在我们视线中。我们的劲头倒是被这句话鼓舞了。

“茶园应该快到了，还有茶可以喝！”极少爬山的我不知道海拔586

米是个什么概念，只觉得蒙顶山闻名已久，今天有这个机会，就来亲密接触一下。

这个机会是西周镇政府提供的，他们组织当地企业的单身男女进行一场相亲活动，把地点设在蒙顶山。我想，把地点设在蒙顶山，一方面是为了考验诚意，没一点诚意谁会去爬那么高的山啊！而且中饭的内容是烧烤，所以男子汉们都不是空手上去的，有抬烤箱的，有背鸡腿的，有扛矿泉水的——女孩子们当然是两手空空，顶多拄根登山杖，还时不时地皱下眉头擦擦香汗，坐在半山腰显出没半两力气的模样，在这种时候不示弱那是真弱了。

年轻的气息和山风一起注入我的身体，潺潺的流水声和摇曳的翠竹也让人长精神。当一池碧水在眼前铺陈时，那份激动不知是因为这天池还是因为自己。

正在欣赏天池美景，刚才挑着茶叶下山的“仙人”回来了。“这么快?”我们都感到很惊讶。我们也没歇着呀，可人家硬是走了一个来回了！人绝对是刚从我身边飘然飞过的那位，身穿迷彩神爽体健。

"仙人"名叫张国盛，他似乎觉得这个问题不值得一提，这会儿他原先身上的茶叶是没有了，不过今天也没带回什么食物，因为昨天刚下过山，已经背上来一袋，够吃一阵子了。

"茶叶采摘期下山会密一些，不摘茶叶的时候，一个月不下山也是经常的事。"张国盛说。在这蒙顶山上，他有 70 亩茶园，他家茶叶的品牌叫蒙顶高山茶，我觉得没有比这个名字更直接更实在的了。

跟着他走到他自己的茶园，看到许多妇女在低头采茶，不像《采茶舞曲》演绎得那样浪漫，她们穿着朴素，大多年过半百。老年不似少年时，满脸都是荷叶褶。她们身上那干净的气息也如荷叶、茶叶般散发着清香。张国盛说这些采茶人多数来自新昌，每一年他都会去接她们来山上采茶，包吃包住，一直到茶叶落市。

采茶的日子，她们每天早上 5:00 出门一直采到下午 5:00，中间也就吃个饭的工夫。看着她们，我真心觉得生活不容易。远离家乡，在这陌生的山冈低头劳作。幸好，有许多同乡人；幸好，有茶叶美丽的芬芳；幸好，她们没有像我这样做得少想得多爱自寻烦恼。一抬头，她们的脸上都是阳光，一点没有我想象中那种屈从命运的委屈。

一路芬芳地跟随着张国盛走往他的家。一路行来，真是多逢树木，少有人家。在城市里，这绿化面积算起来不知要摊多少钱了，这念头一出，真觉得自己俗不可耐。然后换了个高雅点的想法，想着这满山翠绿中来点袅袅炊烟就好了，一抬头，果真是心想事成，炊烟就在眼前，张国盛的家到了。

推开门的那一刹那，他对我说："五星级宾馆到了！"这个"五星级"简陋得还真是有些出乎我的意料：一张床，一个历史悠久的衣橱，一张堆满杂物的桌子，这间是主卧了。这个家也就一室一厨，结构相当特别：这两间屋尽管后门通前门，但是中间有一条过道，过道是露天的。经过过道来到厨房，张国盛的老婆正在烧午饭，两只高压锅同时在煤气灶上运转，另外那个土灶也没闲着 —— 炊烟的发源地。我凑过去一看，"那么多笋啊！"

"是大头菜！"同行的丹凤说。这次上蒙顶山蒙她所赐，那一日我俩在食堂对头对脑地坐着吃饭，丹凤说："应老师，下个礼拜我要去蒙顶山采访，你去吗？"丹凤是联系西周的记者，她是出了名的勤快人，每联系一个乡镇，就会把当地的青山踏遍。丹凤这个名字也飞遍了象山报的各个版面。

"长相好雷同啊！"我为自己辩解。

"看起来是差不多。"张国盛的老婆温和地笑了笑。"山妻造饭意从容"，说的就是她这模样。我上下打量面前这位山妻，不管是眼角还是嘴角都没有一点皱纹。她不是个美丽的女人，哪怕倒退到二十岁都不是，但她是一个让人看着舒服的女人，哪怕到八十岁。

我问张国盛这么不错的老婆"是怎么被你骗来的啊"？张国盛答非所问，

茶秉天地至清之气，人在茶园，也就有了清雅。三毛说人生有三道茶，第一道苦若生命，第二道甜似爱情，第三道淡似清风。

说两个儿子都结婚了，他二十几岁就住蒙顶山了，这一生生儿育女都在这里完成。我问他那孩子读书一定是费了很多周折吧！他说孩子读书时，老婆常住在山下，陪孩子读书，反正说起来故事总有一箩筐，其中艰辛也不足与外人道。反正，儿子现在也过得不错，孙子也有了。尽管这儿是超然尘外的隐居之所，但是他们的生活始终是与滚滚红尘息息相关的。

他一边说一边拿出一袋茶叶给我们泡茶，我反客为主地问他有没有玻璃杯，说茶叶泡在玻璃杯里比较好看，叶卷叶舒的。他说没有，只有纸杯和塑料杯，我一边不识趣地说一次性杯子泡茶不好，一边拿起杯子开始欣赏这蒙顶山茶。没有焚香、闻香、识香等程序，没有净桌雅室，甚至没有一个玻璃杯，但这杯茶依然芬芳四溢。由这样一位种了40年茶叶，侍弄70亩茶园的“茶仙”级别的人物亲手为我们泡的他亲手种亲手炒的茶，还有比这更珍贵的吗？“一饮涤昏寐，情思爽朗满天地，再饮清我神，忽如飞雨洒轻尘，三饮便得道，何须苦心破烦恼。”我喝着茶，负责地表示以上每一项指标都达到。

张国盛说他原来是西周清风桥人，6岁时就跟着爸爸来到了这蒙顶山上，他是首届儒雅洋中学毕业的高中生。他眉宇间流露着一种淡泊和淡定，我想这和高中毕业不无关系。20岁不到开始种茶，一直种到现在，他62岁了。

这个小山村只有5户人家，两排房子把这5户人家全部连在一起。我喝了茶打算去串个门，这一串就串到了王民成家。已是中饭时间了，不大的桌子几乎被各种菜挤满了，色香俱全，那味应该也差不到哪里去。我和王民成东拉西扯的，问了好几个我已经在张国盛那里问过的问题，比如这里住着几户人家啊，都是种茶叶的吗，多少时间下一趟山啊。最后看看饭也基本上熟了，我言归正传地问：“这么多菜，有好多客人吗？”

听话听音，主人是个明白人，于是对我说：“客人不多，你一起吃吧！”

“好的，好的，客来多双筷！”尽管我非常清醒地知道这个话应该由主人来说，可是那飘着锅巴香的白米饭让我实在无力抵抗。“客来家常饭，僧到谷雨茶。”蹭一顿就蹭一顿。真是蹭对了，每一盘菜都很好吃，哪怕是炒花菜。我表扬厨师厨艺高超，他老婆谦虚地说：“来到我们这里吃饭的人都说好吃，

不是我烧得好，是因为这么高的山爬上来，累了，觉得什么都好吃了。”

长久安宁的生活养成了她娴静的性格，不管是说话还是干活，始终有静字相随。

我问王民东，住这么高的山，万一生病啊什么的怎么办？“在这里不会生病的！”他迅速地回答。这让我觉得这些问题纯属庸人自扰。他们家的茶叶叫天茗，在西周昌明路有个茶叶门市部，他儿子在经营。我真心觉得，每片茶叶的后面都飘着一个故事，朴素又传奇。

本文到此应该圆满结束了，可是在这蒙顶山上还有一个人不能忽略，此人也是张国盛们的邻居。只是僧俗两路，他是个出家人，住在天寿寺里，这寺庙和张国盛们的房子几乎是相连的，就是地势上稍微高一些。

上午王民成在修理茶叶机器，午饭后他又埋头补篾席，看来是位技术能手。一辈子在这茶山上，他几乎养成了凡事不求人的习惯。“游罢睡一觉，觉来茶一瓯，从心到百骸，无一不自由！”

关于这位师父，江湖上有许多关于他的传说。据说他是西周人，出家前是个相当成功的企业主，赚了不少钱，在事业一帆风顺时，他抛妻弃子了却尘缘来出家。看见他时，他正敲着个木鱼，在虔诚地诵经。只见他念念有词却又默默无语，仿佛无限的情感在他的心灵深处冉冉升起又徐徐降落。

午饭时，有许多香客一拥而至，清一色中老年妇女，其中还有几个是带着孙子孙女的。我纳闷这么高的山难道还有捷径可走？问了一位乐呵呵的老奶奶，她说：“爬上来的呀！哪还有其他路呀！不累呀，庵堂寺庙都是这样在深山老林里的，走惯了。”我在想菩萨估计就是用这种方式让自己的追随者们锻炼身体，这真是大慈大悲功德无量。

午饭后，香客在庙里诵经，我们有幸和师父一起喝了一杯下午茶，但师父滴水不进，他说过午不食好几年了，茶也不喝，因为一喝茶便会清洗肠胃，会有饥饿感。

我把听到的关于他的传说向主人公求证，师父微笑地表示这传说是事实。问他可以拍照片吗，他大方地说可以拍，眉宇间是放下一切后的宁静淡泊。但是，我在想不管在家还是出家，这都仅仅是一种形式，有一句话说：这个世上，没有一匹马，可以让你骑着逃避你自己。

我又问了一个不该问的问题，问他的老婆有没有上山来看过他，回答是来过一次。“儿子呢?”“来过两次。”师父依然是波澜不惊的模样。其实他的家就在山下，这山上山下就这样成了世界上最远的距离。

记得弘一法师说过：世界是个回音谷，念念不忘必有回响，你大声喊唱，山谷雷鸣，音传千里，一叠一叠，一浪一浪，彼岸世界都收到了。凡事也是念念不忘必有回响，因它在传递你心间的声音，绵绵不绝，遂相印于心。

既然无法逃避，那么就让我们念念不忘。

◎ 梅老大：世界是一种心理现象

雨一滴滴敲打在葡萄棚上，极有节奏，仿佛一首小奏鸣曲，一只安静的狗趴在葡萄棚门口，一动不动，像是因这“小奏鸣曲”陶醉了一般。我和郑丽敏站在棚底下，看着这宁静的画面，彼此零交流。话说朋友就是不说话也不觉得闷，不说话也能对此情此景有同样的感受。

棚下传来一阵阵快乐的笑声，很有默契，你说了我笑，我说了你笑，像是排练过一般。过了一会儿，笑声往前移近，两人捧了两盒葡萄向我们走近，那脚步那身影都是那么相似，这葡萄架比一般地方低，故而他俩弯着腰有点匍匐前进的味道，让人忍俊不禁。这对不是亲兄弟胜似亲兄弟的人，一位叫蔡明水，另一位叫梅大海，人称梅老大。

梅老大是鹤浦螺蛳礁村的书记，蔡明水是吉港村人，两村几乎是连在一起的，两人真可谓是“比邻而居”，比邻村而居。他俩长相差别很大，梅老大脸色红润，明水瘦小干瘪；性情也大不相同，梅老大豪爽大气，属于那种走到哪里都巴不得成为焦点的人，明水则是含蓄沉静应该是那种恨不得裹件大衣不想被任何人发现的那种。但他们俩的友谊却是从出生一直延续到现在。

蔡明水十年前因为一场车祸小腿留下残疾，此后，他便放弃养殖业开始种葡萄，一种 30 多亩，从普通葡萄到“红地球”“金手指”等名贵品种都有。

在他的精心培育下，葡萄全面丰收，但是销售成了难题。梅老大当然不能坐视不理，他义无反顾地担任起销售员一职，远的不说，光去年，他就凭一己之力为明水销了3万多元的葡萄，今年他依然为这葡萄四处吆喝。

摘了葡萄，我们四个人在一个简陋到无法再简陋的小屋前聊天，这是明水放农具的小屋。所有我们问明水的问题，梅老大都争着回答，明水在一旁微笑着点头，这一份透彻的了解让下雨的天空也明朗起来。站在这片偏远的土地，我只觉花香阵阵，暖意流动。话说世界不过是一种心理现象，看起来怎样就是怎样，这一刻世界在我眼里是那么的温馨和睦，没有什么坚硬的秩序，也没有时间的概念，雨滴、兄弟、姐妹、葡萄园打造成一个诗歌一般纯净柔美的世界。

明水说去年葡萄园为他带来了十多万元的利润，但是今年的葡萄销售并不乐观，不乐观到肥料钱也有可能赚不回来。从事农业不是天道酬勤那么简单，有时付出和回报一点不成正比，好在这样的时候总有兄弟两肋插刀，挽回一些经济损失，也弥补许多精神失落。他的话让我想起罗曼·罗兰在《约翰·克利斯朵夫》中关于朋友的描述：

我有了一个朋友了！——找到了一颗灵魂，使你在苦恼中有所倚傍，有

个温柔而安全的托身之地，使你在惊魂未定之时能够喘息一会：那是多么甜美啊！不再孤独了，也不必再昼夜警惕，目不交睫，而终于筋疲力尽为敌所乘了！得一知己，把你整个的生命交托给他——他也把整个的生命交托给你。终于能够休息了：你睡着的时候，他替你守卫，他睡着的时候，你替他守卫。能保护你所疼爱的人，像小孩子一般信赖你的人，岂不快乐！而更快乐的是倾心相许，剖腹相示，整个儿交给朋友支配。等你老了，累了，多年的人生重负使你感到厌倦的时候，你能够在朋友身上再生，恢复你的青春与朝气，用他的眼睛去体验万象更新的世界，用他的感官去抓住瞬间即逝的美景，用他的心灵去领略人生的壮美——便是受苦也和他一块儿受苦！——啊！只要能生死相共，便是痛苦也成为欢乐了！

说句题外话，《约翰·克利斯朵夫》是我几乎每天都要翻几页的书，里面的好多人物几乎都是我的知交了，如果你们看到我的推荐也去看这本书，那看了以后你们会感谢我的。

转入正题，时间在此地并不起具体作用，只是到点了应该吃午饭了，梅老大说吃饭去了，明水说他要去接老婆，他是那种典型的老婆孩子热炕头，家大于一切的人。也不等我们同意便“重色轻友”地挥了挥手，骑着他那辆三轮车疾驰而去，看着他绝尘而去的背影，我真希望这泥泞又蜿蜒的小路刹那间能一马平川。

一起吃午饭时，服务员端上一盆蟟，梅老大说，每次看到这道菜，他都会掉眼泪，因为他爸爸当年就是采摘蟟时被海浪冲走的，那个时候他才刚出生不久，爸爸永远留在海底不再回来了。我诧异地看着他，不曾想到这么快乐的人心底居然有着这样无法平复的创伤。不过，迅速地，梅老大又指着手腕上那只亮闪闪的手表神采飞扬地对我们说，这手表是去年生日时儿子特意赶到宁波去为他选购的生日礼物，三个子女都特别地听话孝顺。我想这一定是因为梅老大自己痛失父亲，所以更加努力地做一个好父亲，让孩子们不复体会他那样的伤痛。看着眼前这位谈笑风生甚至貌似有几分玩世不恭的梅老大，我知道他有一个清澈而辽阔的灵魂。

◎ 谢老大：让你知道什么是老大

走在石浦东门渔村，海风吹来一片开阔，冬日的阳光也显得特别豪爽，大片大片地照在每个人的身上，照在海面上。

一位骑着三轮摩托车的人呼啸着从我们身边经过。“谢老大！”同行的村干部大声招呼。谢老大在一家门口停下来，我抬头一望，大门口正写着三个字“谢老大”。原来这一整排都是船老大们的家。

“你这位子，几年前省里一个大领导来我家时坐过！”走进谢老大家，我坐在他们家客厅最醒目也是唯一的一张长沙发上，谢老大笑着对我说，神情愉快又活泼，露出一排整齐洁白的牙齿。奇怪！好像做老大的人都有这么好的牙齿。

“那看来我前途不可限量了！”一阵寒暄中，彼此变得像老朋友一样。

“谢老大”，大名谢阿孝，今年 66 岁，全身最闪亮部分是他那双炯炯有神的大眼睛。那眼睛真是有光芒，当我问他什么，他略作思考眯起眼睛时，我依然感觉他那眼睛里有一种神采，一种强而有力的穿透感。

“你上次跳石浦港救那个老太太是几年前的事啦？”同行的石浦镇干部陈吉民问道。

“哦！过去好多年了，60 岁那年吧！”谢老大眯起眼睛想了一下。

“什么，跳海里去救老太太？”我感觉这是个新闻点，本来我们要采访的是谢老大一家三代当“老大”的故事。谢老大家世代渔民，他的父亲、他的儿子都以捕鱼为生，而且都是当老大的。老大也就是船长，有些人捕了一辈子鱼，却并不一定能当上老大。

谢老大说起那次救人的经过，就是在石浦的渡轮上，有一位近70岁的老太太失足掉进海里去了，而他恰巧在旁边，于是他把手里的包一扔，“那包里有一万七千块钱呢！”谢老大高声说。幸好是大圆满结局，人救上来了，救的人、被救的人都安然无恙，包在，包里的钱也一分未少。

他诉说起来是那样平淡无奇，但是我可以想象那千钧一发的时刻，想象在海里浮沉的老太太，想象奋不顾身跳到海里的谢老大。海边人水性好没错，但是跳到海里去救人，这风险指数绝对不是一般的大。谢老大的一个小弟就是仗着水性好，跳进海里操作时溺水而亡的。那份痛对于谢老大来说是欲断肝肠的，海里的危险其实做老大的比我们更清楚、更敬畏。

“知其不可为而为之”，这需要的是一份超乎常人的勇气和担当，谢老大说老大不是那么好当的，晚上船行大海，老大基本上整夜不能合眼，风浪何时会来，暗礁是否在前方，鱼儿是否在附近，要操心的事可多了。是啊！操纵着一条船，关乎船上所有人的安危，还有此行的收获。叫一声老大容易，当好老大真是千难万难。老大意味着一种地位和权力，而权力的背后永远是能力和责任。没有人能以蚁负山，只能厚德载物。

我再定睛看了看谢老大，他和吉民他们说起另一个话题了，这救人的事早已成了过去式。越是有价值的人就越不识自身的神圣价值，不管他的脸被海风吹得多接近古铜色，不管到什么年纪，谢老大们永远都是心地单纯、质朴而天真的。他们是普通的，但我从不视他们为等闲之辈。捕鱼本身是一样有风险的活，我想起柳宗元的一篇文章《捕蛇者说》，大致意思是祖父捕蛇被蛇咬死，父亲捕蛇还是被蛇咬死，到了儿子这一代还是以捕蛇为业。有人问既然有这样的死亡经历，还敢捕蛇？回答是“吃饭要紧”！我想谢老大们的老大生涯有时候是无法选择的，但是要不要跳下海救人却是自己可以选择的。

出门的时候，我真心地握着谢老大的手说：“再见，谢老大，你是我心中真正的老大！”说这句话时，我感觉我的心中似乎进行着一场神圣的仪式，仿佛经历着一场圣洁的洗礼。

◎ 爱听音乐的枇杷

如果我说有 300 株枇杷树是听着音乐长大的，你会不会相信？确切地说，它们是被音乐催得早熟了。不相信？我带你去实地瞧瞧！

在说正题之前，先问大家一个字的意思。“忌”字你是怎样理解的？“心想自己是大忌！”这就是“忌”字的意思。说这话的人叫史悠东，是这片音乐枇杷林的主人。

话说 5 月 9 日下午，我和郑丽敏开车来到新桥黄公岙村，打开车门向路边一位妇女打听史悠东的家在哪里。谁知无巧不成书，她说她就是史悠东的妻子，史悠东在枇杷园，她带我们去。我们俩齐声表示真是太巧了。史妻不足为怪地说：我是特意站在路边等你们的！哦，原来如此，世上看似奇巧有缘的事其实都是有心才促成的呢！

没有她的指引，要找到这片枇杷林还真是不容易，这片山林离村庄有两三里路，光是山路就有近一里，好在路还平整开阔，坐在车里看着四周碧绿的山林，感觉像是进入了一个旅游胜地。有一个旅行家说过，好风景总是要翻山越岭追寻的，曲径通幽，让在路上的你有了一个想象，到底目的地会是怎样的一个地方呢。当时，我就是抱着这样一个心态。

一阵悠扬的琴声自山林缥缈而来，“泠泠七弦上，静听松风寒”。这乐声是有声之音，却让人感受到“鸟鸣山更幽”的意境，一时间人整个地静了下来。如果没有史悠东欢天喜地地向我们招呼，刹那间真是有点仙乐飘飘如入幻境之感了。

介绍一下我们的男主人公，史悠东：今年63岁，家住新桥黄公岙。这枇杷就种在黄公岙的小坑湾。说是湾，其实是一片山林，2002年的时候，史悠东用挖机平整了小坑湾，种上了300株枇杷，目前也是300株，只是品种从红沙变成了白沙。不但品种变了，品味也变了，枇杷们如今有了个高雅的爱好：爱听音乐了！

史悠东给我的第一印象是：这个人开心，不一般的开心，我给他随意按了几张照片，其中好几次对他说：“好了，别笑那么厉害”，“好，注意，别笑那么厉害”。可这位模特儿一点也不听摄影师的话，一个劲地咧嘴大笑。老同志遇到新问题了，当记者这么多年，这样的模特倒真是很少遇到，一般我总是说，“笑一下，好”，“再稍微笑一点，开心一点”。像史悠东这样让他别笑这么厉害的倒真是第一次碰到，所以第一感觉是这人有点意思，有兴趣好好听一听他的故事。

故事不复杂，这丰乐助长器就是枇杷们天天听的乐曲的播放者，不用插电，光照作用下它就自然会唱个不休。史悠东说枇杷们听了音乐的确是长精神，从叶子到果子都比没听过音乐的时候要长得更茁壮，比同时期没受音乐熏陶的枇杷们要早熟多了，至少要早一个礼拜。他从树上找了好多个过于早熟的枇杷让我们俩品尝。事实胜于雄辩，的确是熟了，按道理应该过二十天才会熟的枇杷已经熟了，甜到心里去了。“这全是音乐的功劳。”史悠东说得兴奋又虔诚。此时我能表示的只有悠然心会，寂静中琴声入怀，这一场天天在进行的演奏，听众是山林是枇杷是天和地，是有福享清音的史悠东夫妇！

说起他和丰乐音乐的缘分，那有些年头了。14 年前，49 岁的史悠东得了肝硬化，转了好几家医院，医生都拿他没办法，几乎到了想吃吃点、过一天是一天的状况了。这时通过三门一个朋友的介绍，史悠东拿到一种全息仪，每天听二十分钟全息仪里的音乐，调养心情，然后三餐吃素。一两个月下来，史悠东渐觉神清气爽，一年下来再去复查，老医生还以为他拿错化验单了。这十几年来，史悠东是天天听音乐，餐餐吃素，而且参与了许多公益事业。他是新桥关爱老少服务站的工作人员，是县抗癌协会新桥副会长，还加入了东林慈善功德会。

“自己天天吃素，卖枇杷攒了几块钞票，就都拿出去捐款，去年捐了两万，早两年也一直在捐。今年我说要经过我批准，要有个限定，又不是千万百万的大老板，全靠种枇杷赚两块钱，嘴边节约下来的钱，捐起来也要有个限度。我还有两个儿女，尽管成家了，也要为他们着想一点呀！”史悠东妻子颇有怨言，但确属实话实说。

这个时候，史悠东开始了一番文绉绉的说教：“仁”字是什么意思？就是有两个人，上半夜想想自己下半夜想想人家，那就是仁。“忌”字是什么意思？心想自己是大忌。他说据多年来的经验得出：多想别人少想自己会快乐。“心无一丝邪气，身无一丝病气。”史悠东说完这话又笑了，笑得很厉害。我再也不会说“笑得别那么厉害”这种没礼貌的话了。我想起了一句话，说是行善的人必须是一个快乐的人，这样才能带给他人正面的能量。这会儿想起他的笑还是不自觉地会微笑，那笑容真是太有力了！

一位癌症病人种了 300 株枇杷，都是自己一手打理的（妻子只是他的助理），说出来谁会信呢？但事实就是这样，这一个个枇杷套子都是夫妻俩亲手套上去的，300 株枇杷树上该套多少个套子啊？光是树脚下锄锄草就够你忙了吧，他的枇杷林可一点都没有草盛枇杷衰的迹象。从山脚到山顶，蜿蜒的山路是他亲手锄出来的小台阶，我一步一步踏着台阶往上走，远眺近望无不感受到主人对这片枇杷林的用心。音乐缈缈在耳际萦绕，鸟声啾啾也来凑热闹。郑丽敏说，就算没有这丰乐音乐，这大自然也已经有仙乐在奏鸣了。枇杷们生长的环境真是不一般的清雅，没有一丝工业污染，有的只是蓝天白云，枇杷们的耳朵也真是有福了，听到的都是松声鸟语。

史悠东在林间搭了间小木屋，完全是浪漫派的作品。“有了这间屋子，感觉在这里干活更踏实了，清早来屋里念些早经，下雨了到屋里避一避，干累了来屋里喝杯茶——”这不就是刘禹锡的《陋室铭》嘛——“斯是陋室，惟吾德馨…… 可以调素琴，阅金经。无丝竹之乱耳，无案牍之劳形”——他每天一到这枇杷林，心里就有一种说不出的愉快，呼吸着超新鲜的空气，和枇杷们一起听音乐，枇杷长得快卖得好他就有更多的钱去做好事了。

养身须先养心，行善积德仁者寿，大德必有大寿。

活着无须如洪水一般
浩大，激荡
愿你如清水
如岩翳幽僻的涓滴
——甘洌、岑寂，自我闪光

衷心地祝愿史悠东好人一生平安！

◎ 看石维坚如何运用人生的财富

“这里造个玻璃房，可以坐在里面晒晒太阳喝茶喝咖啡。这里会有个屋顶游泳池，这里嘛有餐厅有游乐场，反正要让游客们走进我们的村庄就可以非常充实地过上两三天……”走在溪东村，石维坚像个专业的导游，边走边介绍。正是阳春三月，阳光明媚，春风吹在我们脸上有一种快意的温柔，那一刻感觉石维坚仿佛是个春的使者，他一来这村庄，春天便跟着来了。

他所说的玻璃房、游乐场都已在建设中，阳光下这片土地一片火热。屋顶上、园子里都有许多工人在劳动，挑的挑、搬的搬，这热火朝天的场面没有因为我们的到来而停止，也很少有人来和石维坚打招呼。因为他来村庄实在太频繁了，一日来三回，以至于几乎每一位村民都把这位为改造村庄出财出力原应该让人高山仰止的灵魂人物给忽视了。

但是石维坚没有因为熟悉而忽视，他一路走一路介绍着，村庄的古树古庙都没有错过，真可谓知无不言，言无不尽，只是他的眼睛里比导游多了一种东西——深情。真可以把那句诗用在他身上：“为什么我的眼里常含泪水，因为我对这土地爱得深沉。”他的确对这片生他养他的土地爱得深沉，他为这片土地投入的精力财力实在是让人折腰。自 2012 年 2 月开始改造村庄以来，他投入了近两千万元的资金，工作以外的时间他也全都投放到这里了。有时候早上来了一趟，晚上还会再来一趟，情非痴不得真，看一眼才会觉得安心。

石维坚的家乡溪东村地处偏僻，是茅洋乡一个小山村。但是子不嫌母丑，这份偏僻在石维坚眼里不是落后而是纯净。这些年走南闯北，外面的世界的确很精彩，但是我心安处是故乡，没有一块土地比故乡更让游子的心柔软芬芳。石维坚从小在这里成长，故乡是闭塞的，但他一直住在这块土地上的奶奶却是一个有着广阔胸怀的人。奶奶是他的精神偶像。奶奶勤勉通达又有近乎通灵的智慧，对石维坚的成长起着至关重要的作用。奶奶对他最大的教诲便是树高百尺忘不了根，做人第一不能忘本。

青山绿水 鸟语花香
来过的人都说这是渴望和梦想的地方
是喧嚣和烦恼进不了的地方
是看一眼就长精神的地方
这让我们长精神的美
耗费了石维坚无数的精神
精神是对信念和价值观的坚持
没有石维坚的坚持
就没有溪东村今天的画卷

人在溪东
随处一站
便有了微笑的心情

因此，当他成长为日升集团的董事长，当企业的发展走上良性轨道时，当自己可以从千头万绪的商务中稍微喘口气时，他便开始不遗余力地建设家乡。这建设不是造个小公园也不是修条大马路，他是要让村庄旧貌换新颜，打破沉睡的古老状态，彻底焕发出活力。他的理想是把村庄打造成欧洲式度假村的模样。当他提出这个设想时，村干部、村民们以为阿坚只是这样一说，说了也就过去了。谁知干实业的人不说则已，说了便要付诸行动。这一行动起来，那真是困难重重。

“因为全村改造，所以整个村庄需要拆迁的坟墓有 130 座。”石维坚没说别的，就报了这个数字给我，而且这件事他已经办妥了。其他的事比起这件事来，相对而言都是小事。“有什么麻烦事让他们都来找我。”石维坚对村干部们这样说。他知道太过慎重便什么也干不成，干起来再说，在进行中解决困难。

有能力有担当，他的实干精神让他在村民中树立了威信，日新月异的村貌让那些来找麻烦的人也慢慢地知趣而退。至于村庄究竟改造到什么地步，有一件事可以说明一下：改造一年后的 2013 年，一位出去打工一年后回家的村民在村里转了一大圈，茫然而立，因为他找不到自己的家了。

有些窄得只能一个人走的小墙弄现在开得进小轿车了，让人怎么找得到北。要想富先造路，以前那些路不管是石板的还是烂泥的，不管是两个人可以并行的还是只能容一个人行走的，反正如今村庄里每一户人家车子都能开到家门口。整洁而温暖，欢乐而舒适，是石维坚对村庄的定义。村里如今基本都是楼房，青山环抱着小村庄，阳光下每一扇窗口都闪闪发光。如今的溪东村，真可以说是“高柳覆门，流水清澈，跨水有亭，修饬而无俗气”。

一条溪流玉带般流过村前，溪水清澈见底。这小溪原先并没有如此标致，是河道治理后才变成的美溪。有几户人家的玉兰花美丽地绽放着，每见到一处赏心悦目的风景，石维坚便流连久立，并拿出手机选择最美的角度进行拍

摄，仿佛一位初来此地的观光客，又像相伴一生却始终一如初见的痴情者。

“我们在进行的是百年伟业，我们不仅仅是为自己这一代人打造村庄，更是为后人打造。”走进村里的祠堂，石维坚说他当初改造村庄时这样对村干部说。他不无骄傲地向我们介绍说，石家祖辈曾出过许多有德有识有为之士，在他们的宗谱里就有着礼义廉耻的训诫，他要让自己的所作所为无愧于列祖列宗。祠堂两侧厢房陈列着农耕用具和老家具，如烟往事依稀飘散在这些古老的物件中。

粉刷一新的村庄祠堂在阳光下有一种静穆的美，青石板间一行行小草破土而出，给这份静穆带来春的气息。石维坚弯腰捡起一只可乐罐，扔到祠堂门外的垃圾桶里。这个举动让我想起几年前去石维坚的日升集团采访，临近中午了，他请我们一起用餐，餐后有好几盘菜因为上得迟未曾动筷，他便将它们打包。因为采访还未结束，我们便一起返回他的公司，车子开到公司门口时，他把打包回来的菜亲自拎下车送给门卫。两件小事体现的是一位企业家的素质，我想因为他的心里有着尊重，尊重先祖先宗，尊重每一位一起创造财富的人，所以财富才会跟随着他。

许多人不明白他斥巨资建设家乡的举动，石维坚很少去解释。对待财富的态度，是检验一个人品德修养和文化层次的试金石。

◎ 项秋国：香瓜背后的男人

站在泥泞的乡间小路上，和满身泥巴的人一起聊天是我工作的重点，这是 2015 年的 4 月 9 日。这一段时间，股票大涨，有无数人盯着电脑盯着手机看着股市的起起落落。这一段时间，田野散发着新春的气息，我常常穿梭在乡间，闻着泥土的芬芳，看着香瓜的长势。

面前这位是香瓜大户，是象山秋红果蔬专业合作社的社长，有个好听的名字，叫项秋国。他相貌堂堂，眉宇间有一股勃勃的生气。不管身上的衣服皱成怎样，他的身子始终笔挺，不是小白杨的那种挺拔，而是青松般的挺拔，经霜不凋的那一种。

"你一定是在秋天出生的吧！"我想这是毫无疑问的。

果不其然，项秋国表示了肯定，眼睛闪亮，心情大好地看着我。当然，心情大好可不是因为我的这一句话，而是因为今年香瓜长势不错。项秋国家住泗洲头镇大理村，整个大理村种有 1000 亩香瓜。他的合作社有 400 多亩香瓜。都说人要活在当下，要珍惜此时此地此人。这些都是吃苦耐劳、坚韧不拔、值得以珍惜的心情对待的人。

我问项秋国什么时候开始种香瓜的，他说是八年前。接下去我问了一

个让他瞬时对我丧失好感的话："那是几几年？"

"你可以算的呀，八年前是几几年？"项秋国这样说，看我的眼光就像是一个小学数学老师面对一个数学老是不及格的孩子。

"2007年！"小学生骄傲地回答。然后"小学生"在心里想，幸亏不是十八年前，那样小学生倒真不一定算得出。

2007年的时候，项秋国种了3亩香瓜，第二年种了10亩，从2014年开始种到了30亩，他最大的成就不是他自己因香瓜致富，而是带动了许多村民和他一起种香瓜，共同富裕。

站在小路上正和项秋国聊香瓜们的名字："东方蜜""乐清蜜""众甜翠玉""黄子金玉""金脆丰""甬田5号""甬田1号"……他还要兴致勃勃地往下说，被我打断了，我表示后面两个名字不如之前的好听。项秋国没来理会我的反应，进一步向我说明："东方蜜是白瓜，乐清蜜是青瓜，众甜翠玉也是青瓜，黄子金玉……"他正要说下去，我抢过话头说："黄子金玉，那一定是黄瓜啦！"

"还有黄皮9818。"仿佛在炫耀他的孩子一般，项秋国马上补充说明。

"更难听了，这个名字！"

这句话没有影响他的情绪，他继续满怀热情地向我介绍，说起他的香瓜基地是农业部果蔬标准园，技术方面是和宁波农科院合作的。然后他又说某个院士也来过他们这个香瓜基地，他把名字说了好几遍，我却总是听不清楚。索性转变一下话题，问："这么多香瓜是你一个人打理的吗？"

这句话由另一个人来回答了："他现在当经理了，不干活了，都是他老婆在干活的呀！”说完那个人哈哈大笑起来，用笑声来证明他刚才说的是一句玩笑话。

这人名叫鲍先满，他的儿子也在种香瓜。“我是跟着老大（指项秋国）学的，种了10亩。”小鲍这样做了自我介绍。我问他除了香瓜外还在种啥，他说种了40亩冬枣。看来，每一个从泥泞小路走过的人都不是等闲之辈。

我说你好好地种着冬枣，怎么想起还要再种香瓜呢？

“种起来的香瓜都有人上门收购，技术又有人教，所以就种香瓜了。”小鲍这话怎么听都好实在。

项秋国说他们的香瓜都销往舟山、宁波、慈溪、萧山、温州等地。我问：“没有在象山本地卖的？”回答是肯定有的，但是知名度好像不是太高，为了打开知名度，他打算今年5月1日香瓜成熟的时候办个香瓜节。

问到是不是第一次办节，项秋国说从2013年起农林局的现场会议都是在他这里开的，但他今年想把气氛搞得热烈些，办个节应该是明智之举。

“真的不能补贴一些吗?”他把话头转向一起来的镇宣传委员陈启科。这话其实他已经问了不止一遍了,当我们一到达,他看见陈启科,第一句便是这个话。陈启科再次给予非常肯定的回答:“没有的,现在不支持办节的。”

项秋国看起来有几分失望,更有些不甘心:“真的没办法了吗?”

“一点办法也没有。”陈启科像是面对一个任性的孩子一般,说了一句没有余地的话。

“任性的孩子”蹲到水渠边用力地洗了洗手,当他抬起头的那一刻,他的烦恼似乎也被洗掉了一般,脸上一点阴影都没有,非常明朗。溪边洗手,树荫下休息,然后再次出发——项秋国就是这样的人。

采访回来的路上,美珍意味深长地说:“那个香瓜大户,真是个正能量满满的人!”是的,这样的人,不管是在他身边,还是离开他后偶尔想起,心里满满的都是他带来的健康明亮的气息,是那种想一想便会给你的生命注入力量的人。

大理村是象山西部最边远的一个村庄,再往前就是宁海了,所以在这里立了一块碑——象山界。美珍开心地在这块石碑前抬起脚,让我给她拍个照,这创意聪明如我当然一目了然喽:一只脚在象山一只脚在宁海啊,一步横跨两个县,多了不起啊!有一次坐飞机时,美珍刚好坐在头等舱后面那一排,非常开心地对我说:“今天我的脚可是在头等舱哦!”美珍也和项秋国一样,是个正能量的人!

那一天和我们一起来到项秋国香瓜基地的,还有县自驾游协会的会长袁海军,陈启科希望他能多带一些游客过来。不知道项秋国是否知道镇干部们的这一片苦心:不能从经费上直接支持,从另一个方面来支持他们办这个香瓜节。我想这份心意,项秋国会心领,那些安静地躺在大棚里成长的香瓜们也会心怀感激。

◎ 奚美钱：手创万物，无不美好

眼前这位身高一米九的男子汉是象山红卫塘紫菜合作社的社长，负责着一个有着 7000 多亩滩涂的紫菜合作社。不必说他在宁波地区自然是最大的紫菜养殖户，就是在浙江省乃至全国的紫菜行业里他也是排得上号的人物。行行出状元，我一下子自豪起来，因为工作的缘故，我倒真是能经常接触到行业状元这个级别的人物。

这位状元名叫奚美钱，我说：“名字里带个‘钱’的人倒真是很少啊！”“估计是我爸妈当年想钱想疯了。”奚美钱说。能自嘲的人总是最自信的。不管是身高还是做事的高度，面前这人都具有足够的自信。

奚美钱坐在宽大的办公桌前，尽管冬日暖阳一片灿烂，可是他一脸倦容，“这几天每天睡眠时间不超过 4 小时，坐着都会睡着。”我当然会问为什么只睡 4 个小时这种必须问的问题。答案是这几天天天收紫菜，平均每天要收鲜紫菜 5 万斤，又要运出一车一车的干紫菜，这又是收又是出的，就把睡觉的时间折腾没了。

他的紫菜烘干车间里，一派热腾腾的工作场面。“我们现在已经摆脱看老天爷的面色吃饭的局面了，这紫菜烘干机可是造福我们这些养紫菜的人了。”奚美钱的口气显得欣慰又自豪。他对我说，前几天碰到两头潮的天气，紫菜养殖户们一下子送进他们厂4万斤紫菜，60多辆载着紫菜的三轮车在他们厂里排着长长的队，如果不收进来，这些紫菜就全泡汤了，如果收进来，他们的烘干机全部开动，也难以完成。

我问，什么叫“两头潮”？“就是出门的时候满天星，回来的时候下雨了。”奚美钱简单明了地向我说明。我能想象当时那混乱着急的场面，养殖户们披星戴月地去收了紫菜，本指望着天亮时太阳火辣辣地一照，把湿漉漉的紫菜照得干干脆脆的，却谁知来了倾盆大雨。那一天，奚美钱就成了他们心中的太阳，“奚太阳”没让他们失望，把紫菜都收进来了，让他们每个人拿着钱骑着空三轮车高高兴兴地回家去了。

但这4万斤紫菜原不在他的计划之内，我还是担心地问他：是不是仁义当头？那些他的烘干机们无法解决的紫菜都烂了？他自己掏腰包赔钱了？他笑了笑说第一时间拉到福建去了。所以说啊，有本事的人办法总比困难多。

他这个合作社里有100个人，其中30位是福建人，另外70位是鹤浦人。他的姐夫、妹夫都在一起养殖紫菜，之前，这两位在生意上都有些受挫折，在奚美钱的帮助下都走上了共同致富的道路。一个人成功的价值就体现在这些地方，成功的人像阳光一样能温暖许多的人，他们真的是正能量。

而当年奚美钱在探索成功之道时，帮他的人却只有他自己。他没有像那些励志书上说的志存高远，有的只是脚踏实地，量力而行。人生的第一份职业是做木工，那一年他16岁。16岁的花季雨季里，别的少年还沉浸在成长的烦恼中，还在疯狂地打游戏，他开始有了担当。木工这个活，奚美钱也做得很努力，足迹踏到山西大同。凭着努力，奚美钱把自己的工钱从60元每天做到100元每天。但是这个活不但辛苦，还要被拖欠工钱，比拖欠工钱更让他苦恼的是接这个活时要四处求人。“你们家的活让我来做吧，这个活我来做吧——”奚美钱本色出演了一下当年的自己。看着谈笑风生的他，我知道那些讨活干、讨工钱的日子，已经彻底地成为前尘往事。前尘往事飘散在风中，再也不是他心头的痛。23岁那年，他在几乎所有亲戚都反对的情况

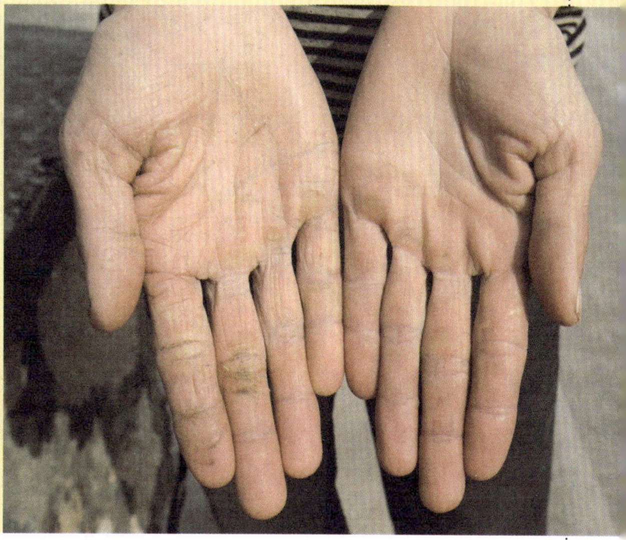

下，开始回家乡养殖紫菜。

“为什么反对啊？”我真心不理解。

“当年村里养紫菜的都是年纪大的人，一般都是在 50 岁以上，都小打小闹养个 3 到 5 亩。”奚美钱有问必答。事情的结果当然是他力排众议，坚持做自己。这让我想起那些心灵鸡汤里做大事之人的 8 项特征，其中有一条就是顶得住压力。话说成大事者共有 10 个特征，依次排列为：忍得住孤独，耐得住寂寞，挺得住痛苦，顶得住压力，挡得住诱惑，经得起折腾，受得起打击，丢得起面子，担得起责任，提得起精神。所以奚美钱成得了大事。

我再问起他的家庭情况，他说有一对儿女，他妻子在他公司里记记账 —— 在这番对话中，我只记住了一句话：“她跟了我那么多年，从来不下海的。"所以，女人们，找对象时一定要找个有能耐会担当的男人。这么说，天下一部分男人肯定恨死我了，没能耐就不能结婚了吗？至少我的价值观是这样的，一个天天让女人风里来浪里去的男人也叫男人，但至少不能称之为好男人吧！

今年36岁的奚美钱从23岁开始养殖紫菜，也就是2001年开始。第一年他便养了80亩，投资了15万元，收回了9万元。这笔账，我这个"数学家"马上算出来了，"亏了6万啊！"奚美钱对我的算账能力表示肯定，他也知道我接下去会问为什么会亏之类的问题，所以还没等我问，便主动告知理由："遇到桑美台风了，好端端的紫菜都被桑美给端走了。"

所有的成功几乎都少不了越挫越勇这一步骤，奚美钱没有被"桑美"吓倒，第二年他养了150亩，投资了30万元，赚多少我忘记记下了，反正是赚了，赚得好像还不少。于是便海路越走越宽阔了，2007年他成立了紫菜合作社。目前，鹤浦全镇养殖紫菜面积是1万亩，他这个合作社便有7000亩。"一般宁波市里面要拍紫菜的宣传片都会来找我。"奚美钱说起这句话时，一副平平淡淡、就事论事的样子。倒是我非常激动地说了句，"你当之无愧"。

不知道他们在拍宣传片的时候，有没有给他的这双手来个特写镜头。在我看来，奚美钱身上最具精神特质的是他这双摊开后和芭蕉扇一样大的手，关节粗大，手掌粗糙。看到这双手，让我想起另一个人，也是一位紫菜养殖大户，名叫尹根卫。我采访他的那一年他主攻紫菜育苗，"现在他也在养殖紫菜。"奚美钱也认识他。让我把这位人物也一起放在这个版面上。当时我写他的那篇文章，题目就叫"手"。

手

"手创万物，无不美好。"这话出自《圣经》。我不是基督徒，但是特别喜欢留意《圣经》里一些美好的句子。看到这句话，我想起一双手。五一劳动节了，觉得没有比这双手更能代表劳动人民了。这双手骨节宽大，长满厚厚的老茧。照片中，这双手交握着，无言地表述着一种虔诚和庄重。这是高塘岛乡纱帽绿村紫菜养殖大户尹根卫的手，他种了600亩紫菜。

尹根卫今年38岁，种紫菜是从17岁那年开始的，从此没有间断过。这份持之以恒，让他成为象山县紫菜首席专家、宁波市十佳养殖状元。他目前是高塘岛乡龙泉岛紫菜专业合作社的负责人，合作社有10名社员，他们决定抱团做大紫菜产业。

“靠山吃山，靠海吃海”是尹根卫从事紫菜产业的初衷，他一不想为别人打工，二不想出远门，觉得自己家门口这片比天宽广的海会成为他的贵人。17岁那年，他学着和别人一样在海里养紫菜，当年就赚了4000元。这4000元更让他坚定了方向，他相信凭借自己踏实的劳动，会在这条路上走下去，会越走越宽的。

大海没有辜负他，紫菜也是，日月如梭，他顺风顺水地养着紫菜，一亩两亩十几二十亩地越养越多越养越好，他结婚生子生活美满顺利，一切宛如童话故事。

故事并未到此为止，生活没有童话般单纯。2005年，尹根卫得到贵人相助，在上海海洋大学专家的倡议下，试养紫菜新品种太空1号、太空2号。

对比新老品种的收获，尹根卫发现，36张网的新品种紫菜获利2.2万元，而72张网的老品种紫菜才获利2.1万元，而且从口感、卖相上，新品种都明显优于老品种。尹根卫尽管住得偏远，但是地远心不偏，他知道科技是第一生产力的道理。尹根卫动心了，他希望能推广新品种紫菜养殖。可是，2005年的这一小批新品种紫菜苗是上海海洋大学的专家为科研需要而培育的，要是今后进行大规模养殖，紫菜苗从哪里获取？只有小学文化水平的尹根卫作出一个大胆的决定：自行培育新品种紫菜苗。

2006年，尹根卫开辟场地，投入资金，尝试着培育太空1号、太空2号紫菜苗。为了获取技术上的帮扶，尹根卫趁大学里放暑假，请来几位相关专业的研究生在自己的育苗基地蹲点，和专业人士一起攻克大面积育苗的技术难关。第一年尝试，尹根卫的良种场紫菜苗成活率仅为5%，亏损了20余万元资金。“一定要搞到育苗成功为止！”

成功不是一句口号，2007年、2008年，尹根卫又投入资金和精力，全力以赴搞新品种育苗。这两年的结果和2006年一样，紫菜苗成活率仍只有5%，每年都亏损20余万元资金。连续3年的失败，并没有让尹根卫退缩，他总是想起2005年新旧品种收获的对比结果，认定培育紫菜新品种“道路是曲折的，前途是光明的”。2009年，他义无反顾地继续搞新品种育苗。这一年，尹根卫成功了，新品种紫菜苗成活率猛蹿至100%。目前他正在筹建一个省级紫菜良种场，从明年开始，他自己培育的紫菜新品种将推广到省内外，让更多的紫菜养殖户共享新品种。

尹根卫成功了，像所有励志片一样，有了一个功夫不负有心人的美好结局。讲完他的故事，尹根卫拿出紫菜和我们分享他成功的愉悦，但是我只要看一眼他的手，就不由得掂量起这份成功背后沉甸甸的付出。在海边有一个青年为了生活为了梦想如此执着，这青年就站在我的面前，让我对生活有了更多的理解和感动。直到现在，尹根卫的坐骑依然是一辆摩托车和一辆小三轮，他灵活而忙碌地穿梭在家乡的土地上，日出而作日落也不息地奋斗着。

这场秀，我和乔娜完败。摇椅上的这一对，家住墙头下沙村，他俩是村文艺队的中流砥柱，老公是文艺队队长，老婆是当家花旦，两人是形影不离的恩爱夫妻。走进他们家院子的时候，摆放在门口的摇椅第一时间吸引了我的目光。

我问："这把摇椅摆摆样子的吧？"何财余回答道："谁说的，我们要坐在上面说话的呀！""有那么多话好说呀？""话哪说得完啊！"何美君接口。好吧，我在心里叹了口气，在一种叫嫉妒的情感的驱使下酸溜溜地想："估计他俩的心没有灵犀，不能在沉默中交流，所以每日有那么多话好说，多到说不完。"我这边还在酸，那边女主人接着说："他呀！每次出门，最好我能一起去，那样就省得牵挂。"唉！此时我再怎么羡慕嫉妒恨，能送上的也只有祝福了，还有那首歌："我能想到最浪漫的事，就是和你一起慢慢变老，一路上收集点点滴滴的欢笑，留到以后，坐着摇椅慢慢聊。"

◎ 西沪港畔的艺术人生

去下沙村的动机很简单，是看到一位朋友发在微信朋友圈的一张照片，内容是一台晚会现场，上有一条横幅：庆祝墙头镇下沙村萝卜团文艺晚会。居然有“萝卜团文艺晚会”！那一晚是来不及了，于是第二天便拉了乔娜直奔墙头镇。

一见到墙头镇的宣传委员林朝强，我便开始责怪他：“这么好的晚会，也不通知一下。”他叹了份苦经，把我们都说服了：“哪敢通知啊，现在办节大家都是低调再低调，昨晚我们去了几个镇干部，坐在下面连萝卜团都不敢吃。万一被拍了呢？”

但我表示想去下沙村吃萝卜团，念头很强烈。林委员是个厚道人，看我们俩都这样不请自来了，不带我们去实在不是待客之道，于是二话不说便坐上车。在车上他先打了个电话，电话通了以后他说可以开车了，我们要找的萝卜团的灵魂人物在村里面。

下沙村的文化礼堂前，一排老人正坐在沙发上晒太阳，今天的阳光很好，是标准的冬日暖阳，热力四射又不灼人，完全可以暖洋洋地晒到日影西斜。这沙发好像是统一订制的，靠背特别高，几个老人深陷其中，好像泡在温泉里一样。下沙村是一个渔村，村前就是西沪港，风吹来，带着一种辽阔的海的气息。深陷在沙发中的这些老头老太，年轻的时候都是一叶小舟出没风波里，经过了风雨的洗礼，晚年的这份安逸就显得更弥足珍贵了。

这文化礼堂其实也就是村祠堂，昨日的萝卜团晚会就是在这里举办的。“灵魂人物”来了，他高高的个子，属竹竿型的，长相清瘦，笑容灿烂，眼神里透出快乐活泼的神情，整个人又有一种谦逊温和的气质。哦，我真是好久没有这样称赞过一个人了。这位名叫何财余的村文艺队队长是个资深文青，这个信息通过他脖子上那条浅色格子围巾强烈地透露出来。那围巾简单地

挂在胸前，看起来既单纯又认真，像是刚上学的孩子扎的红领巾，又像是《青春万岁》里林道静的造型，充满了蓬勃的朝气和献身革命的热情。

我笑着对他说，这条横幅好像少了一个字吧。何财余笑着说是少了一个“节”字，应该是“萝卜团节文艺晚会”。一字之差变成萝卜们的文艺演出了，性质还真是蛮严重的。他解释道：这条横幅是2007年第一届萝卜团节时做的，为了节约钱，他这次就没有重新去写。写一幅要50块钱，想来想去还是不能浪费。

说完了横幅，他热情地招呼我们上楼。楼上是他的办公室，也是村图书馆。这是我见过最古老最简陋但也是最有文化气息的文化礼堂。我站着感觉随时都会碰到天花板，于是坐下来，坐下来又感觉这地板好像在摇晃。但是心很稳妥，因为这里所有的一切都透着一份柔和，仿佛斜阳照进村庄般静谧温情。

何财余的办公室四壁都挂满了照片，每一张照片背后的故事他都可以娓娓道来，内容基本上就是什么曲目，哪些演员，在哪演出。基本上都是在本村或者县里的其他各村演出，其中最高级别的一场是在宁波大学演出，而且还上了中央电视台。

说了远的，再说说近的。何财余说昨晚那台晚会超火爆，村里40多个文艺队员全部上场，各显神通，大放异彩。其中有好几个节目是他编导的，除了担任编导，他本人还会唱越剧、京剧、黄梅戏。除了这些传统曲目，他还会唱马灯调，是自己原创的，因为去年是马年。他的马灯调走到哪火到哪，“丹城公园、姜毛庙我们都去唱过，听的人可多了！”他还亲手制作了道具——马头。里面的竹条也是他自己削的，“我年轻时做过篾匠师傅，手艺好得远近闻名呢！”何财余说着又展颜而笑，这低矮的屋檐在他的笑容中明朗起来。我相信，能干的人做什么事都会做到极致。

这一点在他的家里更能得到证实，他老婆说，在村里他真是属于百事通这个级别的人了。邻居家电视机坏了，要叫他去看一下。有时候都很晚了，但是何财余二话不说就过去修理。“都是些小毛病。”何财余说。但是老婆大人不认为这是小毛病，继续向我们甜蜜地投诉：“有时候人家麻将机坏了，也叫他去修，大热天，钻在麻将桌下，看着就让人心疼。让他别去他是不肯的。”“别人叫我去我也高兴的，说明用得着我。”说这话时，我们已在他家包萝卜团了，何财余在一旁整理各个时期的相册，其中有好多是他老婆大人粉墨登场时的照片。

“昨晚有你的节目吗？”我问系着围裙指导乔娜包萝卜团的何夫人。

何夫人也姓何，芳名美君。她长着一张不会老的圆脸，皮肤光洁，短发染成时髦的棕红色。和她的老公一样，围着一条围巾，围巾是大花的，这司空见惯了，很特别的是她的裤子，比围巾更花，但是穿在她的身上倒也是服服帖帖，用时下的话说没有违和感。

“我有三个节目呢！忙得换衣服都没时间。”她一边包着萝卜团一边回答。

“那么多啊！”

“一台晚会上五个节目的时候都有呢！这还算少的了。”

这下我不得不真心佩服了，一个人在一台晚会上演五个节目，那相当于个人专场了。何财余在旁边认真地说："一个人登场那么多次是不好的，所以后来就没演那么多了。"看来这个艺术总监举贤还是避亲的。

从交谈中得知，他们夫妻俩是一个村的，是何财余的父亲先看中这媳妇，原因非常简单，因为当年何美君常和阿公一起演戏，"他演杨宗保，我演穆桂英。"何美君说。

"那你们把辈分给搞乱了呀！"

何财余笑起来，表扬我懂得多。我沾沾自喜地谦虚道："这么有名的两个人总要知道吧！"

何财余的父亲担心何美君嫁远了，没人演穆桂英，于是竭力促成这桩婚事。这话是何美君自己说的，我的想象力还没高超到这个地步。

何美君比何财余大两岁，我问何财余："那你当年没想过她比你大？"

何财余有些答非所问："她当年扮相可好看了，追求她的人可多了！我可是好不容易才追到手的。"

那些温馨美好的回忆从记忆深处涌来，让何财余本来就明朗的脸显得更加如春风拂面了。他翻出一张证书，不是他们俩的演出奖项，而是他们家被评为2014年宁波最美家庭。他们俩有一双儿女，都已成家，儿子在余姚，女儿在宁波，儿子大学本科毕业，女儿专科毕业，都有好的工作好的伴侣。在他们家客厅的墙壁上，挂满了一家人的照片，其中儿女的占大多数，还有外孙女和外孙。

如果我当评委，我觉得评他们为全国最美家庭也不为过。不仅是家庭成员和美，而且整个家都打造得很美。包萝卜团的厨房竟然是玻璃房，用玻璃房做厨房的可真少见。我倒是见过一些人家为节约地方，把车库改造成厨房的，我真是百思不得其解，因为居室里明明有着厨房的位置，有些说是为了图方便，有些说是为了不让油烟侵犯一整套房子。和何财余比，他们的境界真是差了十万八千里。玻璃房里有上百盆花草。那些花草倒也不是经冬不凋，只是因为它们根本就不用经过冬天，它们生活的这个地方没有冬乔娜指着县文化中心舞台上一位欢天喜地蹦蹦跳跳的妇女对我说：那位就是教我做萝卜团的吧！我再三打量，精气神是够足的，脸也是够圆的，但好像没那么年轻吧！但这位充满活力的舞台女神那条花裤子打消了我的疑虑，是何美君，正是她。

这是县非遗精品节目会演，他们代表墙头队，选送的节目是象山小唱《西沪港赶小海》，作词、导演是何财余，领衔主演为何美君。

我们看见这条花裤子时是彩排的场景，一到晚上，何美君换了套粉红色的小碎花，背着顶小凉帽，尽管那腰肢儿不再如杨柳了，但是那饱满的精气神让她气场十足，深厚的戏曲功底让她的一招一式干脆利落，多年的舞台经验让她的一颦一笑极具感染力！

天。多么幸福啊，哪怕是生活在何财余家里的花草。

玻璃房外，有一条“小溪流”，这溪流从一只玻璃瓶里流出，淌过一根竹竿一直流到院子里的鱼池中，里头有上百条鱼，这也是何财余的创意。鱼池旁是块小菜地，菜地旁又是一个小花园。我都不知道怎么来描绘了，总之，他们家把所有美好的元素都搬进来了，鱼池、花园、流水 …… 还有那把花枝招展的摇椅。

在经过一番他们经常坐在摇椅上所聊的对白后，我让他们俩再演绎一下这个场景。何美君表示要去换衣服，经过漫长的十分钟的等待，她款款下楼，穿着照片上这件隆重的紫色大衣，“哇！好雍容华贵啊！”我们负责叫好。

“这样穿有点不像吧！”何财余表现出自己人说真心话的架势。

“像过年一样，感觉多好啊！”我一连串地肯定，同行的另外两位也一起夸好看，这让何美君笑得像花一样。是不是像花一样？大家看看照片就知道了。

◎ 87 号鸡蛋

87 号是一个门牌号，住着一户德高望重的、让傅雪芬一想起便心生敬意的人家。那是她公公婆婆的家，准确地说，是前公公婆婆。

傅雪芬说她的公公是一个很有德行的老人家，修身齐家且非常乐善好施。人间事常常情深缘浅，如今她和丈夫劳燕分飞好多年，各自都重新组织了家庭，但是在 87 号的那些岁月她始终珍藏，那份尊重会直到永恒。于是她把自己梅玲草鸡合作社的绿壳蛋命名为 87 号鸡蛋。一方面是纪念以往的岁月，另一方面，她说人品就是蛋品，取这个名是用来鞭策自己，在鸡的食用品里不放任何添加剂，保证蛋的质量。

微风吹过春叶，带来阵阵柔意。我打量着眼前的傅雪芬，想着她尽管干着养鸡卖蛋这样的粗活，可内心的温柔却从未磨灭。她和这些鸡朝朝暮暮在一起，但她说起话来依然轻轻柔柔的，一口文艺腔，最令人难忘的一句话是："春天老了。"那是一次采访时，我和她在谈论农庄的空气，她说"象山的空气质量好，能见度特别高"。我正在琢磨这养鸡大户说话倒是挺有格调的，她接下去说了句："这会儿春天老了……"这让我对自己肃然起敬，佩服自己看人咋这么有眼光。因为我一直觉得这是个有故事的女人，她的内心丰盈。

傅雪芬在墙头亭溪农庄里从事农业近十年了。这十年她始终在摸索在追求，有过失败的教训，也有成功的经验。前几年她信心满怀寄予厚望的鸡一股脑儿地死了，傅雪芬那个伤心啊，不说呼天抢地也多少有些灰心丧气，叫天天不灵叫地地不应，然而怨人者穷，怨天者无志，对于自己的选择，她始终说不悔。人生最大的幸福也就是不悔！

如金的光阴不是用来累积教训的，她借了些钱重新来过！吃得苦中苦，傅雪芬慢慢地张罗开一片天地，有了一些追随者，成立了梅玲草鸡合作社。她计划两年内合作社的鸡达到2万只左右。目前合作社旗下的蛋有绿壳蛋、土鸡蛋、虫子鸡蛋和山鸡蛋。

傅雪芬的农庄是一个风景极佳的处所，远山近林处处流淌着碧绿。阳光下一个小灶台在煮着鸡食，香喷喷的，冒着腾腾热气！打开一看，是一些大头菜、萝卜等，傅雪芬说她的鸡主要吃一些米糠、玉米粉、黑麦草，还有一些小海鲜。这会儿，那些鸡在竹林里散着步找小虫子吃，我对郑丽敏说，你看"不可居无竹"，这些鸡是做到了。郑丽敏说："是啊，这些鸡可比郑板桥住得好呢！"这些鸡的确是有福的，住在竹林里，芳邻是爱美的孔雀。那天阳光特别好，孔雀好似在进行选美大赛一样，只只开屏，美得让我这个评委实在无法厚此薄彼，给了个全体并列冠军奖！

傅雪芬说夜半时分她常常会起来去看看这些小动物。我可以想象：更深露重，傅雪芬披衣去看那些熟睡的鸡和孔雀的情形，那种"月出惊山鸟"的空灵只有她自己能体会，有这些小动物的陪伴，她的山居岁月是充实的。

合作社的成员现在有10多户，分布在晓塘、大徐等地方，偶尔去指导交流也够她忙的了，更何况合作社还要不断地发展壮大，志同道合的配合中傅雪芬会找到持续的乐趣！所以说人的许多快乐是在工作中得到的，各种各样的怀疑将在投入的工作中得到解释，愿我们都能干一行爱一行，都有自己心中的87号！

有一天，我和郑丽敏在逛街，正从一家服装店出来，迎面碰见傅雪芬。她手里拿着一叠请柬，看见我们，眼睛一亮，说要举办草鸡节，正要给我们寄请柬。我说这张请柬你就省下了，我们一定来！

◎ 王爱娇家花满蹊

当秋风盈满衣袖，空气中渗透着丝丝微凉，我的脚步迈进了一户满园花香的小院，不仅是院子里花开似锦，屋子里亦是花团锦簇。秋风刹那间溜走，场景换到了春天，万紫千红的春天！

女主人王爱娇一看到我们这批不速之客，便急匆匆端出各类水果，然后匆匆往楼上跑。“换衣服去了！”同行的高塘岛乡江北村书记楼小龙对我们说。

等我们吃第三个橘子时，还不见王爱娇下楼。楼小龙说：“她以前是唱越剧的，会打扮。”于是我充满了期待，期待楼上会走下一位画中人，眉目如画，莲步轻移！

王爱娇再次出场时，果然蛾眉淡扫，粉面轻敷，整个人尽管谈不上袅娜纤巧，却是温柔可亲！我在心里喜欢上了她。一个人对外貌的维护体现了这个人的自尊心，所以我对所有爱打扮会打扮的女性都心怀尊重！而她的家亦如她的人，虽然不是光彩照人，但绝对是精心打理的！院子里种在各种酒瓶、可乐罐里的不知名的小花小叶们是主人心事的代言人。清晨的露珠还闪烁在这花叶上,传递着清新。

高塘岛的江北村是有名的商贸村,一个村拥有店铺400多家,全村有90%左右的人口从事商业。但我们今天谈论的不是商贸,要说的是环境。楼书记是远近闻名的惠民书记,他说,一个村庄富了,接着要建设的是绿化,他要带我们去几户庭院收拾得特别美丽的家庭走走,王爱娇家是他的首选。

"生活充实最要紧。"王爱娇一边向我们展示她的丝网花一边说。编织丝网花成了她目前的最爱,茶几上摆放着《缤纷丝网花》作品集,客厅里就有两盆丝网花作品:一盆是粉红色的荷花,王爱娇说这花美中不足的是荷叶不够多;还有一盆叫富贵花,深紫色的大花朵怒放着,有着无边的艳丽!要从美学的角度来看,这两盆花似乎都过于浓艳,有失清雅。但这有什么关系呢,只要自己看着喜欢就行了,只要能激发生活的热情就行了!这两盆艳丽的花一如王爱娇,热爱生活热爱美!

左邻右舍的家里都展示着她的丝网花作品,左邻右舍也在她的影响下把美化庭院当成一种生活方式,纷纷种花种树,不乱扔垃圾,实现门前保洁。"一个人影响了一条街"。这是楼小龙对她的评价。如果我写得一手好字,就一定会送给她一幅字:"随风潜入夜,润物细无声。"

在这样一个秋日的早晨,和这样一个爱美爱生活的女人坐在她精心打造的庭院里,吃着水果聊着她对生活的感悟,用时下的话说:"我也是醉了。"王爱娇的丈夫会许多种乐器,当年他们俩就是你弹琴来我唱歌,浓墨重彩中共度锦瑟华年,多么美好!这农家小院不是琼楼深闺,没有寻寻觅觅没有冷冷清清更没有凄凄惨惨戚戚。

年纪渐长,两人都告别了舞台。丈夫和别人合办了一家小工厂,但每逢村里的文化节,舞台上依然有他俩的身影。而我更相信,在这样的闲庭小院里,他俩有更多静好的时光,携手并肩,小曲轻唱!欢歌如泉涌啊,琴瑟共鸣的生活哪一天都值得歌唱。

田野里飘来稻穗的清香,王爱娇低头做着丝网花。她把目光倾注在丝

网花上，我的目光倾注在她身上，仿佛她着了霓裳羽衣，芳华四溢。我看着她，看着这柔情萦怀的海岛村妇，耳边响起丝竹声，响起那动人的《牡丹亭》“袅晴丝吹来闲庭院，摇漾春如线……”

在这片金色的土地上，充满了对真情的渴望，对美的向往。

◎ 金国恩：1200 亩蔬菜的掌舵人

常常觉得形容什么之多时用“什么的海洋”是很土的一件事，但是此刻，当我站在这西兰花中间，实在想不出有比“西兰花的海洋”更确切的形容了。

冬日的午后，阳光明媚，温暖如春，近百名妇女坐在西兰花的海洋里忙活着，一辆大卡车停在一边，不用问就知道，等着西兰花出运呢！这情形看在眼里真是暖在心里，她们一边切着西兰花一边拉着家常，一个个春风拂面的。她们的衣服基本上都是色彩鲜艳的，不是红就是绿。这些绚丽的颜色洋溢着热情，更洋溢着生机。我站在其中，一种不可言说的亲切感溢满周身。用时下流行的话说，瞬间感到能量倍增。

普希金有一段诗这样写道：“不要认为在宁静的乡村中生活，不花费任何劳动，就能那么开心，平白地享受甜蜜的夜梦，需要什么呢？需要劳动！”用在这里多么贴切。

这些妇女们都是在为定塘金意果蔬合作社打工。我心里想，这合作社的社长真是个了不起的人物啊，掌管着海洋般的西兰花！怎样为这了不起的蔬菜大户拍张与众不同的照片呢？让他站在蔬菜基地里壮志满怀、感慨万千，或者装出和菜花们说悄悄话的样子，还是手握锄头和泥土奋战？

绞尽脑汁之际，我的贵人出现了，一位负责给西兰花过秤的胖姐姐捧着棵巨大的西兰花快乐地跳过来，跳到我们面前得意地说：“看！这么大的西兰花，没见过吧！”还没等我们回答，她自顾自地说下去：“重三斤八两呢！拍个照让它们上报纸吧！”于是便有了这张照片。金国恩捧着这棵西兰花，任凭我们怎样调动他的情绪，他始终没有显现出特别的激动，一副司空见惯的样子。我有点替这“花魁”不满，问他：“这么大的西兰花多吗？”

“不多的，一般西兰花在一斤半到一斤八两左右。”他以专家的口吻沉稳地回答。金国恩是金意果蔬合作社的负责人，有1200亩蔬菜基地，主要以种西兰花为主。他的发言绝对权威。

可是对于他此刻淡定的表现，我很不满意，心里想，差距那么大，也不激动一下，真是的。“这么大的西兰花的确是不太有的。”他仿佛猜透了我的心思，补充了一句。我的心情一下子好了，奉承的心也来了。“你种菜30年了，创造点奇迹那是很正常的。”但看来马屁拍到马脚上了，他好像没听见似的，走过西兰花的海洋，走进一间小屋，妥妥地坐在一张餐桌前，问我想知道些什么。

“想知道的事情多了！”我先把这小屋打量了一番。这是间厨房，有些杂乱无章，似乎为了节省空间，摆放的都是最简易版的没有靠背的方凳。坐下后，我将眼前这位大户上下打量了一番，一下子找不出什么特色来。只是觉得他眼睛里红血丝特别多，估计是睡眠不足导致的，肚子圆圆的，看来近年亲自下地的时间不那么多了。迅速地思考后，我说：“还是说说你每天的作息时间吧！”

“我每天早上五点起床，点根烟去菜地里转转。”金国恩点了根烟，看得出这烟是他的挚爱。后来好几次他的话题都围绕着烟，比如“不多种菜会抽不起烟”之类的。

“每天？每天五点？”

“冬天的时候是五点，夏天就是四点。”一缕烟丝飘过，他的脸在我面前变得有些虚幻起来。我仿佛看见清晨的薄雾中，这敦厚的身影穿过一垄垄田地，手中的这根烟伴随着他，仿佛星星伴随着博大的苍穹。金国恩现在种菜已经产业化、规模化了，根本不用再担心买不起烟了，可以轻松当老板了。但劳碌了一辈子的他停不下来，到地里去其实也不是亲自种菜，只是习惯了早起，不走一走便会觉得这一天有些别扭。我想他的呼吸也已离不开这泥土的芬芳了。清晨走在田头，那份明净静谧的好时光只有像他这样勤劳了一辈子的人才能有更深的体会。

如今的金国恩把主要精力用于西兰花的销售。今年西兰花的价格不错，批发价每斤能有1.20元左右，“每天的价格都在浮动，比如昨天是每斤1.15元，今天就是1.20元了。”金国恩说。在我们眼里也许这5分钱无足轻重，但是试想，今年他们合作社的西兰花产量达450万斤，哪怕是一分钱的差价，也是个大数目。

金国恩的西兰花主要销往黑龙江、山东、河南、北京等地，以山东寿光蔬菜批发市场为主。山东寿光蔬菜批发市场是全国最大的蔬菜批发市场，金国恩说他们的西兰花菜品在这个批发市场里排名第二，但实际受欢迎程度却是稳居第一。因为他们的西兰花花粒细、颜色绿，而且非常均匀，没有良莠不齐这些问题，所以从来都是供不应求。

对于这些过于专业的知识，说实在的我既不懂，又不怎么感兴趣，所以我适时地打断了他的话，没有让这位西兰花大户的思绪在西兰花专业知识的领域上拓展。我问起金国恩和西兰花的缘起时分。

他倒是对每个话题都充满着热情，愉快地回忆起当年那个24岁的自己，那个第一年就种了27亩蔬菜的自己。然后他概括性地表示种菜生涯不曾间断过，就这样早出晚归地一直做到现在。几乎半个象山都有他的菜在生长，丹城、石浦、爵溪、贤庠、大徐、新桥、高塘、鹤浦这些地方都有他的菜。说这些话时，他采用流水账的形式，语气也是平平淡淡的，看不出特别明显的自豪和得意。

但是说起下一个话题时，他明显有了喜悦之情。就是他带了许多徒弟，这些弟子们现在也掌握了种菜技艺，成了种菜大户。他说在他的指导下，高塘的林根兴种了240亩，小月湾的金丛标种了50亩，还有一个叫帮秀的种了30亩——而且他们都种得相当成功。这一亩田会产多少蔬菜啊，而这些徒弟极有可能又会带徒弟，这样发展下去，他可就成了一代宗师啊！

"一代宗师"坐在我的面前，坐在一条极其平凡的板凳上，没有丝毫居功自傲的样子，没有慷慨激昂的陈述，只有这些有根有据有具体数字的诉说。那一刻我深深地觉得，"大音希声""大象无形"这些词用在他身上多合适啊！但是有必要用这些华丽的词吗？他默默地生活着，从容而平淡，自由而宁静。这份自由和宁静是花费了劳动赚取的，因此会无限踏实。

在这片广阔的田野上，还有许多付出了劳动但并未得到甜蜜睡梦的人。在礁横村的村口交易市场，满地的紫甘蓝让人联想到"丰收""丰年"等词汇。可是今年的紫甘蓝丰产却不丰收，每斤只卖0.26元，这个价格当然是血本无归。可就

算是对这么低廉的价格，74岁的村民盛式民还是心怀感恩，说得感谢来收购的这位菜贩子，如果没有她，这批紫甘蓝就要烂在地里了。问价格这么低大家干吗还要一拥而上地种紫甘蓝，盛大爷说这种菜变得和赌博一样了，去年价格一块多的菜今年说不定才两三毛，拿出所有的力气起早贪黑种的菜，却换来这个结果，这心里的委屈真是叫天天不应啊！但是他们却依然感恩，我只有在心里默默地祝福，但愿“天道酬勤”。

不久后的一天，家里的餐桌上端上一盘紫甘蓝，我问负责买菜的爸爸这紫甘蓝多少钱一斤，爸爸说三块钱一斤。我知道放到某些高级餐厅，一盆紫甘蓝的价格差不多会是菜地旁一蛇皮袋紫甘蓝的价格。

丰收的田野，成熟的精神

这是一派丰收的景象，一望无际的田园上一望无际的碧绿的蔬菜。正在菜地里收割的陈胜连、王春莲夫妻是定塘礁横村人，夫妻俩种了10亩菜，一种20多年了，今年尽管丰产，但是菜价并不高。

有一辆大卡车停在他们的菜地旁，两个脖子上戴着粗金项链的年轻人和他们讨价还价。他们说同样的菜花今年比去年的收购价低了不少，同去的宣传干事欧惠惠让他们把菜价提高一些，两位为难地表示他们也赚不了钱。惠惠说:“你们的金项链那么粗了,却还要那么抠门。”一席话说得大家都笑起来。风吹来,田野里飘散着舒畅清新的菜花香,让人在精神上感到愉快和洁净。

尽管今年的菜价不高,但是在割菜的女主人王春莲的脸上却始终洋溢着灿烂的笑容,她消瘦而略显苍白,平凡的相貌因为灿烂的笑容而增色。她操着一口浓重的四川口音,20多年前她跟随一位礁横人从四川来到了这个礁横村,嫁给了陈胜连。这些情节听起来都很平淡,但不平淡的是她来的时候带着两个孩子,而此后与陈胜连没有生育过一个孩子。

我不无惊讶地表示:“你的老公可真好啊!”“老公不好日子可就过不牢了啊!”她欢快地回答道。这个时候他们夫妻俩正齐心协力地把一蛇皮袋的菜花从菜地里扛到小三轮车上。陈胜连把全部的注意力都集中在这一袋袋的菜花上。他一声不响,偶尔抬头,憨厚的脸上有着岁月的留痕,一道道皱纹让人感觉到生活的艰辛,也让人觉得亲切而朴实。不为什么的,爱笑的王春莲又笑了,在这深秋,她的笑容让我想起林语堂的一句话:“这是秋天的精神之歌,有成熟的精神,向忧愁微笑,向欢乐爽快的微风赞美。”

这是田园里普通的劳作场景,如果我们没有走近他们,他们都是泥土一样平凡的人,但是当你稍微了解了他们的故事,便觉得每个平凡的人都有着不平凡的故事。他们为了生活付出全部的热情,没有他们,这片土地上哪有这样的碧绿,他们是这片土地的灵魂。

◎ 心有芬芳　自醉醉人

一树桂花已是芳香沁人，想想看五万株桂花会香成什么样？这位名叫王家兴的象山人，就在他的家乡贤庠种了5万株桂花，品种达40多个，占地面积达1200亩。可以说在贤庠的每一处，都可以闻到他的桂花香，一个人香了整个家乡，这样壮观美妙真实的田园诗篇是陶渊明也写不出来的。

“昨天我们刚从扬州开桂花会议回来，这会儿他在睡觉，实在太累了！”在王家兴位于贤庠西山下村的桂花研究所，他的夫人对我们说。

“桂花会议，哦，听起来好风雅！”

“是啊，一起开会的都是全国各地的种桂大户，碰在一起有说不完的话呢！”王夫人开心地笑起来，眼睛笑成月亮弯，一副好脾气的模样。从她的笑声里我似乎感受到桂花会议上那和谐欢乐的气氛，那份欢乐这会儿还闪烁在她的眼底眉梢。

我们说一点都不着急，有无穷无尽的桂花可以欣赏，时间怎么会难挨呢？况且在桂花香中等桂花的主人从梦中醒来，这样的等待让我们自觉超凡脱俗了。秋风吹过，吹来蜜甜的桂花香，一朵朵娇黄的桂花在枝头轻颤，我们不知道感谢哪一朵才好，香得那么清爽，香得那么彻底，香到我们几乎无法思想。

思想在这样的芳香中的确是多余的，只要安静地去享受这一份美好的芬芳。看着这无边无际的桂花林，几乎怀疑它们是本来就有的，是上天栽培的。忽如一夜东风来，千树万树桂花开。我想一定是上天的神力吧，那么铺天盖地的桂花靠人力几乎是不可为的。穿梭在明净整洁的桂花园中，或留连徐步或倚树而息，胸中满溢潇洒之情，觉得加双翅膀自己真的会翩然成仙，成为桂花仙子。生活在这样一个地方，鸟来探路，风来问候，雨来调情，花香如谜——

一阵锄头声将我惊醒，原来是一老伯在掏番薯，他的家就在西下山村，这桂花地旁还有些土地，觉得闲着可惜便种了两垄番薯。我过去表扬老伯种番薯得法，番薯成长得那么健壮！老伯为奖励我的慧眼一定要送几个番薯给我。我趁热打铁问老伯天天生活在桂花林里，香到了什么程度。

老伯的回答出乎我的意料，“香到都不觉得香了。”这回答颇有些身在福中不知福啊！是啊，这强烈的香，香到鼻子麻木，香到感觉失灵，香到以为空气就是这样香

的，香到不以为这是桂花香了，这香成了一种生活习惯，这该有多香啊！

远远地，王夫人在桂花研究所向我们招手，看来，桂花主人醒来了。我们告别老伯，欢快地向百汇研究所走去。桂花主人不但醒了，而且还在桂花地里转了一圈满头大汗地回来了。只见他裤腿半卷，头发汗湿，一张黝黑的微胖的脸上毫无诗意可言。莫非是大巧若拙？果然，与君一席话，证明了我这个想法。

王家兴侃侃而谈，他说他的人生泾渭分明。第一阶段是 20 岁开始在大连当海军，一当就是 17 年。第二阶段在宁波华联集团当董事长，这一当 10 多年，后来自己开服装店又是 10 多年，也包含在第二阶段。第三阶段从 2001 年开始种桂花，从第一年的 2 棵桂花树种到现在的 5 万棵！

“部队锻炼了我，让我在政治和文化上走向成熟，更炼就了我吃苦耐劳、遵纪守法、一丝不苟的品行；到地方，我学会了经营管理，掌握了信息量，拥有了丰富的人脉；现在种桂花，回归田园返璞归真，我的目标是种精品种大树，十五年以后出效益！”王家兴几乎用一种发布命令般的坚定果断的口吻，

简练分明有条不紊地阐明了他的历史和他的蓝图。

他说一开始的时候他也没想到自己会种那么多桂花，但是越种越有感情，越种越在其中得到一种幸福感，所以一发而不可收。我仔细看着他的脸，用我所有的相学知识，看到这张脸上写着坦荡，写着宽厚，写着勤劳，写着雷厉风行。

他愉快地谈起每一天的安排："我们夫妻俩每天早上 5:00 起床，她去菜场买菜，我去桂花地里转转，一圈转回来，她小菜买回来，早饭做好，我吃早饭了，吃好早饭农民们来了。他们 6:30 开工，有 40 多个人，我安排一下生产，然后各就各位开工了！"每一天休工时，他和妻子还是会在桂花地里并肩漫游，从黄昏直到夜色阑珊。

在王家兴的眼里，与桂花打交道的每一天的生活是那样单纯、洁净而愉悦。每一天，繁重的农活在他身上除了欢乐几近不会留下别的痕迹，因为这是他自己选择的生活，由衷热爱的淳朴的生活！他不无自豪地告诉我，国内桂花种得比他多的人有，但是种像他这里这样高品质的桂花不多，他目前有 1.2 万棵金球桂，1.3 万棵丹桂。去年他的桂花基地被评为"宁波市十大赏花基地"，和他齐名的是四明山的樱花基地、奉化的桃花基地……

他说今年他 66 岁了，还要再种 26 年桂花，"种到 92 岁，我估计就种不动了！"他乐呵呵地说。说这话时，我让他在桂花树下拍张照片，他随意一站，镜头中略微发福的他居然一副十足的站如松的军人模样！那笔挺的腰杆、意气风发的眉宇让他整个人焕发出一种光彩，有一份大气豁达，更有一份潇洒雍容。

"希望您 26 年后再排 26 年的种桂计划！"我由衷地祝福他。和王家兴一起站在这方桂花飘香的天空下，我思忖着怎样打造一方属于自己的芳香的天空。这也是每一个人都应该思考的问题，只是像王家兴这样的少数人想到就做了，而我们绝大多数人只是想着想着就一直想到老想到做不动了！想起那句话：再长的路，一步步也能走完；再短的路，不迈开双脚也无法到达！那么让我们一起闻香而动，迈开脚步行动吧！

文章写到这里应该可以打住了，但是第二年花开时节我又去了他的桂花地，有一件事必须要啰唆一下：

第二年花开时节我和郑丽敏再去王家兴桂花研究所时，所里多了辆三轮车，三轮车上有把结实的藤椅，结结实实地绑在车上。这造型有点独特啊！让人颇费思量。我俩站在藤椅前伤脑筋，王家兴得意地对我们说：“没见过这样的造型吧！自己发明的。”看我们一下子理解不了这发明，他便作进一步的产品介绍：“这椅子是娘娘坐的，娘娘就是我家娘子，每一天，我骑着三轮车，她坐在这把藤椅上，穿过这片那片的桂花地，我说你不就和娘娘一个样啊！”说这话时，“娘娘”正背着一大箩的桂花走过来，由于失重，脚步都有些摇摇晃晃了。“你这人，和你说多少遍了，这个活不要自己干，那么多人，让谁干都行。”王家兴大声责备。

我和郑丽敏面面相觑，这真是世界上最暖心的责备，这真是世界上最美丽的座驾！还有这“娘娘”真是比《甄嬛传》里的“娘娘”不知幸福几百倍。

◎ 人生自是有字痴

题目没写错，是字痴不是情痴。不过，也可以说是情痴，但这份感情的对象是《兰亭序》，是王羲之。

“不用打电话的，我们直接去他家就好了，反正他天天都是在写字，王羲之的《兰亭序》一写就是五年了。”大徐镇的一位联村干部一出此言，我们众人都来了精神。一个高人的形象在我们面前出现，家住乡野，年过六旬，天天练字，一练数年，对王羲之情有独钟，每天临摹他的《兰亭序》。这样的人长什么样呢？阳光正好，蓝天如洗，带着强烈的好奇心，我们一行向大徐甲田弄村进军。

老天不负有心人，高人正好在家，手上还染着墨汁，半件衣裳湿透了。“字刚写好，写得浑身是汗呢！”高人王芳仙看见我们这些不速之客，倒也没有显出多少意外。知道我们是奔着他的字来的，所以他开门见山。

我仔细打量面前这位因字生痴的人，他穿一件花色素雅的短袖衬衫，皮肤光洁，笑容灿烂，略带天真，怎么也看不出 69 岁了。常言道：一物能狂便少年，我想或许是因为对书法对《兰亭序》的狂热，让 69 岁的王芳仙有一颗少年心，也有了相对同龄人来说年轻许多的外形。

“一天到晚写啊写，烦死人了，到处都是纸，到处都是字，有好些被我用来引火了！”王芳仙胖乎乎的老婆倒是一点不把我们这些不速之客当外人，一个劲地倒苦水。

“字可不能烧掉啊！万一有一天一字值千金了岂不是太可惜了。”我们集体抗议。

“烧掉的都是写得不好的字。”王芳仙在一旁解释，让我们不要担心。说着带我们上楼去看他的书房，“我有两个写字的地方，先上楼去看看吧！”他一边说一边往楼上走，尽管这楼梯仅仅是漆过红漆的水泥地，但是整洁异常，发着光亮。我们纷纷弯下身脱鞋，王芳仙说不必了不必了。我们没有客随主便。这一份整洁毫无疑问是“烧字”老婆的功劳。这个家尽管没有一丝一毫的奢华，但是这份纤尘不染的整洁愉悦了每个人的心，也让我对那位烧字的胖墩墩的女主人有了尊重和好感。

王芳仙的书桌放在二楼的阳台上，占据了阳台的半壁江山，传说中的《兰亭序》也在书桌上。王芳仙展示了几幅给我们看。他告诉我们写字是他从小的爱好，这一生从来没有放下过这个爱好，但是天天不间断地写是从

六七年前开始的。“这六七年来，我天天写字，《兰亭序》是我每天必写的，这样整篇地写了上千遍，肯定也是只多不少的。”

“那你觉得你现在临摹得怎样？”

“我现在看看觉得有些形似了。”

看着这一幅幅王芳仙倾注了无限热爱的《兰亭序》，对于这天下第一行书，我们这些外行无法做出评价，“王羲之被你感动了，说不定某个梦里会来教你呢！”我和他开玩笑。

“我是经常和王羲之在谈话的呀，老是问他这个字这样写对不对，这个字怎么写比较好！”王芳仙接过我的话头，态度非常诚恳。那一刻王羲之有没有被感动到我们不知道，但我们是被感动了。

“反正你们俩都姓王，是一家人啊！”同去的夏超明这一句话把气氛推向了高潮。这小夏平时不声不响，想不到幽默起来还真是一点不含糊。大家伙儿都乐开了，王芳仙淡定地笑了笑。看来，他心里早认定是一家人了，和王羲之。

楼上有点闷热，王芳仙和我们一起回到楼下小院子里。这小院子宽敞整洁，有个小围墙，墙内有个小水井，墙外有一排杉树笔挺地站立着，洒下一片绿荫。王芳仙说这杉树是他亲手种下的，杉树旁那一排漂亮但略显杂乱的小红花，他那爱整洁的老婆好几次说要清除掉，是他竭力保全下来的。“这花开得多漂亮啊！看一眼心情就会好。”性情中人的每一句话都透着真性情。

王芳仙的老婆说他写字写得走火入魔了，看电视只看书画频道。这个频道是收费频道，一年 100 元；看书只看书法杂志，他自己订了《中国书法》《书法研究》等。几年前，他去儿子的工地帮忙，在工地里也搭起一张桌子，一有空就写字。正所谓情非痴不能真。

面对老婆的不满，王芳仙淡定地说：“写字是我的生命。”言下之意是你总不能让我放弃生命吧！现在他基本上每天写 1000 个字，今年 6 月还通过了中国美院的书法考级，直接考 8 级。

人生自是有字痴啊！深爱王羲之书法的唐太宗将王羲之的真迹带入了昭陵，王羲之自己也不会想到，这总共只有三百二十个字的《兰亭序》带给后人这么大的影响力，不管是帝王还是百姓都为之痴迷。王羲之的字当然是集书法之大成，但是这篇《兰亭序》的魅力不仅仅在于字，文章本身描写了兰亭美丽的春景及聚会盛况，转而兴叹世事，表达了作者对短暂人生的执着热爱和深切感伤。

“我没有别的想法，只是想着百年之后能给我的孩子留下几个字。”王芳仙说。我想百年之后，王芳仙的《兰亭序》对他的子女们来说一定比王羲之的更珍贵。

◎ 谢才华：心在哪，时间在哪

"去年一年，十双鞋底走破了，好几双我拿去补，有几双都不能补了。"谢才华的老婆不满地说。"不止十双吧，我那双军靴也被爸爸走破了，那军靴的底多厚啊！"谢才华的儿子接下他妈妈的话题，深入开展。

看着眼前又瘦又小的谢才华，我无法想象他这踏破铁鞋的力量来自哪里，"这一年你走了多少路啊，爬雪山过草地吗？"

"反正从醒来就一刻不停地走，这边那边，事情忙不完。"

到底忙了多少事情，让我们看看谢才华 2014 年的成绩单吧！2014 年，谢才华被推选为东陈乡樟岙村支部书记。十个月来，他完成了三件事：第一件，投资 200 万元建成了村里的安居楼；第二件，投资 300 万元完成了村水利建设；第三件，投资 500 万元建成了村旅游客服中心。

耳听为虚，眼见为实，我们跟随着谢才华的脚步一一实地考察了这三件实事工程。看见安居楼里的老人和他拉家常，拉着他的袖襟说长道短。安居楼里最醒目的一道风景，是谢才华的剪纸作品：喜鹊迎春图。这是为喜迎十八大而创作的。记得当年采访他时，谢才华曾这样说过："十八大召开了，我以自己最擅长的方式来表达心中的喜悦。"为十八大创作的剪纸作品中有

91只喜上眉梢的喜鹊，寓意我党走过的91年历程，画面生动活泼，洋溢着喜庆与繁华。这幅剪纸作品是谢才华历时半个月完成的，每天创作时间长达5个小时。

在清流水的陪伴下，来到正进行扫尾工作的旅游客服中心。站在客服中心宽敞的会堂里，谢才华说："我们樟岙有古树、古道、古庙，还有我的剪纸馆，这几年前来旅游参观的游客很多。来者都是客，客

人来了收人家门票不是待客之道，所以我们不收门票。建这个旅游中心，是吃饭住宿用的，希望能让客人留下来多玩几天。”目前，他的忆苦思甜大食堂已开业，想去的朋友联系谢才华哦：13819855107。

古桥、古树、古庙、古道——这么多的古元素聚集在东陈乡樟岙村里，每走一步似乎都会踏进悠远的往事里。眼前的这位剪纸大师在岁月中也会成为传说，成为古树古道一般厚重的人。我一而再再而三地打量着眼前这位剪纸大师，想从相貌上找出些许不同凡响之处，可实在没有。不过，今年71岁的谢才华怎么看都只有50出头。“你有信仰就年轻，疑惑就年老，有自信就年轻，畏惧就年老，有希望就年轻，绝望就年老，岁月使你皮肤起皱，但是失去了热忱，就损伤了灵魂。”信仰和热忱让谢才华年轻。从他身上我真正明白，比才华更重要的是对生活对事业的热忱。

“我小时候就想过，这一辈子要做一件世上第一的事情。”谢才华说出这句话时，我无法不表示一下我的惊讶，“你志向也太远大了吧！”我想听到这

个话时，我的反应应该还是正常的。“我曾对一条小溪谈到大海，小溪认为我只是一个幻想的夸张者；我也曾对大海谈到小溪，大海认为我只是一个低估的毁谤者。”纪伯伦曾这样说，不得不承认纪先生真是个先知。这远大的志向就这样在细水长流的岁月中被实现了，不折不扣地实现了。到目前为止，他的剪纸作品已多达1.3万幅。光这数字就足以让人高山仰止了，更何况每一幅作品都匠心独具、寓意深远。谢才华在2000年创上海大世界吉尼斯剪纸之最：创作幅数最多，1万3千幅；长度最长，4000米。2002年，谢才华再次获上海大世界吉尼斯剪纸之最，其中《和谐图》为世界上最大幅剪纸作品。

古樟树1200岁，古桥500岁，古庙800岁，古道年纪不详。没有超强的意志力，怎么承载得起这么长岁月中风雨的洗礼！这些古老的风景在我眼里都代表了一种庄重的精神。谢才华亦如此。走在村庄里，随处可见谢才华的剪纸作品。这些作品都是有中心思想的，礼义廉耻、反腐倡廉，可以说古往今来创作那么多反腐题材剪纸作品的，谢才华是第一人。

谢才华说这创作灵感和他多年的行政工作有关，很少有剪纸的艺术家有这么长的行政工作经历。艺术来源于生活。包拯有一首诗《书端州郡斋壁》与“包青天”的美名极其吻合。这是包拯流传在世的唯一一首诗，高风亮节、磊落胸怀尽在其中：

清心为治本，直道是身谋。
秀干终成栋，精钢不作钩。
仓充鼠雀喜，草尽兔狐愁。
史册有遗训，毋贻来者羞。

谢才华说，他对前来听他讲座的人讲得最多的一句话是：你们要学习我的勤奋和坚持。不管工作有多忙，他每天剪纸8小时，心在哪，时间就在哪。

◎ 林永奎：告诉你什么叫坚持

夕阳挂在天边，映红整个海面，我们在游艇上，这样的画面，随手一拍，都是大片。我为这一张照片配上的是这样一句话：我尚年少君未老，海角天涯，相守终老。夕阳、大海、游艇，这样的组合，你身处其中，不成为诗人是不可能的。

这些游艇停泊在石浦的渔人码头，和我一起在游艇上的正是游艇的主人林永奎，这只是他其中一艘游艇。林老板共有 8 艘游艇，另外 7 艘是用来做生意的，让游客们乘着游艇去捕鱼，而这一艘是不对外开放的，纯满足个人爱好，兴之所至，开着游艇出个海，人生豪迈啊！

不过他豪迈的人生都是自己一点一滴赚来的。林永奎是生在海边长在海边的地地道道的石浦人，但是他的第一份工作却和海和渔业无关，因为要吐浪，所以林永奎选择了一份不下海的工作，跟着他的大伯去学木工。从 16 岁开始一直做到 19 岁，“如果做木匠一直到现在，我应该也成为一个家具厂的老板了。”林永奎笑着说。我表示相信，一个有志气的人在哪个行业都会出人头地的。

当年在内蒙古做木匠的林永奎偶尔回家乡，看着昔日的小伙伴们花着

大把大把的钱。那些朋友都是做渔民的，他的心不安分了，于是决定转行。1989 年，他开始跟着别人出海捕鱼，第一年吐浪吐到昏天黑地，这本来就是预料中的事，但是他没料到自己居然这么顽固：吐浪一吐就是五年，吐到后来都吐出血来了。可是，他依然把自己扎根在这片海上，坚定不移。所以，荣誉与财富背后的故事真是无法轻描淡写。不管身体怎样，心情怎样，心中的弦是一刻也不能松弛啊，否则就会失去力量。可是要怎样的刚毅怎样的勇敢才能这样永不气馁啊！

他永不气馁，不过，一开始的时候海上有 8 级风他就跑回来了，到后来 10 级风来了他还在海上。那些海上漂泊的日子是不能用来回味的，"一回味就要掉眼泪。"林永奎说。看着气定神闲的他，真是难以想象那段一回味就要掉眼泪的日子。"潮生理棹，潮平系缆，潮落浩歌归去。时人错把比严光，我自是无名渔父。"这是陆游笔下的渔夫生活，艺术和生活真是有很大的差距啊！

依靠自修自信，自己建树荣光，到第三年林永奎做到副老大这个位置了，1998 年他开始做船老大。老大一当就是 14 年。做老大期间，他打的船是最大的。反正高大上就是他的追求，人生仅一回，他不想做个平庸的人。林永奎不仅有逆风飞扬的勇气，更有顺势而为的智慧。随着海洋渔业资源的短缺，捕鱼这碗饭是越来越难吃了，可是旅游却在象山悄然兴起，蔚然成风。2011年，林永奎创办了象山协顺旅游发展公司，投巨资购进4艘豪华游轮，从事休闲捕鱼游。事实证明，他的决定是英明的。

很多人都觉得林永奎的运气好，做什么都做得特别好。其实这么多年来，林永奎为自己累积的能力、能量和社会信用才形成了他身上的正能量，这些能量转化成了常人嘴里的“运气”。到现在，他的游轮已增至8艘，在渔人码头他还造了个时尚的宾馆。这是个很有腔调的宾馆，里面的房间设计都和一般宾馆不同，是套间式的，有厨房，可以自己在里面料理烹煮。

林永奎说产业是搞大了，但是压力也更大了，有时想想真不如当个渔民单纯，出个海赚的钱也足够他大把地花了。但是命运为他设计了更宏大的人生，他现在是协顺旅游发展公司的董事长，他有游艇有酒店更有跟随着他的50多号员工。他要对他们的人生负责，他要给他们更好的生活，也要为石浦的旅游事业贡献自己的力量。身上的担子真是不轻，可我相信那句话：“担子总是给挑得动的人挑的。”

开心时、心烦时开着游艇去出个海，这样凭海临风的人生有几个人能拥有呢？这个时候应该响起李宗盛的歌：“不经历风雨怎么见彩虹，没有人能随随便便成功！”

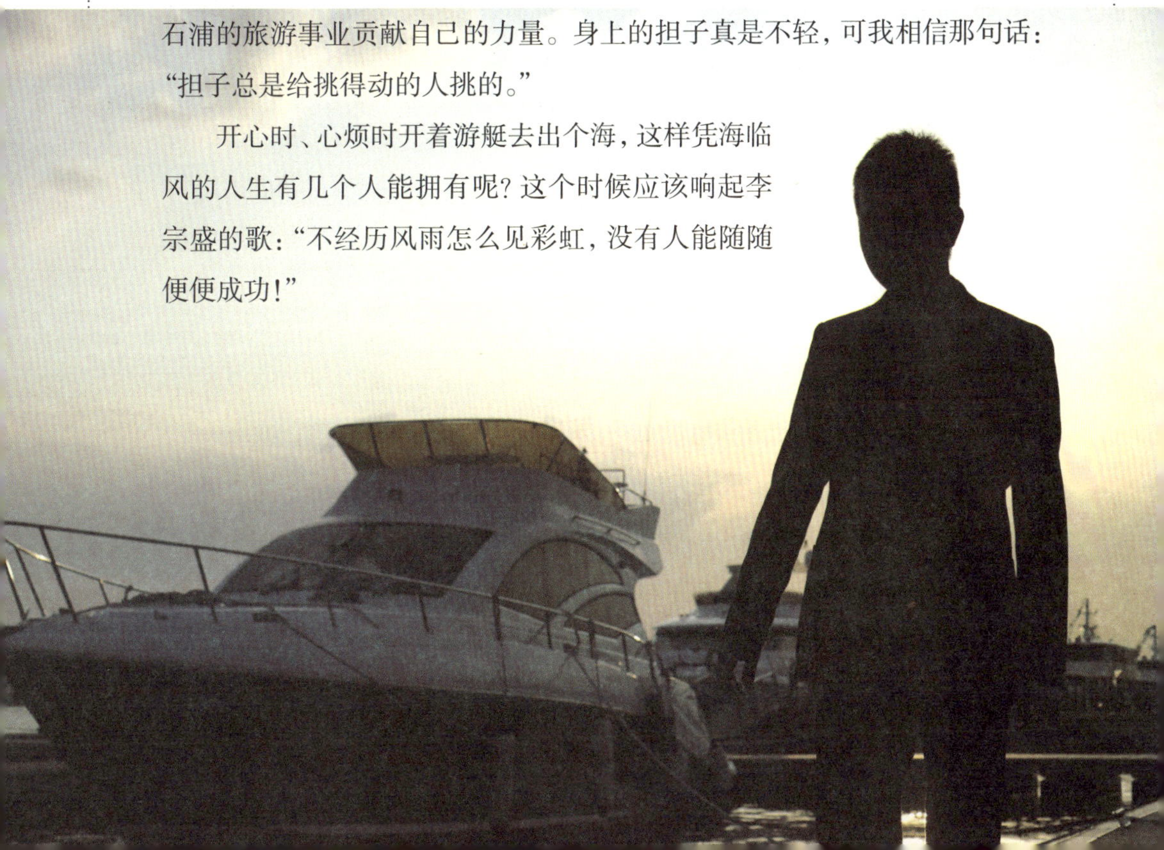

◎ 老黄喊你摘桑椹

当老黄摘了一把桑椹双手递给我时，我注意到的不是桑椹，而是他那双大手。那双手厚厚地摊开着，像一座古城墙，也像城墙一样经历了无数风雨的洗礼，愈发显出一种坚不可催的古朴的力量。我接过他递给我的桑椹，握了一下他的手，希望有一种坚实的力量能通过这双手传递到我的心里。

老黄名叫黄节民，东陈乡东陈村人，他的桑椹园就在东陈卫生院隔壁，共有四亩。尽管和大户们比起来，四亩的面积不算多，但也足够扮绿一方了。种桑椹其实是老黄的副业，他递给我的名片上写的是"东陈老黄专修"，专修煤气灶、高压锅、电饭煲，改装红外线节能灶头等。据老黄介绍，他在业内很有名的。不过今天主要讲他的桑椹。

这会儿，他种了十年的桑椹次第成熟了，老黄希望我们能广而告之，让更多的人知道他的桑椹，吃到他的桑椹，让他能劳有所获。这么朴素的愿望，我真的愿意尽力促其实现。这个五一就去吧！你收获的不仅仅是甜美的桑椹，更有那一份清新的空气、朴实的人情。

我早上去桑椹园前心情并不好，为一些自私的人性感伤着。可是当戴着草帽的老黄穿过桑椹园的田埂，挂着饱满的微笑自豪地介绍着他的桑椹，看我总是摘一些没熟透的来吃，便心急地摘了一大把乌黑的桑椹递给我，那一刹那，温暖填满了心胸。日月长，天地阔，我干吗动不动就烦恼呢！

我仔细地打量了一番老黄，心里想这位老黄如果做教授那真是一个风度翩翩的知识分子，他现在务农，依然有着一种稳重坦诚的风度，他方方正正的国字脸透着善良。哦！吃了人家一把桑椹，一口气唱那么多赞歌！是的，小鸟在空中唱着春天的歌，微风吹过，捎来无数好闻的气息，我所处的大自然有着绿叶和鲜果，透着无限的生机，播种这块土地的人们这么不辞辛劳，而我的任务就是歌唱汗水和收获！让人们知道，这个世界虽然有丑陋的存在，但依然是美好更多！

需要补充一句的是，每一年桑椹成熟时，老黄都会摘好几篮送给东陈乡敬老院的老人们，给他们免费品尝。当然对于那些腿脚灵便的老人，老黄更欢迎他们前来采摘。我想每一年来摘桑椹，会成为老人们犹如孩子对春游一般的盼望，老人们在这嫩绿的桑叶下稍歇一刻，对于身心都是有益的。俗话说："一日笑三笑，活到白头老。"当老人们提着小篮子摘桑椹时，那真不是笑一笑笑三笑的事，而是从头笑到尾。据说每笑一次，横膈大约活动18次，不仅面部肌肉要运动，而且胸腹部以及四肢肌肉也要参与运动，这样就加强了血液循环，增强了新陈代谢和抗病能力。总之，笑是一种极好的精神调节和机体活动形式。

给人一份温暖真的不需要本人站在怎样的高度，一个桑园就能甜蜜很多颗沧桑的心。

◎"汤姆"兄妹和狼山鸡的故事

那么冷的天，真是不想出门。可是约好了去吃饭的，总不能因为天气这种理由而爽约吧！

那条山路有多险，只有去过的人才知道，没有十年以上驾龄的驾驶员是开不了的，就算是这样的老驾驶员在开车，没有生死与共之心的朋友也是不敢坐的。可是我们这一车人之间好几个是第一次见面，在没有一见钟情的情况下还是桃园三结义一样不求同生但求共死般地紧密团结在一辆车里，同呼吸共命运了。

结果驾驶员是个新手，对自己极度不信任，再三说没把握。可是那么冷的天，我们没有一个人愿意下车走上去，于是拼命给她信心，夸她长得一副沉稳的样子，一路开来也是稳稳当当的，绝对能担此重任。于是驾驶员脚弹琵琶、手心冒汗地往上开了，老天爷看我们这么讲义气，给了我们有惊无险的结局，安全抵达目的地——新桥东溪的狼山鸡养殖基地。

话说每段路程都会使我们到达目的地之后享用的菜肴更加鲜美。下了车，于寒风中回望这一段崎岖路，不讲究吃的我第一次郑重地想了想中午会有什么了不起的食物。山顶上几只狼山鸡气宇轩昂地走来走去，一排小屋怕冷般挨在一块，长相难看。可是天寒地冻的，也只有这排小屋可以投奔，于是便把自己塞进小屋。

然而就像一个平凡的女人可以用微笑来化妆一样，这小屋里飘浮的暖暖的饭菜香一下子令小屋增色了。尤其是那蒸笼里的米馒头和萝卜团。那蒸笼是不锈钢的，锅盖是透明的，雾气中若隐若现的米馒头的白，纯洁得让人心都化了。掌厨的是位穿着红色棉袄的女同胞，人和衣服都是胖鼓鼓的，她在油烟中回首对我们笑了笑,算是打过招呼了。

走进与厨房相连的餐厅，迎接我们的是一屋子的昏暗和一桌子热气腾腾的菜，不可思议的是每一盆都冒着热气，好像十多位厨师在大厨房里同一时间烹饪一般，一个顶十啊！我不禁对隔壁那个胖厨师刮目相看，于是带着尊敬的心重返厨房去看她。她全然没有发现我的再次光临，全身心地投入在一盆炒鸡蛋里。她长着一张圆脸，黝黑发亮，这长相好像哪里见过。哦，想起来了，长得颇像《汤姆叔叔的小屋》里那位汤姆的妻子，克洛伊大婶。那位大婶就有着一张黝黑发亮的圆脸，把厨房当成自己的领土。书里传神地写道：克洛伊大婶从骨子眼里和灵魂深处就是个厨师。谷仓旁场院里的鸡、鸭、火鸡一看到她走近，无不显得黯然神伤，显然正为自己的末日来临而忧心忡忡。的确，她总是在考虑捆扎、填料和烧烤，到了要蓄意引起所有敏感家禽恐惧的程度。

思及此，我不禁看了眼门外。门外那些狼山鸡们依然迈着悠闲的步子，没有感觉到危险人物就在身边。还有一头红粉粉重达200斤左右的猪不知从哪儿跑出来透气，那自在的模样简直就是当我们不存在啊！我不禁陷入深思，究竟是红衣大厨的功力不够，还是这些家禽不够敏感？正想得起劲间“汤姆”来了，直奔主题，招呼我们吃午饭。

面对这样一桌佳肴，最好的赞美就是举筷前集体拿起手机“消毒”。一番拍照后，有几个在挑照片发微信，有几个开始举杯畅饮。那米酒也是家酿的，晚来天欲雪，能饮一杯无？老天爷真是特别给力，想什么给什么，果然，窗外响起簌簌的声音，那是雪花落地的声音，那一刻真是不喝也醉了。

雪花飘了一会儿就走了，一餐饭吃得再久也会散，可是散不去的是对这一餐的回味。请我来吃这餐午饭的是“汤姆”和他的妹妹，王建法和王爱红。这一对兄妹是在这半山腰养狼山鸡的，卖鸡也卖蛋，为人踏实而诚恳，是我采访时认识的。由于山里空气清新，他们喂养的饲料又十分讲究，因此鸡蛋的口感十分不错，好吆喝的我为他们在亲朋好友间推销了一些鸡蛋。我这样说好像为了证实那句天下没有免费的午餐似的，也许天下的确没有免费的午餐，但人与人之间的那份相知和信任是多少钱也买不到的。否则有多少人愿意大冷天提着一颗心上山来吃这午餐？如果你也想尝尝这位大厨的厨艺，那么我告知你她的手机：13506680530。你可以买蛋也可以吃饭哦！

◎ 励增法:爱就是展示你的尊重

阳光下，一个安静的院子里，一位老人在进行着一场庄严的仪式。他戴着军帽，穿一身笔挺的军服，在一排自己亲手挑绣的毛主席画像前毕恭毕敬地行了一个军礼，用自己的方式纪念毛主席120周年诞辰。老人名叫励增法，今年74岁，家住新桥，有过13年部队生涯。

这让我想起金岳霖在林徽因过世多年后的一天，西装革履地请朋友吃饭，朋友问今天什么日子啊，这么隆重！金教授说：今天是徽因的生日。励增法和金岳霖告诉我们，爱就是展示你的尊重，这份爱超越生死。

今天碰到励增法，完全是巧合。我和同事郑丽敏去新桥采访，到新桥派出所找一个人，刚好看见一位老人穿一身笔挺的军装站在家门口（他的家就在新桥派出所隔壁）。我们觉得很奇怪，之前也因为别的报道接触过励增法，从来没见他穿成这样。这一套军装不管是和环境还是和这个时代都是格格不入啊！我对郑丽敏说：“这人一老是不是会变得奇怪起来，你看，他穿成这样好奇怪哦！”一向都能为问题给出答案的郑丽敏对此事也无从解释，我们相视一笑，认定人老了就会变奇怪。

这时励增法看见我们了，兴奋地走过来打招呼。他年纪大了，耳聋了，向来只有他说的份儿，我们只管听着就是，也没问他为什么要穿成这样，问了他也听不见。“今天是毛主席120周年诞辰，我特意穿上这套军装来纪念他老人家。”励增法给了我们一个答案。由于耳朵不灵，说话声音也相当含糊，但是这含糊的声音一点不影响语气的坚定。一时间我们心里的那份笑意被一种深深的敬佩所替代。

老人请我们到他家去看一看，不看不知道，一看真是惊讶得不得了。他把院子布置成了毛主席纪念馆，摆放了一排老人亲手绣的毛主席的画像，按照毛主席的各个年龄段依次摆放，家里的墙壁上也是毛主席的肖像和他的挑绣。还有老人自己抄写的毛主席诗词。总之，走进他的家，毛主席便无处不在。“生命的滋味就是感动的滋味，生命的纪念就是感动的重温。”一天天一年年，励增法活在对毛主席的纪念和感动中。有一个人，让你这样长久地爱着念着，那么再平凡的岁月也是有滋有味的！

再通过一个短篇了解一下励增法和他所在的石柱里村。

积极乐观仁者寿

正月十二去采访，更有点拜访的意味。家住新桥的励增法隆重地接待了我们。瞧！这桌上的水果拼盘多有过年的气氛，他的老伴给我们泡的是西洋参糖茶。若光是西洋参茶那倒也没什么可圈可点的，可是当老妈妈拿出白糖罐小心地用匙子舀出白糖放进盛西洋参的杯子里，那杯茶霎时间就变得郑重而甜蜜起来。我捧着茶，暖意在心里荡漾。

这一天是他们家谱的关谱之日，是个大日子，书里有名有姓的全族301人基本上都会参加中午的午宴。这《新桥镇石柱里村励家族谱》是励增法历时四年完成的。石柱里村励家族人从1723年自宁波迁入，到现在已经延续到第二十八世了。

励增法说饮水思源，人啊，最不应该的就是忘本了。他克服重重困难完成这本家谱就是希望励家后人能牢记祖宗的艰苦奋斗，能牢记美好生活的来之不易，做一个有根的人、会感恩的人。要知道这家谱是在励增法得知自己患癌症后修订的。在这样的特殊时期完成这样一份繁复的工作，那种坚忍不拔源自心灵的力量！

励增法十年前被查出患有鼻咽癌，当时的他并非勇者无畏，在这样残酷的病情前他的确是被吓着了，一时间失去了主张。“喜、怒、忧、思、悲、恐、惊七情过激的话就是百病之源。”一位来看望他的朋友好言相劝，让他学会控制情绪，不要再在病情上火上浇油。在接受化疗后，他慢慢正视并接受这个现实，并以乐观的心态对待。有了病，正视它，忘记它，忘记的最好办法就是找事干，家谱修订工作就在这样的困难时期进行。

久病成良医，励增法在接受治疗的同时自己看了许多医书，尤其对草药产生了浓厚的兴趣。接受化疗后，励增法的癌症好了，而且居然长出一头黑发来，堪称医学奇迹。他送给我们两包苦丁茶，说是有一半秘方在其中，我捧着这苦丁茶觉得神圣极了。在他的小院子里，种了一株凌霄花。励增法问我们：“知道我为什么种凌霄花吗？”然后自问自答：“因为三年前，我关节痛，我用凌霄花根磨成粉吞服，嗨！”他加重语气道，“这关节居然不痛了。”说着他伸展了一下拳脚以示证明。

他的小院里还种着一些中草药，在他眼里这些草药浑身都是宝。目前励增法要攻破的课题是耳聋，戴着耳机的励增法基本还是处于无声世界，励增法的弟弟说：“哥哥实在是耳朵不太灵光，要不他在时哪有我们插话的份儿。”

励增法坚持要带我们去石柱里村走一圈，耳聋了便更能说一不二了。他一说出这要求便昂首阔步地走在前头，我们除了跟从没有其他选择。这村庄在美丽的山下，空气清新，有许多美丽的小别墅安静地矗立在山脚下。在这样的地方生活真是能取天地之美而养其身。来往的人不论老少都与励增法快乐地打着招呼，年轻时在车站工作的励增法可是当地的知名人士。我想积极的人生态度和健康向上的人生观也是励增法战胜病魔的一大法宝。

“怒伤肝，忧伤神，愁伤身。不忧不愁，快活一生。”走到一座桥头，励增法突然停住脚步回过头来大声快活地念起这段养生秘诀。和这样的老人在一起，真是时不时有惊喜。

◎ 陈大刚：乡村医生一当 50 多年

（首先要声明一下，这篇报道写于四年前，文中“今年”是指 2011 年。）

今年 72 岁的陈大刚 20 岁开始从医，从此一生没改变过职业，而且没改变过“工作单位”，也就是他自己的家——贤庠镇碶头陈村陈大刚诊所。

走进陈大刚的院子，恍惚如走进了一个花园，让人眼前一亮，精神为之一振！感觉春天整个儿集中到他家来了！整洁的小院就是一座精心打理的花园，开遍了姹紫嫣红的花，幽幽地散发着好闻的香味。

就诊之余，陈大刚最大的爱好是养花。“这个院子像韩剧里的一样美。”在美的视觉冲击下，同行的每一个人都跳出记忆中最唯美的镜头，其实以陈大刚为蓝本拍一个韩剧般唯美的电视剧一定是很有亮点的，生活远比电视剧更艺术！

陈大刚的诊所安置在他家东厢房。十几个平方米的诊所里最大的亮点是一份份排列整齐的档案袋，这里有全村人的健康档案。在村里当了五十六年的医生，陈大刚数不清医治了多少病人，也无数次地在半夜、凌晨等时间出诊，“我是村里唯一的医生，全科医生，所以不管多晚，一个电话我就过去。以前是病人家属前来敲门的，人家前来敲门了，哪怕下雨下雪我都要去上门看病的。”村民们表示有陈医生在村里他们心里踏实多了，说实在的，村民们享受的可是有家庭医生的待遇。而这么多年来，陈大刚从不收一分钱的出诊费，那些个夜诊的晚上，一把手电筒照着陈大刚的行医路，年长日久村民们家里的狗见到他都不会叫了，太熟悉了，完全是把他当自己人自家人了！

这样安静地生活在一个村庄里，陈大刚真正做到了“隐而有用”。当人们不生病的时候谁也不会想到医生，所以医生就是一位隐者，可是一旦有人生病，急人所急、治病救人便成了医生的使命，医生成为一个最有用的人。陈大刚不但在病人生病时有用，而且平时注重防患于未然。每个月给村里的老人量血压是陈大刚的固定节目，“一个月量一次，免费的。”陈大刚也不记得量

血压是从哪一年开始的了，反正一坚持就是好几年，他往这里一坐，村里的老人们便一传十、十传百地前来量血压。量血压之余，他会向老人们宣传日常生活中的健康知识。对有些年纪特别大、行动不方便的老人，陈大刚会主动上门去给他们量血压。医者仁心，陈大刚深谙此道，更是一生践行！

陈大刚说高血压是患病人数最多的疾病之一，它常常引发心、脑、肾等脏器的并发症，若及时发现便能及时治疗，免得小洞不补大洞吃苦。为此他专门用一个小本子记录着每个村民每次量的血压指数。我仔细看了看小本

子，上面工整地写着村民的名字、血压和量的日期。

这么多年来，陈大刚除了开一些工作上有关的会议和参加一些医术交流，一般极少走出村庄，他磐石一样固定在自己的诊所里，默默无闻却又尽心尽力充当着村民们的保护神。这么多年来，陈大刚也从来没想过走出村子换个大一点的单位，他觉得村里人就像自己的家里人一样，为自己的“家人”减轻苦痛对他来说是人生最大的成就。多年的行医生涯，也让他成了一个德高望重的人。有尊重有成就感，干吗还要背井离乡呢？

陈大刚不觉得五十多年间在一个村庄里从事同一项工作有什么枯燥，也不觉得有什么难得。因为每一天过得踏实，因而身心宁静和平。“心平气和者，百福自集。”如今他的四个子女都各有家庭了，老伴一看就是个贤淑的女人，人和家一样的整洁！尽管是上了年纪的人了，但是她满头的乌发只有极少数叛变成了白色，养生有道啊！看来医生夫人不是白白当的。再说很重要的一点，这一生，陈大刚的生活工作范围都是在村子里，“丈夫丈夫”真可以说没离开过她一丈的距离。她从来不用望尽千帆皆不是，也不用端坐苦愁思，养身先养心，这心里美了人当然也美了，自然是百病不侵了！

“去年我卖花卖了五千多块呢。”陈大刚说了句题外话，笑成满脸菊花。我真心地祝愿陈医生能朝朝小圃花开，日日心情愉快！

再一次走进陈大刚的家，距上一次已有四个年头了，当年 72 岁的陈大刚现在 76 岁了。这四年里，医疗体制进行了改革，陈大刚的诊所因为没被列入医保范围，所以门庭冷落了好多。但是花木却繁茂了许多。

老伴说陈大刚到山上去采花草了，听起来就让人觉得真美好，去采花草，多浪漫的事啊！联村干部打通了他的电话，不多时，背着一把花锄的陈大刚回来了，悠闲地走进自家小院。我想起同样背着一把花锄的林黛玉，那花谢花开花满天的惆怅没有一丝一毫挂在陈大刚脸上。我真心觉得多愁善感过甚，伤春悲秋过头，凡事过了真不是好事。

我问他还在看病吗，他说看得比较少了，有时候村民在医院配好了药，

也会拿到他这里让他帮忙挂个盐水什么的，他来者不拒。自己年纪也大了，借此医疗改革的东风更可以心安理得地从工作岗位上退下来，养花弄草了。

他拿出一张荣誉证书给我看，不是医疗方面的，是由省妇联和省环境保护厅颁发的：授予陈大刚家庭浙江省绿色家庭荣誉称号。

陈大刚的老伴还是一如既往的热情，拿出了一大堆水果招待我们。临走时还硬把两个柚子一般大的橘子塞给我，要我兜着走。回去的路上，我满心欢喜地剥着橘子，一个橘子吃完，把自己的晚年也规划好了，就在这样的小院子里过着这样香喷喷的生活，老伴儿上山采采花木，我呢阳光下吃吃橘子打打瞌睡……

◎ 詹文明：人生的激流里做自己的舵手

和詹文明站在石浦渔港中路，背后就是他的船，“长 70 米！”詹文明重点强调了长度。就像一个玉树临风的人哪怕不说话也显得风度翩翩，这艘船哪怕静静地停在港湾，看上去依然气势磅礴。看看眼前这个人，我感觉整片海都变得不再陌生了，因为我和船的掌舵者站在一起，吹着海风聊着天。

我表示想到船上去看看，问女人能不能上船。詹文明大方地表示可以。我其实也是假客气一下，谁都知道这个老规矩破了不知多少年了。上了船站在甲板上凭海临风的感觉是相当豪迈的，詹文明看上去也非常轻松自在，好像我们俩都是这艘船上的游客一样。可是真正在海上作业的辛苦，不是常人所能承受的，偶尔跟着游艇出海两个小时去海里捕鱼都会反胃，更何况长达十天一月地在海中央，而且还要劳作。船舱里的房间小得像个大盒子，那张床更是“量身定做”，也就一个人的宽度，就是为了防止掉下来。几个船员的舱里贴着明星照，我说：“这画报上的美女好美啊！”詹文明爽朗地说：“要是活人就好了！”

去年，也就是 2014 年，詹文明出海有 9 个航次，相当于有 150 天的时间是在海上度过的。他说，最长的那次在海上近一个月，浪大时有 6 层楼高。

我一下子想起李白的诗："猛风吹倒天门山，白浪高于瓦官阁"。詹文明举了个例子，就是吃饭时，风来了菜摆在桌上根本放不稳。"风大时，用脚去抵住盆子，不让它翻倒。"说着詹文明用脚做了一个抵盆子的动作，仿佛顷刻间大海起了风浪，排山倒海般一浪高过一浪，我们都在海上摇摇荡荡。

我舒了口气，仿佛海浪霎时间宁静下来一样，故作轻松地问他："什么时候短时间出海带上我们。"詹文明豪爽地表示：有出海十天的日子，带上我们。十天对他而言是短程，但对我们来说，估计十天浪吐下来，要上气不接下气了。我再定睛看了看詹文明，他泰然自若地在船上走来走去，闲庭信步的模样。这份洒脱是经过多少风浪才得来的啊。

在船长室里，美珍说在这里拍张照片，于是詹文明摆了个操纵方向盘的pose。在这一刻，我更深刻地体会到"在人生的激流里，每个人都是自己的舵手"这句话的真谛。尽管这一刻，船在港湾，风平浪静，阳光灿烂。太多他们和风浪搏击的日子，我们看不见，而我们尽管没有在海面上，也是在为生活掌舵，生活中也时有暗礁啊，多少人一不小心就触礁了。

詹文明的这艘船不是普通的渔船，它并不用来捕鱼，而是担当着冷库的作用。我们去船里看了看，整个儿就是一冷冻车间呀！反正冷冻车间长啥样，这船舱就长啥样。本来詹文明就是办冷冻厂的，对他而言，其实就是把陆上的冷冻厂搬到了船上。詹文明就是开着这艘船去海上收鱼，看清楚了，是收不是捕，是从别的渔船收过来，然后第一时间放进他船上的冷冻车间。当他的船靠岸时，岸上早就候着一批收鱼的人了，最大限度保证了鱼的新鲜。

他是从 2012 年开展这项事业的，当年在海上收了 2000 吨的鱼，2013 年收了 2600 吨，2014 年收了 3400 吨。从这个数字看来，这真是朝阳产业，前景无限。问他怎么想到这个高招的，詹文明说：现在的人嘴巴越来越刁了，鱼新不新鲜一吃就吃出来了。所以为了保证新鲜度，那些船老大都愿意把鱼存进我的冷库里。他们在船上第一时间把鱼进行清洗，然后大小分类，直接打包。一到岸上就可以交易出运了。

"灯光围网、海上收购、船上冷冻、洋地运销、确保新鲜。"石浦信用社副

主任林海伟总结了这种种好处，然后又加了一句很有高度的话：“把冷冻厂建在海上。”

当初对于詹文明这个“海上冷冻厂”的项目，信用社是经过再三论证的，毕竟这还是件新鲜事，不知道前景怎样。可是詹文明是他们多年的信贷户，从2003年办冷冻厂开始，詹文明便开始在信用社贷款，第一笔贷款是15万元，一直到后来的270万，随着产业的壮大，信用联社的支持力度有增无减。这次詹文明突发奇想要把冷冻厂建到渔船上，要再增贷80万元，信用社一开始还真是有点犹豫，但最终还是贷给了詹文明，用一句老话说：“为他的梦想插上翅膀。”因为这么多年来，詹文明一直是他们的信用客户，再者，金融普惠实行全覆盖，别说像詹文明这样的渔业大户，一般小村庄里做小生意的人只要有创业需求，都可以贷款。

今年55岁的詹文明一直与海、与船、与鱼打交道，开冷冻厂之前是做船老大的，整整做了十年，办了十年冷冻厂后，他又重新出海。如今，他正纠结着一件事，那就是要不要再买一艘这样的船，因为这一行前景不错，但是他的年纪对于出海来说毕竟是有些大了。“我还是要再干几年。”像是迅速地摆脱了一个烦恼似的，他给自己拿定了主意。性定果然知浪静，身安自是觉风微。这片波涛汹涌的海，如果没有这份淡定这份豪迈，那么拿什么去征服？

我问他有几个孩子，他说只有一个儿子，儿子不打算继承父业。“我儿子长得可帅了，在读研究生。”詹文明一点也不掩饰他的骄傲。我想在他儿子心里，他更是一个值得炫耀值得骄傲的父亲吧。

◎ 男耕女织过流年

俗话说，靠山吃山靠海吃海，可见多数情况下只能靠着一样，靠了山一般就靠不了海，靠了海多数就没了山。就好比有些姑娘，脸长得好看，有些姑娘身材苗条，而又好看又苗条的不能说绝无仅有，肯定是较少有的，这样的姑娘属于精品，精品总是少数的。这舫前村就是这样的精品。

墙头舫前村可以说是背靠青山，面向大海。山是碧绿的，植被非同一般的好；海呢，是整个西沪港，里面鱼虾资源丰富。所以啊，生活在这里的村民可就有福了，要吃山就吃山，要吃海就吃海。下面就来为大家介绍两对吃山吃海的代表性人物。

下午三点左右，是李勤俭最忙碌的时分，这时赶小海回来的村民纷纷往他家里赶，把“战利品”都交给他，由他拿到市场上统一去售卖。望潮、跳跳鱼、虾蛄 …… 品种繁多，都活蹦乱跳的，李勤俭的妻子对我说，今天不算多，有时候多起来他们俩连过秤都来不及。

这生意他们夫妻俩一做就是 20 年，生于斯长于斯的李勤俭从 12 岁就开始赶小海了，风里来浪里去，练就了他吃苦耐劳的精神。但是后来他渐渐意识到要想致富光有吃苦精神是不够的，要苦干更要巧干。世代务农的他动起了经商的脑筋，自古商人总是比农民有钱啊！做什么呢？做自己最熟悉的吧。于是，他就这样用一把秤开始了他的经商生涯。一开始他收购少量村民的海产品，挑到丹城的饭店、菜场去卖。路子是越走越宽的，后来他的经商领域扩展到宁海、乐清。由此也结识了一大批“业内”伙伴，生意一直稳中有升，日子也是芝麻开花节节高。生意双赢才能做大，这生意既让村民们没有了后顾之忧（用李勤俭的话说，一条鱼也收，两只蟹也收），又让李勤俭赚了些差价，典型的双赢。“李勤俭”这个名字也真是耐人寻味，在这天地间，有多少人和李勤俭一样勤俭过一生！

舫前村包含了孔家、徐家井两个自然村，现有550户人家，1600人，是宁波市森林村庄。村庄里有400亩的花木基地，种着桂花、樟树、红枫等花木，最让人难忘的是沿路的白玉兰树，玉白色的花儿装点在树梢，那浓荫遮盖着艳阳，把我们走过的一路点缀得清绿芬芳。

从李勤俭家出来，看到一对正在搬运竹子的夫妻。村主任介绍说，这对夫妻天天和竹子打交道，村委会前有一间他们的竹制品厂。工人就他们夫妻两个，丈夫叫张伟忠。

在一间教室那么大的房间里，堆满了竹子，散发出竹叶的清香，那就是

夫妻俩的工厂了。里面排放着一些小椅子、虾板等，都是他们的作品。每逢集市，张伟忠夫妻俩都会把这些作品挑到市场上卖，平常的日子就这样年复一年日复一日地做这些竹制品。多年来，他们没想过要让自己的产品转型升级，也没想过要调整价格，“这一生大富大贵是想也没想过，现在孩子也大了，日子也过得蛮顺的，那就好了。”这是夫妻俩的心声。百岁老人杨绛说，年轻的时候以为建功立业最要紧，年纪越大越觉得内心的平安才是成功。看来，他们夫妻俩的觉悟堪比才高八斗的杨绛。

再次走进舫前村的时候，时令已是冬天，而且是一年半后的冬天。老地方还是有老景象，张伟忠夫妇依然夫唱妇随在做这做了近三十年的活，唯一不同的就是他们俩把夏装换成了冬装。正是春节后不久，空气中闲散的气息还很浓厚，他们作坊前就是村委会，有许多人围在那里晒太阳、聊天，可是这夫妻俩在埋头苦干。这个世界上真有这样只事生产、不问是非的人啊！穿着厚棉袄的张伟忠较之一年半前看起来更为朴实，第一眼就把我的心看热了。

我走上前去与他们像老朋友一样寒暄起来："哦，现在好像产品换过了嘛！"张伟忠抬起头看了看我，估计一下子回忆不起这位"老熟人"，但他非常热情地给了我一个温暖的笑容。他的脸不知是被冬天的冷风吹红的，还是因为干活太久热红的，反正两团高原红飞上了他的脸，让他显得有几分孩子气，也让他的眼睛更清明如水。他的眼睛不大，甚至有些因睡眠不足而眼皮浮肿，但那眼神透着一股说不出的温顺。他说："还是在做老活计，只是最近接了一些梯子活。"接着我问了问梯子是什么价，他说 5 米高的梯子 100 元，4 米的 80 元……他老婆抬起头冲我笑了笑，那笑容真是又温柔又饱满又显得有几分难为情，总之是我最喜欢见到的那种笑。

这淳朴的女人系着一条大围裙，在一堆刚完工的散着清香的小椅子中间低头操劳着，尽管经年劳累，但是她的精气神十分好。是啊，只有不能生产的人才会枯萎憔悴。天天从事着自己熟能生巧的活，而且又不愁销路，怎么会不精神呢！

尽管见过许多朴素的夫妻，但这一对夫妻身上流露出的温厚、质朴、勤劳特别浓郁，就像是我自己家的大哥大嫂那样亲切可靠。我的心里真是一百个祝愿他俩的生活能像梯子一样节节攀升。

随后我们的话题进入老熟人状态，说起他们两个孩子的近况。他说两个儿子都大学毕业了，一个在杭州工作，一个在宁波工作，都是做设计方面的工作。"儿子女朋友找好了吗？"我真是关心过度了。"还没有呢。"做父亲的显得有几分着急有几分不好意思。尽管从未谋面，但我想这样忠厚勤劳的夫妻培育出来的孩子一定是优秀的。

◎ 金从标的中国梦

“我的中国梦就是要生产放心果蔬，让果蔬自然生长，让大家吃得放心。”金从标说。他说这样做也不是唱什么高调，只是想良心清白，吃睡安稳。

吃睡安稳，多么朴素的追求。就像罗曼·罗兰说的那样，我们要做的不是追求幸福，而是要让自己配得上幸福。对一个有信仰的人来说，只有问心无愧才能安享幸福。金从标是掌管着560亩土地的农场主，自2010年下半年起，高塘岛乡龙珠村的土地基本上都被他承包了。四年过去了，在这片家乡的土地上，金从标和他的伙伴们种植了火龙果、葡萄、猕猴桃、西瓜、甜瓜、花椰菜等。2003年7月28日，他为自己的果蔬注册“雅岛”牌商标。“雅岛”牌高塘西瓜成为地方名品。

但是这四年，金从标的耕耘和收获并没有成正比。他打了个比方，采用传统种植葡萄和使用植物生长调节剂来种植葡萄，前者和后者亩产相差近1000斤，而且传统种植的葡萄长相难看，颗粒大小不等。火龙果也是，好些火龙果都长歪了。“不过，不以貌取瓜的顾客还是有的。”金从标欣慰地说。

去年他在丹城靖南路开了家“雅岛果蔬园”，好多顾客偏偏看中了他这些其貌不扬但是“心灵美”的水果。有一天，一位顾客买了西瓜当场切开，看着粉红色的瓜瓤欣喜地对金从标说：“瓜瓤不太红，看来你没用催红素。”一句话让金从标如遇知音般热泪盈眶。因为这条路走得有多艰难，只有他自己知道。

560亩土地不能只问耕耘不问收获，果蔬长得慢，有时销售也慢腾腾，资金回笼慢，银行却催得急，他心里的不安不是任何哲学体系可以劝慰的。但是我想这些慢最终会带他进入一个更为广阔的世界。我说这一句话，显然有些冠冕堂皇，记得去年六月我去他的绿苑农场采访时，炙热中，金从标一脸疲惫地说：不知道我还能坚持多久。这一坚持又是一年多，年复一年，他走在放心农业的道路上，甘苦自知。

他微信的个性签名是：诚信赢市场，品质创未来。翻看他的微信，不多的几条中他屡屡强调的是：自然放心果。今年6月8日，他的一条微信的标题是“期待着成熟”，配的图片是一串尚未成熟的葡萄，微信中写道：按照现代的种植方法，到目前为止可以卖完了。价值又不菲哟！但为了不愧对大家，对得起大家，对得住自己，还是晚点成熟吧！大家一起期待，别太急，放心果等着你们。

在另一篇标题为“自然放心果的由来”的文中，他写道：一切顺其自然。一、自然开花坐果；二、自然生理落果；三、自然生理坐果；四、自然生长结果；五、自然生长成熟。

金从标再三强调的是：“我说自己家的果蔬自然生长，并不是说别家的就不自然了，我能做的只是管好自己，管好自己的果蔬。”在实践梦想的过程中承担应有的劳作，承受难免的烦恼这是必须的。他最近做起了电商开起了微店，他的手机号码是13906601080，用他的手机号加他微信，便可以进入他的绿苑果园微店，大家进去逛逛吧！现在，金从标又和七禾企业合作，雅岛果蔬园的招牌现在变成了七禾有机门店，里面的放心果蔬品种更为丰富了。门店还采用会员制，会员订的果蔬可直接送货上门。

和金从标挥手告别，经过他用梦想浇灌的一片片放心果园时，我真心觉得金从标们是多么值得尊重。果园一片接一片，一望无际，走着走着都会走累，更何况翻耕播种。他们没有让这些土地草盛豆苗稀，春夏秋冬，他们让四季瓜果飘香。山远近，路横斜，青旗沽酒有人家。城中桃李愁风雨，春在溪头荠菜花。当你在城中感到忧愁时，来金从标的田头走走吧！听听他的梦想，顺便翻翻内心找找自己的梦想。

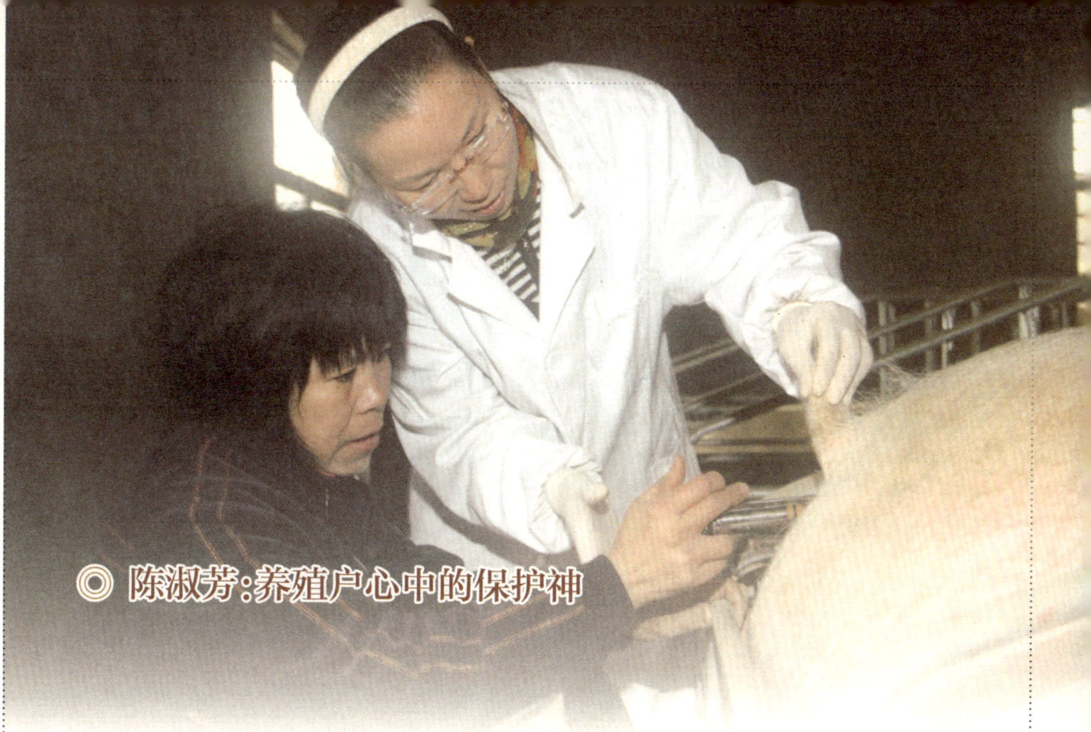

◎ 陈淑芳：养殖户心中的保护神

“听说三年前，你调往宁波的手续都办好了。可是当你给全县的畜牧业户们上了一堂课后，你就决定留在象山不走了？”

“是的！”陈淑芳说。

“一堂课有这么大的力量？足以让你推翻这么重大的决定？”我想换成任何人，都会有和我一样的疑惑。

“是啊！”陈淑芳对我的疑惑表示理解，接着说，“我现在想想这是林局长用的计策。”

“是吗？”我想起采访前，县农林局的林曙光局长对我说：“我对陈淑芳说，你去宁波哪怕年薪25万，你发挥的作用还是在象山年薪15万的大。”

“哎！我可听不懂了，这话逻辑上好像有问题，作用发挥得大，年薪又给得少。”我一头雾水。

林局长颇为得意地笑了笑，笑而不答，一副此中有深意的模样。

“她老公是在宁波的吧？”我凭第六感问道。

“是啊！”

“那你还不让人家调上去？”

“象山和宁波才40分钟的路程呀!”

“40分钟很近吗?”尽管和陈淑芳并不相识,我却为她打抱不平起来。

三年前,女儿去宁波效实中学读高中,丈夫和女儿都在宁波,是怎样的优秀,让象山如此需要陈淑芳?我打量着眼前的陈淑芳:她戴着一副稍嫌厚重的眼镜,戴了一个稍嫌幼稚粗糙的发箍,露出大脑门。她的皮肤有些黝黑,似乎她并不在意这一点,素面朝天的,没用BB霜之类的改善一下肤色。她的脸上最动人的是一对酒窝,她又很喜欢笑,让我不禁怀疑是不是太爱笑了,所以笑出酒窝来了?

泗洲头镇肖胡村养猪户肖亚芳家的猪栏上有一行歪歪扭扭的字:“陈师傅好人。”话说2000年的一天,陈淑芳出诊来到肖胡村,在村桥头的鸡棚边,脑瘫妇女肖亚芳在痛哭,说养的好几百只鸡死掉了。陈淑芳安慰她一番后,拿出1万元钱托人从金华买来十多头优质母猪让她养,并三天两头去肖亚芳家指导。7年后,肖亚芳靠养猪盖起了楼房,当她把钱拿来还给陈淑芳时,陈淑芳开玩笑地说借那么久都失效了,硬是没收。因为当初借给肖亚芳时她压根就没想过让她还。入行至今,陈淑芳获奖无数,但是这5个刻在猪栏上歪歪扭扭的字是她心中最闪光的荣誉。

发生在肖胡村的感人故事不止这一个。几年前,该村养猪大户孙伟珍在跨猪栏喂猪时,不小心后脑着地,昏迷了20多天。这20多天里,陈淑芳在医院和肖胡村两头跑。当孙伟珍的老婆上医院照顾孙伟珍时,她去帮忙照顾他们家的猪;当孙伟珍的老婆回家养猪时,她去医院照顾孙伟珍。

孙伟珍出院后,夫妻俩抬来一盆大兰花,是他们从山上挖来的,种在一只曾经烧猪饲料的铁锅里。铁锅由于长年使用,底碎了,养花正好。“那盆兰花开得最旺的一年,开了一百多朵花呢!”陈淑芳说。

“说不定猪饲料对兰花有利。”我笑着说,心中想着这盆兰花的价值已远远超出了兰花本身,它装着养殖户对陈淑芳发自内心的爱和感恩。兰花是花中君子,心中有他人是君子之道,陈淑芳的心中装着养殖户。从她1987年金华农校毕业一直到取得兽医博士学位,她一直坚守在象山县的畜牧场、饲料厂和乡镇兽医站。2009 年，她被评为省首届“十佳畜牧兽医员”。同年 11 月，在宁波市兽医技能大比武中，陈淑芳夺得一等奖。

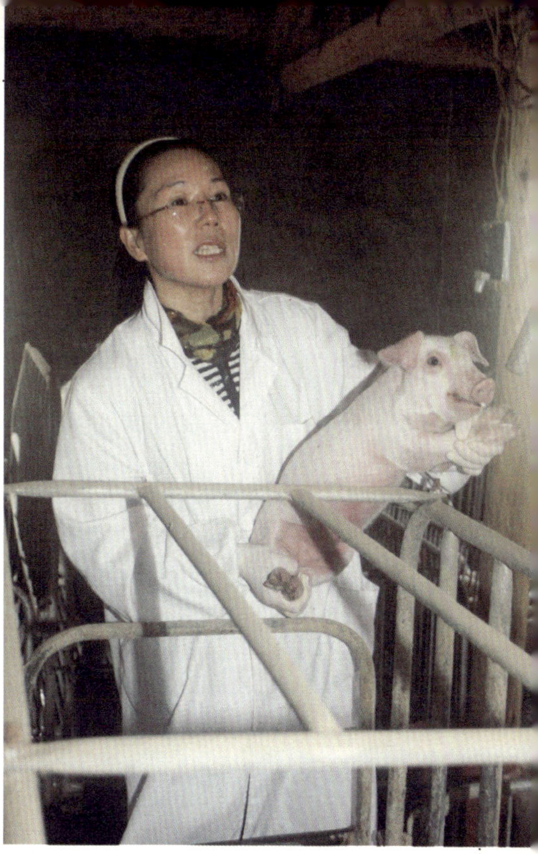

“全乡 60 多户养猪户都有陈师傅的电话，一有事都找她。”茅洋乡养殖大户应余生说。养殖户来电咨询，情况不复杂的，陈淑芳便在电话里解答，如果有疑难杂症，对方电话里听不明白的，陈淑芳便放下电话赶往现场解答。石浦镇昌桥村邵金明在给县农林局的一封感谢信中写道：“有时电话打多了，自己都感到不好意思，可陈师傅总是不厌其烦。”

泗洲头镇养殖户袁力新至今仍记得与陈淑芳第一次接触的情形。2007 年夏的一天，猪群感染了一种怪病，百余头猪都站不起来。心急如焚的袁力新慕名找到了当时在东陈乡兽医站工作的陈淑芳。泗洲头镇本不在陈淑芳服务的范围内，但陈淑芳二话没说，诊断病情，吊葡萄糖 …… 当晚，一直忙了四个多小时才开车回家。第二天、第三天，陈淑芳又准时出现在猪舍。第四天晚上，陈淑芳在给一头狂躁不安的母猪打静脉针时，四五厘米长的针头穿透了她的左手食指，鲜血流了一地。

陈淑芳的中指有着厚厚的茧，那是多年来推针的产物，虎口上也是厚厚的硬茧，还有好几处针刺留下的伤疤。自 18 岁毕业直到 3 年前她到县兽医站当站长放下打针这个活，陈淑芳整整打了 27 年的针。至于一年要打多少针，陈淑芳和我算了笔账：全县有 31 万头猪，每头猪从出生到出栏至少要打 8 针预防针，其中猪瘟疫苗 3 针，口蹄疫疫苗 3 针，蓝耳病疫苗 2 针。全县畜牧工作者包括办公室人员平均算起来，相当于每人每天要打500针，而这仅仅是针对猪。其他还有50万只鸡，40万只鸭，450万只小鹅……这当兽医是技术活，更是体力活。所以当年她在南京农大的一班25个同学，如今就她一人还在这个岗位上继续和猪鸭打交道，其余的都转行了。

“那你为什么不转行呢？”

“我这人一看到猪啊鸡的，心里便觉得踏实快乐，而且我学的是这一行，这么多年工作下来，在这一行上也有了一定的经验，再说有那么多农户需要我，总觉得转行也对不住他们。”陈淑芳说。早在2003年，组织上就安排陈淑芳到机关单位上班，但陈淑芳以专业不对口为由推掉了。

她觉得学以致用是一个人的本分，她无数次给养殖户们在村边凉亭里讲解病例，看到他们一张张求知若渴的脸，心里便觉得自己要对他们负责到底。这样不属于工作范围的讲课她不知讲了多少堂，最著名的那次讲课当属她准备调离前的那一堂。当时，陈淑芳的调令已下来，箭在弦上，随时要告别象山前往宁波工作了。林曙光局长对陈淑芳说：“养殖户们对你这么有感情，临走前你再为他们上一堂课吧！也借此告别一下。”

那一堂课，陈淑芳当然准备得格外充分，她讲得非常动情，但是听课的养殖户却好像心不在焉，有些偷偷地在抹眼泪。这“最后一课”的凝重气氛始终弥漫在课堂上。当她上完课，和大家低头说再见时，全场已泣不成声，有些养殖户放声大哭，拉着她的手大声地喊：“陈师傅你别走，别丢下我们……”面对这些淳朴而沧桑的脸庞，面对这发自肺腑的挽留声，陈淑芳和养殖户们拥抱在一起，也成了一个泪人。

回到家，陈淑芳的女儿看着心事重重的妈妈，懂事地说：“妈妈，那些叔叔阿姨比我更需要你，你就留下来吧，我会照顾好自己的。”陈淑芳望着女儿，既欣慰又愧疚。之前当陈淑芳要调动的消息传出后，她曾收到一封全县60余名养殖户的联名挽留信，他们在信中希望陈淑芳留在象山不要走，他们说知道自己这种想法很自私，但是他们真的需要她。养殖户们不会忘记，2007年初夏，附红细胞体病首次传入象山半岛，其高致病性、高死亡率令广大养殖户谈“附”色变。陈淑芳以此为研究课题，跟踪观察病猪 3000 余头，病理剖检近百头，及时找到了有效的诊疗方案，拯救了象山养猪业。对这些养殖户来说，陈淑芳就是他们的保护神，有她在，他们才觉得后顾无忧。

看着这封信，面对方方面面的挽留，陈淑芳狠了狠心还是决定走，毕竟女儿去宁波读高中，丈夫也在宁波上班，她也已经为畜牧业服务了这么久，于情于理都可以坦然地离开。可是最终养殖户们的眼泪让陈淑芳留了下来。

她想起在 1990 年，象山晓塘乡青年卢昌会开着三轮农用卡车来农场找她。当时的卢昌会仅养了五六头母猪，苦于不懂养猪知识和技能，一直无法扩大养殖规模。一番恳切的言谈后，卢昌会的勤奋感动了陈淑芳。从那以后，陈淑芳义务帮助卢昌会从外地引进了生猪新品种，指导他科学养殖。10 多年过去，卢昌会养殖场的生猪存栏量超过 1 万头。可是天有不测风云，人生福祸相倚，2009 年，卢昌会在猪场扩建改造中不幸触电身亡，家人面对突如其来的变故和万余头生猪，欲哭无泪。危急关头，陈淑芳又来了，她不是来一趟，而是一次次地来到晓塘。她的到来仿佛光明女神的降临，点亮了卢妻那颗风中飘摇的心。

当年的大年三十，卢昌会猪场的生猪大面积感染呼吸道疾病。接到卢妻的求助电话，陈淑芳二话没说，套上白大褂就赶过去诊治。处理完病猪已经到了深夜 12 点，当她拖着疲惫的身子回家时，县城里已是爆竹声声报新年。当新年的钟声响起时，她收到了卢妻的短信：“淑芳姐，有你在后面支持我、帮助我，我们全家都有勇气重新振作好好生活下去。千言万语化作一句谢谢你！”

“如果是为了谋生，那一个人只有去索取；如果是去生活，一个人必须去奉献。”这是陈淑芳经常对她的孩子和工作伙伴们说的话。她带领的团队在去年宁波市兽医比武中荣获团队第一。

当陈淑芳走在街头时，她于你只是千万个普通妇女中的一个，但是在养殖户的心里，她就是一颗闪亮的星，是他们心中圣洁有力的保护神！

◎ 黄海芳:你们的笑对我一生很重要

“50多岁的人都叫我海芳姐,因为我在镇文化站工作了25年,她们以为我一大把年纪了,其实我啊是70后呀!”黄海芳心直口快,听她说话是件过瘾的事,她说话时表情丰富,眼神灵活,绘声绘色的,给人一种情境感。这和她多年的工作经验有关。这些年她主要担任舞台导演,所以和演员沟通就是海芳的工作。这个动作要怎样,这个表情要怎样……一边指挥一边当然要示范,久而久之再呆板的人也会变得生动,更何况海芳这样一个原本就生动的人。

“我觉得我去导演个春晚也没关系,那天我把这话对我家先生说了,他说我想多了。”海芳对我说,神情间颇有几分不服。

好在她没在这个话题上纠结,“25年来,我经手的大大小小的晚会有400台左右。我们贤庠的妇女几乎个个会跳舞。你不知道六十好几的人跳起斗牛舞那个劲!头上戴朵大红花,红裙子一摆,那个精气神哦!”海芳的眼前仿佛出现了跳斗牛舞的情景,亮闪闪的眼睛扑闪扑闪的,从她闪亮的瞳孔里我几乎看见那飞扬的红裙子了。

“这把年纪了,还戴花着裙地跳斗牛舞,她们家里的人没意见吗?”我真心有点纳闷。

“哦哟！家里人开心还来不及呢！”海芳有点惊讶地看着我，仿佛看着一个不开化的老夫子。“每次她们来演出的时候，家里人都会前来捧场的，老公、孩子，还有孙子、孙女、外孙、外孙女，一大家子的人呢！他们几乎是被迫受到熏陶了呀！所以啊，我们贤庠现在的文艺氛围很浓的。”

在她的文艺队伍里，这些奶奶级别的人毕竟还是小众，多是妈妈级别的活跃在文艺舞台上。这些妈妈们自己跳舞后，感受到了舞蹈带来的欢快心情，于是纷纷给孩子们报舞蹈班、乐器班，这在当年的农村那真是无法想象的事啊！

看着我国最基层的这批文艺队员们的笑容，我想起这句话：最有魅力的笑不是咧开嘴露出八颗牙就行了，最关键的是眼睛里要放出愉悦的光彩。真诚的微笑应该是发自内心的，要口到、眼到、心到、情到，这样才最美，最打动人。

海芳说：每次看到她们在台上表演时自信开心地笑，笑得我心里都美了。真的，我心里无数次看着这些乡亲们对自己说：你们的笑对我一生很重要。

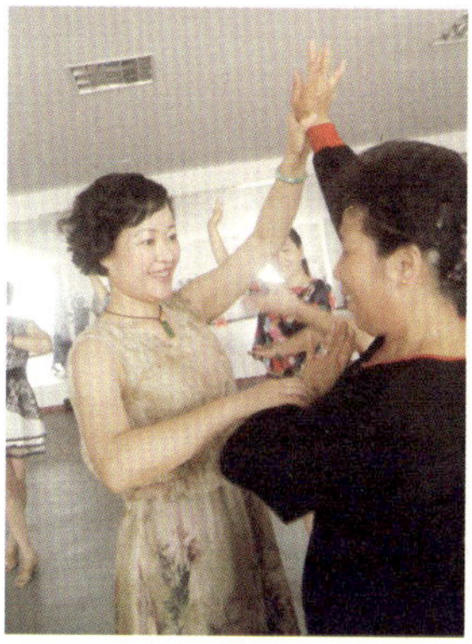

“今非昔比啊!”海芳说，她当年在文化站工作的时候也没想到文艺百花齐放会放到农村来了，那个时候有些村庄了不起就是有条龙舞个狮的。哪里想过现在每个村都有舞蹈队，有些村年年办春晚，一村子的人吹拉弹唱轻松地就合成了一台春晚。贤庠有 28 个村，现在全镇有船灯队、马灯队、合唱队等 100 多支队伍,几乎是艺术之镇了。

海芳说，尽管村里的演员足以撑起一台晚会，但是基本上在每一次大型晚会的演出中，总有两个节目是她外请的，有时是市里的，有时是省里的，有时甚至是国家级的。“我的目的也就是让我们镇各村村忝忝的文艺表演者们开开眼界找找差距，每一次看完，她们都感慨万千，艺海无涯呀!”海芳慷慨陈词后做沉思状。

“你也不用以那么高的标准要求她们呀! 不就图个自娱自乐嘛!”我安慰她。

“那可不能这么说。”海芳表示不同意，“这唱得好坏，跳得好坏，差别可大了。”停顿了一下，她再一次肯定地说：“我们镇各村妇女的舞跳得可好了!”这话在短时间内，她重复了三遍甚至更多。对海芳略有了解后，真心感受到她有一颗燃烧的心，一个充满喜悦的灵魂。但是海芳却说她动不动就会掉眼泪,但这无关伤感,感情丰富的人总是多泪的。

她说这些年她调到城里的机会也不是没有，但她是真心热爱这片土地，热爱这些在舞台上以最饱满的姿态亮出自己风采的农民朋友们。海芳说每一次看到这些农村妇女在舞台上亮相，个个神态如女皇，台下的她就被一种激荡的温馨包围，热泪盈眶。

因为在这些妇女的舞动中，她分明看见了白天在种菜、养猪、做家务的她们，勤勤勉勉任劳任怨。以前舞台对这些农妇们来说是遥不可及的地方，现在却能上台亮出自己的风采，尽管腰也不细了，脸上皱纹也深了，但是她们的笑容是真诚的、饱满的。生活粗糙了她们的双手，舞台却让她们的心变得细腻了。海芳一次次地对她们说：“在我的眼里，你们个个都是大明星!”这些文艺队员们不论男女老少，都喜欢围着海芳转，因为她是一个快乐的磁场。走在这片土地上，迎面而来的都是微笑，那么淳厚，那么良善。

“别人常常说干一行厌一行，我是真的热爱我自己干的这一行。”海芳真诚地说，“我的这些演员们最开心的事就是上哪儿去演出了，而且只需要我给她们提供舞台就可以了，完全不计报酬。”这倒是蛮有艺术家的清高范儿，我心里想。“当年象山港大桥奠基时，从章家墩村一直到西泽码头，我们的文艺队伍，舞龙的、跳扇子舞的、演马灯的真是一路排满，多喜庆啊！”我正想说，现在不是不兴这么大操大办的吗？“全是免费的，一分钱都不收的呀！”海芳及时地给了我一个答案。

2013 年，贤庠镇各村的文艺表演者们代表象山县去参加了宁波中山广场上的演出，获得了最佳团队奖。14 个精彩节目把宁波观众生生折服了，海芳绘声绘色地用宁波话说：“宁波人奇怪得不得了，他们说以前只知道鄞州区有个咸祥，不知道象山有个贤庠，现在知道了！”

“为县争光了，为贤庠扬名了！”我说。

“是啊！”海芳毫不客气。

在今年 6 月举办的县非遗精品会演中，她导演的《鱼化龙》获得了创作奖和优秀奖，巧妙的编排、美妙的舞姿、磅礴的气势让人眼前一亮！可是亮丽背后的辛苦只有海芳和她的舞蹈演员们自己知道。“光道具就修改了 5 次，24 个人，今天你没空明天她没空，要让每个人都有空那真是需要一些办法的……”海芳说。我想最好的办法就是导演的人格魅力。

栀子花开得满世界都香，花海中，海芳和她的文艺队员们如彩蝶般翩翩起舞。这是个充满压力的世界，但在她们的身上我只看见轻松和愉悦。

我问她接下去工作的重点是什么，她给了我一个出乎意料的回答：“接下去，我想在全镇范围内推广吟诵和茶道。尽我自己的力量，认知多少就释放多少！”海芳说。

她觉得现在贤庠的妇女们不能仅仅停留在广场舞上，如果她们一个个都会茶艺，会吟诗诵词，想想看，她们家庭的文化素养及生活质量会有怎样的提高？几年前，在贺威圣烈士110周年诞辰的时候，海芳导演了一场晚会《青春如歌》，以篇章形式缅怀讴歌烈士短暂而又波澜壮阔的一生，取得了极好的反响。

我相信海芳有这个执行力。海芳还有个非官方职位，叫蓬山堂堂主。蓬山堂布置清雅，是为一群文人雅士雅聚服务的地方，开展品茶论道的活动。有一次我去蓬山堂参加过她主持的止语茶会，在半个小时里，与会人员盘腿而坐，在古琴声中不发一语地闻香品茶。半小时后，海芳宣布止语时间到，大家表现不错，可以开始说话了。随即与会的茶友们又活泼起来，纷纷表演了诵读、唱歌、舞蹈等节目，俨然一场小型文艺晚会。那一日，堂主海芳清唱了一首《让我们天长地久》，歌声动人，情深意长。海芳说只有用心唱歌才能把歌唱者内心的感受传达给听众，使之陶醉。这样的话她经常对各村的文艺队员们讲，如果没有带着心去唱，那么你唱得再好，也只能悦耳，无法动心。

海芳是土生土长的贤庠人，她的妈妈曾经是象山县第二越剧团的团长，她的爸爸会二胡、笛子等多种乐器，耳濡目染之下，海芳四岁时就会唱越剧。她多才多艺，歌唱得好，舞蹈更是她的专长，更曾在一个月时间里把古琴曲《阳关三叠》练到能自弹自唱。这些年来，她受人敬重是因为人品，也因为艺品。村里的大嫂们，排什么节目都要海芳来把关，海芳说好了她们就放心了。"一方面呢，我说好了，上台演出的机会就大了，所以她们要找我把关。"此言一出，海芳在我心中率真的形象又提升了一级。有些人只说对自己有利的话，但有些人懂得客观评价自己，从事艺术工作的人，如果没有一颗纯粹的心，是做不出感染人的作品的。

"你是全县文化站站长当得最久的吧，在同一个地方？"

"那没有，有些乡镇的文化站站长一当三十多年呢！"海芳说。

在家乡的土地上和父老乡亲一起吹拉弹唱，让父老乡亲一天比一天更文艺，一天比一天更快乐，一天比一天更雅致，真是不虚此生。

"镇文化站排练厅的大门是对我们敞开的，我们常常来这里排练。"岑晁村文艺队的大嫂们说。她们骑着小三轮快快乐乐地来，快快乐乐地回。谈论的不再是家长里短，而是昨天那个朝鲜舞有个动作是不是再练一练，明天去表演的人数今天一定要定下来了……

◎ 了不起的赖才梯

站在我身边的这个人，个子不高，眼睛不大，头发也不是特别多，表情也不丰富，而且一个大男人一说话总带着几分羞涩，还有两颗和他的年纪、长相不配套的兔牙，看起来总有那么几分别扭。一口气说了那么多，听着都累了吧！我们报社的副总编辑谢振明好几次郑重地提醒我：请注意标点符号，不要一逗到底。现在想想是蛮逗的，我好像就是一逗到底。

还有说着说着就离题也是我的特长，马上言归正传，说我身边这位男人。请先听我说一系列的数字，你就会觉得这个人是与众不同的，是了不起的。首先，第一个数字是他种了 1270 亩的橘子，这是他的身份，他是一个柑橘大户。也许你不以为然，种 1000 多亩橘子的也大有人在，好吧，我承认，这个有点难，但不是最难的。还有一组数字是，他离婚 27 年后才重新找了个老伴，这 27 年，他独自抚养了三个孩子，两女一男，等三个孩子都成家后，确切地说是等最小的一个孩子成家两年后他才考虑个人生活。这位父亲，了不起吧！

这位了不起的父亲名叫赖才梯，今年 57 岁，家住定塘镇礁横村。他的家是一幢漂亮的小别墅，客厅里挂着一张充满诗意的结婚照，秋天的芦苇荡里，一对年轻人相依相偎，甜蜜而温馨，这是他的儿子和儿媳妇。看着这张照片我在想，做父亲的为了等待这一天的到来，忍受了多少清冷寂寞的长夜，那些长夜里他既当爹又当妈。那些日子，有谁倾听他的烦恼？有谁为他阻挡岁月的霜花？有的只是不分昼夜地和困苦搏斗，使尽全身的力气拼命为孩子们争取更好的生活环境。等待是难熬的，幸好结果是甘甜的。

儿子是他三个子女中年纪最小的，当年赖才梯结婚后，妻子接连生了三个孩子，分别相差一岁。但是婚姻中仅有爱情是不够的，当年的他做生意失败，生活陷入困境，那时孩子们分别只有三岁、四岁、五岁，不愿患难与共的妻子离开了他。

我纵然有一支生花妙笔也无法描写困顿中的他如何突破重重难关独自抚养三个孩子。赖才梯说他去温州做生意三年，带着三个孩子；他去江西谋生一年，也带着三个孩子，反正他走到哪孩子们便跟着他到哪。若说家里有什么帮手，那就是一位老母亲，赖才梯的父亲在他的儿子两岁时就过世了。

听起来像流水账，流淌的故事也没有什么惊天动地的。一个做父亲的独自抚育了三个儿女而已。可是自古以来有那么一句话叫“宁跟讨饭的娘，

不跟当官的爹”。赖才梯用实际行动推翻了这句话，为天下的爹们翻案了。我把这个大功德颁给他，他笑了笑。他觉得这谈不上什么功德无量，他只是觉得唯有这样做，自己心里才会安然，才能坦荡荡地向往幸福。

为了帮助我更好地了解他，赖才梯带我来到他的橘园，这里一片热火朝天的工作场面，许多人在为橘子地挖水渠。这是赖才梯的大棚橘子观光采摘园，有 20 亩。这些橘子的特别之处在于它们可以在四月天的时候采摘。人间最美四月天，那个时候人们在春风的陪伴下采摘这金黄的橘子，想想就让人醉了。

赖才梯和他的双胞胎孙女

如今儿子也和他发展着相同的事业，在他的基鑫果蔬合作社任社长这一要职。儿子当过兵，做过外贸，最终决定子承父业。赖才梯对儿子说，从事农业要坚持，农业没到 10 年是赚不到钱的。对此他举了橘子的例子给我听，这橘子树种下去要等到四五年以后才可以产果，采摘的头一年一棵橘子树可以摘二十几斤橘子，第二年就可以有三四十斤了，到了第十年，可以采摘 120 斤左右，而且一棵橘子树可以采摘 50 年。是啊！成就一项事业，不管是种橘子还是搞科研，技术、学问，还有耐心一样都不能少。我相信，他的儿子会记住父亲的话，因为这些年来，他的父亲就是用“坚持”这两个字走下来的，长年累月潜心经营，不管是事业还是生活。

金黄色的橘子挂在矮矮的枝头上，低调地美好着。赖才梯摘了一个橘子并细心地剥好才递给我。尽管这是一个寻常的举动，但我还是从这份寻常里看出这是一个特别会照顾人的男人。这些年来，照顾孩子已经成为他的一种生活方式。

只是这些年来，他把自己照顾得并不好。2009 年的时候，他因患甲状腺疾病开刀，2010 年的时候又开了一次刀。这个病是因为太劳累造成的。他说那个时候正在宁海长街开垦寺后山，580 亩的荒山要开垦，这是多大的工作量！茅草实在太高了，有一次他在燃茅草的时候，没注意到一个流浪汉躺在其中睡觉，差点闹出人命来。

说话间，他拿过一本杂志《中国新农村》，翻到第 43 页，有一篇题为“赖才梯的柑橘致富经”的文章。文章配了一张他的大幅照片，穿着西装捧着个橘子，表情生硬。文章中写道：

2004 年，宁海胡陈乡寺后山自然村 70 多户村民高山移民，之后这块区域范围内的 1100 亩的山地就一直处于荒芜状态，就连以前村民出行的一条羊肠小道也淹没在杂草丛中。来自象山的赖才梯得知这一情况后，专门前来考察一番。他发现这里山地的黄土比较适合种植柑橘，而且柑橘的糖分将比其他地方同类产品更足。于是他同宁海当地有关单位签订了 23 年承包合同，计划种植象山红、日南一号等早熟柑橘。他不仅要建立宁海首个千亩早熟柑橘基地，而且还要把荒山变成一个四季水果不断的花果山。经过一番艰辛努力，2005 年他开发种植柑橘 630 亩，第二年又种植 480 亩。之后相继种植大分 300 亩、宫川 150 亩、象山红 500 亩，2010 年又嫁接红美人、由良等品种……

整篇文章基本上介绍了赖才梯的柑橘经，却只字未提他的生活。作为一个柑橘大户，赖才梯是让人敬佩的，但更让人折服的，是他作为一个父亲，为孩子们所做的牺牲和努力。可是，赖才梯却只字未提这些年来的艰辛，因为他觉得陪伴孩子们成长，看着孩子们成家，是一件快乐的事。正像卢梭说的那样，一个人只要还在爱，那么他就不会不快乐。

◎ 做客农家

今日天气佳，做客在农家。有葡萄西瓜哈密瓜，不知该吃啥！今日走进的是高塘岛乡珠益村著名的农业大户徐光秀的家。他的房前屋后都是瓜果，好闻的水果味从每个角落散发出来，让人愉悦。女主人笑容灿烂、手脚麻利，招呼我们吃这吃那。这个家被她打理得井井有条，在清晨的阳光下洋溢着活泼、真诚和安宁。

我们毫无拘束地坐在他家的餐桌旁，互不谦让地吃着主人家亲手种的 8424 西瓜，那份甜真是甜到心里去了。我憧憬的幸福生活也不过如此啊，有田园的风光、诚实的劳作、富足的生活、称心如意的伴侣。

敞开的家门随时有乡邻进来，有些是纯寒暄的，完全没有主题，有些则是来汇报村里一些情况的。徐光秀是村委会主任，自己富了怎样带动全村的人致富，是他目前的课题。

他的家就在马路旁，墙壁上写着两句和主人生平非常呼应的话：“勤劳是幸福的左手，节俭是幸福的右手。”徐光秀种着 66 亩西瓜，其中露天西瓜 50 亩，大棚西瓜 16 亩；大棚葡萄 50 亩；早稻 150 亩；还养殖白对虾 60 亩、梭子蟹 16 亩。为此他雇了 10 个小工。他老婆则是记账员，负责记录这些人的出工情况和工钱，当然还负责两个孩子的生活起居。

问他为什么种那么多东西，徐光秀说他天生对农业有强烈的兴趣，看见空着的地就想种些什么，看见稻子丰收、瓜果生长、鱼虾满塘，自己心里就有说不出的喜悦。当了4年兵的徐光秀1996年从部队退伍，此后便一直生活在生他养他的家乡，用勤劳的双手开创自己的生活。聪明勤奋的他熟谙各种农业知识，科学的种养让他有了更多的收获。

跟着徐光秀来到他的领地，快步疾走在田埂上的他充满了生命力。在葡萄园里，他分派帮工们一些农活；在西瓜地里，他向我们介绍这些吊瓜的来龙去脉，并顺手摘了两个瓜让我们品尝。长势喜人的瓜果令徐光秀抑制不住内心的欢喜，开心地笑着，露出雪白健康的牙齿，这葱茏的田野正是他以这样饱满的精神打造出来的。看着阳光下的他，我的心里充满着敬佩，想起一句话：要么又激动又热情地去干，要么什么也不干。

徐光秀说他一直觉得最美好的生活在农村，因为农村有山有水空气纯净，更因为这里有他从小熟悉的生活，身边也都是亲切得不能再亲切的人。

以前的农业生产是艰苦的，但是现在农业技术越来越发达，各种农用机械也是一应俱全，只要自己肯花力气会动脑筋，这片土地一定会给你回报的。这些在别人眼里的操劳在他眼里并不是操劳，这是自己主动选择的生活，是能够行使自己意志并体现自己价值的生活，是他自己真心热爱的生活。

是啊！在这个世界上有着一席之地，可以供自己劳作生活，是一件踏实而幸福的事！

从徐光秀家出来，看见李淑英和何有富夫妻俩正收获了一袋红薯回家。“好大的红薯啊！”我们少见多怪地叫起来。夫妻俩很有成就感地展示给我看，那红薯的个头的确是大得让人叹为观止。

他们俩非常真诚地要我带两个红薯回家，我领了他们的盛情，但没有把红薯领回家。真希望在菜场里能遇见这些红薯，把它们都买回家。看着他俩拎着红薯时的笑容，再坚硬的心也会融化。那笑容是那么真诚质朴而满足，我深深地祝福他们能一直拥有这一份安宁和满足。

◎ 毛行东:我没有时间生病

定塘的毛行东是远近闻名的劳动模范,他种着上百亩晚稻、30亩橘子、7亩葡萄、5亩西瓜,还养了400只兔子。

"每天晚上不到八点吃不上晚饭,只要眼睛一睁开没一分钟是闲着的,真是起早贪黑……"他80岁的老母亲说起儿子更多的是心疼,心疼他太不会疼惜自己。

"一年365天,我每天睡6个钟头,其他的时间基本都在做生活。"毛行东说。

"你这么陀螺似的干,累病了怎么办?"记者问。

"我哪有时间生病啊!"毛行东脱口而出,给了记者一个最为意外最为震撼的回答。这让我不禁联想起一位禅师的类似的回答。

话说佛光禅师的弟子大智与恩师阔别二十年后再度相见,大智惊见师父精气神十足,容颜不改当年,不禁诧异:"师父,分别这二十年,您每天都生活在忙碌中,怎么都不觉得您变老了呢?"

佛光禅师说了一句十分有禅意的话:"我没有时间老啊!"天天忙着布施讲道,都没有时间变老了。

毛行东应该不知道佛光禅师的故事，但是他的认知竟然有着高僧一般的境界，“没有时间生病”。是啊，毛行东的每一天都被劳作占据得满满的，有那么多的田地，那么多的瓜果，那么多的家禽需要他付出，需要他照顾，他哪里腾得出时间顾一顾自己呢，真是忙到没有时间生病了。

毛行东有七个兄弟，从小家境困难，12 岁时他便开始种田，此后便与劳动结缘。“打石头，开拖拉机，养鸡、养鸭、养兔、养鹅几乎养了个遍……”那个时候，劳作对于毛行东而言完全是为了谋生。凭着这双勤劳的手，他成了村里第一个造楼房的人，也成为村里乃至镇里第一个拥有插秧机的农户。用这插秧机为全镇的农户们服务，让毛行东在忙碌的同时，也走上了致富的道路。目前，他拥有价值 60 多万元的农用机械，两个女儿大学毕业后分别在北京和镇海当白领。劳作对于今日的毛行东来说不再是谋生的手段，他完全可以和妻子享享清闲了。

“做惯了，停下来一天像犯罪一样浑身不自在了。”毛行东说，在别人眼里自由自在的悠闲在毛行东看来已经成了活受罪。我仔细地看了看他，发现尽管从事着高强度的劳作，但是他看上去显得分外年轻，皮肤

兔子一养30年，为此夫妻俩基本没有外出时间

光洁，腰板笔挺，满脸阳光，60岁的人怎么看都只有50出头，这就是佛光禅师说的“没有时间变老”吧！

毛行东最快乐的样子出现在他谈起劳作的话题时，当他推起自制的送秧机向我们介绍制作过程时表情是那样的欢愉，当他带我们去参观他的兔子们时脚步是那样欢快，当他领着我们去他的葡萄园时笑容更是明朗得像孩子……看来，劳动真的带给了他最大的快乐，是他走向自我完善的手段，甚至是一种信仰。

但是毛行东毕竟已经60岁了，我再一次试图让毛行东别这样过度使用自己，“你都60岁了，以后要减轻一些劳动强度，别那么忙了。”

“农民的60岁和中央干部是一样的，正当时。”毛行东再一次给了我一个震撼的回答。

话说到此，我只有衷心地祝愿他在劳动中收获健康快乐。奥地利心理分析家威廉·赖克说：“爱工作爱劳动是我们的幸福之源，也是支配我们生活的力量。”

◎ 贺贤来:坐拥书城的葡萄大户

“难道这些书也和人一样，冬天会怕冷，所以要出来晒太阳?”看着满院子的书，我和书主人贺贤来开了个玩笑。他腼腆地笑了笑，实话实说：也是偶尔一晒,这些书待在屋内柜子里的时间长了,怕它们发霉。

家住定塘叶口山村的贺贤来有个响亮的身份，他是贤来葡萄合作社的社长,旗下有1080亩的葡萄。他本人有一大绝招,那就是研发出反季节葡萄,简单地说就是能让葡萄在11月的时候还鲜活地挂在枝头。总之他是这方面的专家,把葡萄事业经营得如火如荼。

我曾在11月份造访过他的葡萄园，印象最深的不是他的反季节葡萄。葡萄当然也好看，逆生长得非常健康。但印象最深的是那天我们让他把在另一边摘葡萄的老婆叫过来，给他们夫妻俩拍张照片时的情形。他马上答应了，在葡萄园里放开嗓门呼唤他老婆：“老婆，老婆，你过来，过来拍照片嘞！”我和美珍、欧惠惠三人同时发现亮点。亮点在这一声“老婆”，村里很少有人叫自己老婆为“老婆”的。但是贺贤来就这样叫了，“好文绉绉哦！”我们三人酸溜溜地说。

差不多每次来定塘都陪同我们采访，为我们开车的出租车司机金师傅听闻此言说：“贤来本来就是个书生，他家的书有好几屋呢！”金师傅是个定塘通，如果把他所掌握的那些奇闻趣事都报道出来，那我们报纸的发行量估计要翻好几番。

话说回来，农村跑多了，养殖大户、种植大户等各种大户也见多了，多少有些见怪不怪了。可是一位葡萄种植大户家里收藏着这么多的书，倒是让人眼前一亮。金师傅不无自得地说他也算是见多识广了，但有那么多书的人家还真是没见过。被他这么一渲染，不去看看贤来家的书还真是不行了。

于是，我们在这个冬日清晨来到了贺贤来的家。这是一幢普通的两层楼房，样式有些老，里面的装修也很简单，几乎就是刷刷白而已。房间也不多，楼上楼下除了厨房、浴室也就四个房间而已。但他用两个房间来放置他的书。我楼上楼下看了一遍，权威地发布：他家所有家具中最奢侈的便是那棕红色的书柜，那书柜看起来是那样端庄典雅，甚至还有几分神圣的味道。

众多的书里唱重头戏的是小人书，也就是连环画，共有2000多册。贺贤来不无自豪地告诉我，一般小人书都是64开的，但是他家里有32开的小人书，多达50本。我问他，这些连环画每本都看过吗？回答是都看过，而且不止一遍，有些看了十遍以上。这些连环画有些和贺贤来的年纪差不多，就像是一起长大的小伙伴一样。贺贤来看它们的眼神特别温柔，仿佛那些遥远的童年时光在书中跳跃，令人情不自禁地感到轻快。

这些连环画现在书店里也买得到，但买来的都是崭新的，没有那个年代的特征。尽管里面的内容是一样的，但我总觉得新版的小人书少了些什么。就好比，以前的小人书是炒菜，是一盆一盆由特级厨师炒出来的，而现在的小人书是快餐，是一锅一锅由食堂师傅弄出来的，厨艺不同，再加上一锅分成无数盆，自然是不鲜美了。

贺贤来的书多而杂，跨度之大可以从《金瓶梅》到《农村常见病防治手册》，还有各类杂志，如《红旗》等。可以想象，一直以来，他留意着所有可以看见的书，看见就收入麾下，仿佛一位爱才如命的大将军，知道每一个人都有可用之处，看你究竟放在了哪个位置。不知贺贤来是怎样对待他的书的，

有些估计是看了又看，有些估计也是束之高阁。

小学毕业的贺贤来，有着一颗求知若渴的心，可是当年家庭条件差，不允许他读太多的书，唯一能弥补这遗憾的便是在以后有能力的情况下尽力搜罗。对于一个有追求的人来说，书让他超越现实生活的琐屑平庸，甚至是愁苦烦恼。人世无处可逃，可是在书中你可以暂时地逃避一下。就这样，渐渐地书成了他生命中不可或缺的一部分。

常言道：人情必有所寄，然后能乐。在繁累的农活之余，书是贺贤来的情之所寄，是他快乐的源泉。“快乐也是一种选择啦，这一天你可以选择快乐，也可以选择不快乐！”贺贤来这么对我说。我表扬他说话有水平，思想有高度。他说这话也是书里看来的。所以人怎么能不看书呢？哪怕为了做个说话有趣的人也要多看书啊！

时光在翻阅中慢慢滑过，不知不觉他的小院子里聚集了好些人，真是“以书会友”了。一双双粗糙的大手捧起一本本上了年纪的书，阳光下他们眯起眼睛，随意的姿态里透着认真。这一幕幕也是一本耐人寻味的书。

我眼前出现这样的一个情景：一把葡萄园里的事儿摆弄好，眼前的这位葡萄种植大户就捧起一本书，忘了昏晓。妻子在叫他吃饭了他没听见，孙子在他的膝头缠绕他亦不被所扰……忘了介绍，贺贤来荣升为爷爷有好几年了。尽管做了爷爷好多年，贺贤来的眼神里依然有着太阳一般明亮的光彩，我想这是书为他涂上的。

以一副曾国藩父亲曾麟书的对联结束此文：“有子孙有田园，家风半读半耕，但以箕裘承祖泽；无官守无言责，世事不闻不问，且将艰巨付儿曹。”

◎ 番薯片背后的故事

石春梅的前后左右都被小山一样的番薯包围着，她坐在其中低着头起劲地刮着番薯皮，那刮皮的速度只能用“闪电般”形容。想想看，她每一年要刮掉 8 亩番薯地的番薯的皮，一刮就是 10 年。这样高强度长时间培养出来的手艺能不精湛？其实我 2006 年的时候曾采访过她，但是光阴催人老，我们彼此都已不认识了！

在茅洋杨家岙村委会宽阔的操场上，晒着石春梅的番薯片，一片片切得纸一样薄，这些都出自石春梅的刀下。这些阳光下队列整齐的番薯片在我们眼里快快活活、无忧无虑，好多吃着番薯片的人都会乡愁满满地说：想起了童年的味道……但是在石春梅眼里它们是一个个不眠的夜，一阵阵累腰的酸。

村委会的一角，她老公在炒番薯片，我发现他的手上裹着一层厚厚的纱布。“砍柴时砍断两根筋，休息了两天，又炒上了。”石春梅怜惜地看了她老公一眼，感叹道，“我们俩都只有50岁出头，看上去像60

我和乔娜向石春梅买了三十斤番薯片，她说眼睛老花了看不清秤花，于是乔娜平生第一次拿起秤。不知什么原因，好像每一包都是一斤，也许只会看一斤的秤？

多吧？”我说是也不是，说不是也不是，只能报以沉默和微笑。

晚来风起，吹得番薯片芳香浓郁。我说，晚上你们几点睡呢？石春梅说，要是明天天气好，这一个晚上就基本没有睡觉的时间了，蒸番薯、切番薯片要争分夺秒地干，太阳可不是你想要它它就来照，所以得天天关注天气预报，只要明天艳阳高照，今晚肯定是个不眠之夜。除了 8 亩地的番薯，他们俩还种了荸荠和茶叶，年底番薯片炒好，新年伊始，接上了荸荠，随后接上的是茶叶地的活。茶叶种了一亩。我问她有没有用亲手摘来的茶叶泡杯茶在太阳底下发发呆，她一时半会没反应过来。我说，希望你有一天能空闲一点，泡杯茶和老伴一起在阳光下吃吃番薯片。

◎ 郎国位:少小离家老大回

再一次见到郎国位是2015年的春天。4月7日下午,天下着绵绵春雨,我、美珍和大徐镇党政办的吴爽三人来到了杉木洋村。一路都是绿,是嫩绿,就像茶树上的那叶嫩芽,新鲜柔嫩得仿佛经不起风雨。可春雨绵绵地飘洒,风也不温柔,吹在身上都是寒意。今天是倒春寒的天气,前几天气温有近30度,这天温度一下降到了7摄氏度。冷是冷了些,但是空气似乎更清新了。春雨中村庄的屋子、院落、绿树、青山、溪流像一幅高手挥就的水墨画,耐人寻味。

在村委会见到了村主任郎国位,这村委会可以说是我见过的所有村庄里最为简陋的了,会客厅里那张圆桌上的大红桌布倒是比满山的红杜鹃还艳,犹如一张素面朝天的脸上突然涂了鲜艳的唇彩,有点突兀,但也给这张脸平添了精神。郎国位从隔壁那间村主任室向我们走过来,还是清秀温和的模样,一时间我有点恍惚,穿越到一年前,我曾那样报道过他(2014年的5月13日):

郎国位戴了顶宽檐的草帽向我们走来,阳光洒在他高大的身上。他带着阳光一起走近我们。我们站在一棵枝繁叶茂的皂角树下,旁边是一条清得发亮的小溪，“溪坑长800米，才清理过，看上去清爽相吧！”郎国位为我们亮出村庄这第一张名片：800米清亮的小溪，晶莹剔透。

19岁那一年，郎国位带着一身木工手艺离开家乡谋生活，今年他59岁了，2013年10月被推选为村委会主任，少小离家老大回，他几乎以一种旧情复燃般的炽热开始了他的建设家乡梦。

他的家乡是大徐的杉木洋村。这个村庄曾经是象山首任县令徐旃告老还乡的地方。村里的老人说起徐旃，都不无自豪，老人们说：公元706年，象山县立，首任县令便是徐旃，他是奉化人，他的妻子也是奉化人，但象山是他倾注智慧和热情最多的地方，是他的第二故乡。

县令当了几年后，徐旃便寓居于大徐镇大徐村，后又移居大徐杉木洋村，成为象山一支徐氏的先祖。徐旃的后裔定居于杉木洋村并设盐场，当地“盐文化”也因此享有盛名。直把他乡当故乡，杉木洋人始终因为徐县令的青睐有加而对这片土地更为深情。他们说杉木洋以前也叫枫溪，因为这里有好多枫树，还有一个名字叫龙溪，那当然是出过了不起的人物的缘故。

“闲云潭影日悠悠，物换星移几度秋。阁中帝子今何在？槛外长江空自流。”物换星移，真情永恒，村里的徐公祠里至今仍供奉着徐旃。而且全村70%以上的人都姓徐。

白岩山盐场就在村庄前面，只是沧海桑田，现在盐场已不复存在，几张反映制盐技术的照片挂在村祠堂里，显得也很陈旧了。郎国位计划翻修祠堂，到时照片等都要更新重摆。有人在祠堂里做木工，郎国位介绍说那是当年和他一起离开家乡闯天下的兄弟。如果他不介绍，这位木工师傅在我眼里就是一位普通的手艺人，可是经他这么一介绍，我一下子觉得这是一位带着故土情怀在工作的村民。“心事同漂泊，生涯共苦辛。”那些出门在外一起拼搏的岁月，因为有了这些同乡的相互依持而有了微温吧！

祠堂里有两派老人，一派是在看电视，另一派在搓麻将，见我们几个陌生人走进去，搓麻将的几位表现出了他们的觉悟：“抓赌吗？我们几个老头子赌好久了！”我表示坦白从宽，再说赌资在十几元左右徘徊的还真够不上被抓这个级别。徐旃的像挂在祠堂中央，他看到的就是我描绘的这番景象，有人在做木工，有人在看电视，有人在打麻将，估计他老人家心里会欣慰：我的后人们日子过得还是比较有滋有味的嘛！

现在我们把目光延伸到祠堂外面那片热火朝天的天地，那里有一帮人挑的挑担的担。郎国位说他们在建设村休闲广场。还有庙山的一个休闲公园已万事俱备，只等一个八角凉亭的安置了。接下去，郎主任想做的事是种树，像一位穿上了漂亮衣服的人，接着要设计发型一样，他要让村庄完美到零缺点。现在安家在丹城的郎国位每天往返于丹城和杉木洋之间。这样的奔波和操劳对郎国位来说是一种幸福。

镜头拉回到今年这个冷得不像话的春天，在会议室里寒暄了一番后，郎国位说，带你们去看看吧！冷雨中，我们来到了去年热火朝天建设中的祠堂和休闲公园。用美珍的话说：这个村庄现在醒过来了。

祠堂两侧的厢房里，一侧挂着制盐的历史和制盐技艺图片，另一侧则是徐旃的画像和介绍。尽管盐场和徐旃都被岁月带走了，但是这两块内容是村庄永恒的骄傲，这份长情是岁月带不走的。

走在休闲公园，郎国位说：“看着这三个赤膊的制盐人更冷了吧？”这雕像还真够栩栩如生的，让我看一眼就觉得更冷了。不过啊！尽管衣衫单薄的

象山在唐神龙二年(706年)建县前已为产盐之地，当时用土法零星制盐，即直接煎煮海水。总结制盐历史，象山制的盐曾经历过熬晒盐、烧晒盐、灰晒盐、板晒盐、膜晒盐等阶段。杉木洋的制盐历史已有900余年。

我在这倒春寒里瑟瑟发抖，但是这份冷冷得那么洁净。这三位赤膊的制盐人尽管光着膀子，但是从炉膛里透出熊熊烈火，那火光足以温暖我。

回首间，往事已千年，那千年间的人和事，休闲广场边那一排大樟树应该还记得吧！郎国位指着休闲公园旁还未安装上的路灯对我们说：这里一到晚上，村里的妇女们便出来跳广场舞了，过几天，我把灯给安上，那跳舞的人就会更多了。白天劳作，晚上跳舞，这样的生活是单纯而欢乐的。

回去的路上，经过去年有待安置的那个八角凉亭。镇干部吴爽对我们说，郎主任是天天在村里的。一年前我们听说过这句话，一年后，还是这句话，这是一句经得起时间检验的话。我想再过一年我们若再度来到这里，肯定可以用一句让人有点泛酸的话说：这里的春天会更美丽！

◎ 长在油菜花里的稻草人

油菜花到处有，可是长着稻草人的油菜花地就不多了；油菜花地到处有，可是在油菜花里举办诗会的就少了。

今年的四月天，我们在这里举行了一场诗会。这一天是 4 月 17 日，对我来说这真是个好日子，上午是县文联的诗会，下午是文广新局的诗会，以诗的名义和诗一般的朋友诗情画意了一整天。中国本来就是诗的国度，诗带给我们达观的人生态度，旷达的精神世界，至少在念起诗的那一刻心可以拥抱整个世界。少女情怀总是诗，从这样的一个少女渐渐走到现在，我的情怀未变，因为我总能遇见和我一样长不大的人，念一些不能当饭吃的诗，做一些熟透的人看起来幼稚的事。江山本无主，闲者是主人，心中没有诗的人永远闲不了，而我，每一天都是闲的，是江山的主人。

也许村民们并不能完全理解

种花人韩时平

比油菜花还灿烂的欧惠惠，是定塘的宣传干事。在她的向导下，我们走遍了定塘的角角落落。谢谢她饱满的工作热情，更谢谢她风雨中也不退缩的陪伴。

诗，但是当他们提着小篮子来到油菜花地里卖草莓时，那一幕又何尝没有诗意。种这片油菜花的村民韩时平从来不知诗为何物，可是他能打造出这样一片风景，便是在大地上写诗了。

这片油菜花长在定塘镇的田洋湖村，面积近100亩，是村民韩时平种的，稻草人是他和村民们一起扎的。“造型是参考网上资料的，再加上一点自己的想法。”韩时平说。我夸他有想法后问他：那个长得像兔子又像老鼠的稻草人究竟是什么呢？韩时平不好意思地说：“一开始是想做兔子的，做到后来越来越不像兔子，反倒有点像老鼠了，所以就顺着老鼠的样子去做了。”那大老鼠神气活现地翘着根小尾巴拿着面小红旗，仿佛得意地宣称自己终于战胜兔子了。

这片油菜花地里有12个各种各样的稻草人，来过的人都会饶有兴趣地评论自己最心仪的那个稻草人。韩时平自己最满意也最受游客们青睐的当属这位摄影师了，这位用稻草扎成的摄影师背着摄影包，潇洒地对着他的镜头，寻找着最佳角度。其实不管从哪个角度看，这片油菜花都灿烂无比，明媚亮丽。风吹过，阵阵花香沁人心脾。春天的鸟儿们在这片自由的天空飞来飞去，唱着动听的歌曲。脚踩这片黄金地，我们每个人的心里都是金灿灿的。

这个我们作为舞台的草亭是韩时平和另外8位伙伴整整搭了两天两夜完工的，“那两天还下着雨，大家兴致都很高，一鼓作气地完成了。”草亭看上去十分扎实。问他怎么想起在这片油菜花地里安置这道风景。他说田洋湖距离象山影视城不过五分钟的车程，他希望有更多爱象山游象山的人来影视城游玩后，能在田洋湖这个美丽的村庄驻足。

有朋友说，这草亭里其实不用为我们这次诗会铺上红地毯，那样就土了俗了。但从来大俗就是大雅，这份隆重的心意已超越雅俗。

春日游，菜花吹满头。两位村花谁更美一些呢？

◎ 卧虎藏龙的小山村

找一个地方，在鸟语花香中晒一个午后的太阳，然后被潺潺的流水声叫醒，醒来时炊烟袅袅，天色已黄昏。有一位阿婆在门口微笑着招呼："晚饭吃了再走吧！"那微笑温暖得像天边的夕阳。夕阳西下，因为有家一般的温暖，所以不断肠。这样的地方，值得向往。

我在城郊找到了这样一个地方，它的名字叫考坑。村口的水库碧波荡漾，仿佛一位温柔的女子，历经岁月，依然柔情似水、美好如初。

可是村庄里掩映在绿色丛中的房子老了，老得满脸倦意，老得都有些站不稳了。留在老房子里的多数是老人，他们不为责任也不为使命而活。他们只是一种习惯，习惯了起得比太阳还要早，习惯了在这块土地上耕耘，习惯了在这里等着儿女回家。陪同他们等待的，有青的山，绿的树，红的花，还有那晒在门前的番薯片，多少童年的味道浓缩在这长相平凡的番薯片里。

考坑的树特别多，造型优美又充满了矛盾：树叶特别嫩绿，树枝又特别苍劲。那份柔嫩就像一位正值芳华的少女，满脸欲语还休的羞涩，那份苍劲又像一位知世故而不世故的智者，荣辱不惊，笑看风云。嫩绿的叶、苍劲的枝，结合成迷人的树的风姿。都说越优秀的人就是矛盾冲突越激烈的人，人如此，树亦如此吧！

这样的树陪伴我们一路，这样的绿陪伴我们一路，这样的清凉陪伴我们一路，就仿佛一位春风满面的朋友陪了我们一路，把他的豁达快乐注入我们的心胸，让我们渐渐如释重负，渐渐感到安详和亲切，渐渐融入这片山水中，渐渐有了“行到水穷处，坐看云起时”的从容。

考坑村坐落在大徐镇一条东西走向的窄长山岙里，共有285户人家，如今有260户搬到新凉亭了。许多老房子失去了精神支柱，倒塌了。老房子里曾经承载过多少

农田是大地怀里的碧玉

何必丝与竹
山水有清音

岁月，承载了这些人家多少的喜怒哀乐。他们现在过得好吗？会常回家看看吗？这样山清水秀的家乡是一辈子想忘但总也不能忘的地方吧！

行走在这片古老宁静的土地，想象着似水流年里这片土地上光阴的故事。同行的大徐镇宣传委员周天鹏说这片土地上最著名的是王家三兄弟的故事，他们的名字叫王久松、王久林、王久芳，他们个个身家上亿，王久芳是宁波荣安集团的老总，荣安集团是宁波第一家房企上市公司。“哥只是一个传说”在他们三人身上是一句实实在在的话。

他们为这古老的小山村披上了一件神秘的外衣，想起他们就仿佛青山之巅、竹林深处隐隐传来虎啸龙吟。他们是怎样走出这重重叠叠山、曲曲弯弯水，是怎样打破老一辈人的生存习惯，创造出不同寻常的财富的？是用怎样的情怀抒写自己的人生，让自己不同凡响？真希望在某个转角处与他们相遇，聊一聊传奇是怎样诞生怎样炼成的。

象山县是建筑大县，建筑大军遍布全国乃至全世界，建筑大军中的绝大多数人都是从名不见经传的村村岙岙里走出来的。王家三兄弟是象山县千千万万建筑大军中的杰出代表，山高人为峰，经过不懈的努力成为群峰之巅。

米开朗基罗说：想要创造完美的事物，必须要有初恋般的热情和宗教般的意志。我想所有成功的人都具有这两种品质。

人生难得今已得，难得的生命看你如何使用、怎样打造！所有的杰出都是对生命无限的热爱和忠诚，所有的成就都是对这片乡土最深情的报答！

◎ 百岁老人——征服岁月

今年也就是2015年正月十二的下午，蒋曼儒打来电话说有一位百岁老人举办生日宴，问我要不要一起去采访。我问在哪，他支支吾吾说反正有车来接的。可想而知路是不近的。我说你叫郑丽敏一起去吧，我下午另外有事情。蒋大师脱口而出：这样的小稿子郑丽敏不会去写的。对于情商不高的同志我内心里还是持肯定态度的，至少是率真的。好吧！我不和你一般见识，那就去吧！百岁老人，沾沾喜气也是好的。

一辆漂亮的小轿车等在单位楼下，驾驶员长发飘飘，是位时尚又甜美的女士。她说订了三层的蛋糕，去蛋糕店拿一下。这个我喜欢，都是些甜蜜美好的事。车子开到蛋糕店门口，长发飘下车去拿蛋糕。车窗外人群如织，尽管都上班了，可毕竟正月十五没过，大家脸上都还挂着节日里的喜气和闲散。我心里想，日子天天像这样过节一般多好，生活里只有鲜花、蛋糕和生日宴多好。这期间，我通过蒋曼儒了解了这位订蛋糕的女士名叫翁滨丹，但还没搞明白她和百岁老人的关系。

“今晚这位百岁老人的生日，我是无论如何要参加的，她老人家可是我们医院动股骨头置换手术的病人中年纪最大的一位，那一年老人 95 岁。”拎着蛋糕回到驾驶座的翁滨丹说，喜悦之情洋溢在她柔美的脸上。这倒很特别，老人和她非亲非故，只是她们翁敬堂医院的一位病人，她现在女承父业，出任翁敬堂医院院长。让我敬佩的不是她院长的身份，而是她和她父亲一样，是冬泳爱好者。一直都觉得干事业的人不但有过人的智力，更要有过人的体力和意志力，这一再地得到了证明。

一路上，我们谈了冬泳的话题，谈了健康的话题，当然也谈了这百岁老人以 95 岁高龄来做股骨头置换手术的话题，佩服老人的勇气，也佩服主刀医生的医术。车子开上铜瓦门大桥时，夕阳的金光洒在海面上，粉蓝色的大桥和金色的海面交织出壮丽浪漫的气息。高塘岛离丹城稍微有些远，这美丽的桥拉近了城乡距离，我们那天开了一小时不到就到达目的地了。其实对高塘人民自己来说，这块土地有山有海，只是缺一些喧嚣而已。

我们要去看望的百岁老人娄小妹出生于 1916 年，家住高塘龙珠村。当我们驱车到达时，老人和她的儿孙们正在拍全家福。因为家庭成员实在太多，他们把拍摄地点选在村委会，再说，百岁老人过生日也是全村人的喜事啊！

女主角围着一条大红围巾端坐在正中央，一脸的宁静祥和。参加拍照的人有一个班这么多，而且是个大班，有 50 多人。老人的一个外孙告诉我，老人共养育了三儿三女，大女儿今年 83 岁了，大儿子也有 80 岁了，都是爷爷奶奶级人物了，六个儿女都健在。老伴走了 20 多年，走的那一年 86 岁高龄。那么她和老伴差几岁呢？这道数学题我算了好久，看我默算水平实在有限，好心肠的外孙给了我一个答案：外公外婆差 8 岁。

难得的是，百岁高龄的娄小妹眼不花，耳只是微聋，还能行动自如。她一生奉行自己动手、丰衣足食这个原则，到现在依然一日三餐自己动手。三个儿子都在一个村庄里住着，是她最大的精神支柱，两个女儿也都嫁在高塘，还有一个女儿没嫁在高塘，但也嫁在象山本县，所以老人这一生没有思亲之苦，养身先养心，心里安定了，身体也就康健了。

我不禁想起同为女人的另一位举世闻名的女性，撒切尔夫人。撒切尔夫人生前，儿子一个多月才来探望她一次，女儿经常忙得几个月都来不了。据说撒切尔夫人也后悔过，如果时光能够倒流，她将会为家庭放弃从政。撒切尔夫人没完成的心愿，娄小妹用百岁的光阴彻头彻尾地实行了。老人这一生的职业就是家庭主妇，她的足迹基本没踏出过高塘，但这不影响她的幸福感，对一个女人来说最幸福的生活就是稳定朴素的家庭生活了。

而一个家的温暖的确是需要亲力亲为，要付出时间才能营造的。正所谓：羹是手调才有味。所以有些条件好的家庭请保姆代理所有家务并不是明智的做法，当一个女主人天天女王一样染着红指甲对着保姆呼来喝去，家里就多了奴役的气息，少了温馨的味道。至少，我是觉得不美也不美好的。当家里有了奴役的气息，平和的气氛也会淡去。当然，这情况从不曾发生在娄小妹家里。

如果像林黛玉那样无事闷坐，不是愁眉便是长叹，那么再好的身体基因也到不了百岁这个高龄。因此像所有长寿的人一样，老人开朗平和，时不时地还会和儿孙们开个玩笑。在饮食上没有特别之处，荤素都食。这一生只住过一次院，那就是股骨头置换手术，从开刀到住院一直到复原，前后在床上躺了将近一个月。问及老人这么大年龄怎么会有勇气动这样大的手术，老人的儿子说："妈妈是5年前在参加她朋友的一个丧礼时不小心摔倒的，年老加上悲伤，那一跤把骨头摔碎了。如果不动这个手术，妈妈势必将在床上度过她的余生，动了还有下地走路的可能，所以我们家庭讨论后，做出了动手术这个决定，决定赌一赌。"这个赌，老人一家赢了。

当生日宴进行到最重要的环节——点蜡烛时，我和翁滨丹这两位非亲非故的客人内心的激动一点也不亚于这些家属们。我们俩一拍即合地一人

一手携着老人，像是捧着稀世珍宝，那么快乐又那么小心，要求蒋曼儒为我们拍这幸福的瞬间。当我们还没调整好表情，蒋曼儒不讲情面地让我们俩让开，他说要拍家庭成员了。“我们的照片呢？”“拍好了。”蒋大师显得有些不耐烦。幸福让我俩都变得宽容了，我俩笑容满面地退到镜头照不见的地方，感受着百岁老人散发出来的爱和温暖。

花岙岛村三妯娌

104 岁的高二姐、95 岁的赵桂花和 92 岁的林彩娟是三妯娌，她们仨家住高塘岛乡花岙岛村。花岙岛村号称长寿村。是不是长寿村？同住一个村子里平均年龄近一百岁的三妯娌就是最好的证明。

大嫂：百岁老人的“三不经”

“不计较，不生气，不说三道四。”这“三不经”是 104 岁老人高二姐的长寿之道。这是老人的小媳妇，如今也白发苍苍的邓玉凤总结出来的。她说婆婆在饮食上也没什么特别之处，到如今依然不挑食，荤素都吃，年轻的时候家里穷更是以填饱肚子为主，吃上面哪里有什么讲究。

老人家住高塘岛乡花岙岛村，104 岁是一个让人肃然起敬的年龄，104 岁居然还耳不聋、眼不花、起坐自如，这几乎就是不可思议了。如果你想拥有这份不可思议，那么修炼好这“三不经”吧！

老人的娘家在温岭，20 岁来到高塘，便在这块土地上生根发芽。老人共有五个子女，三个儿子，两个女儿，目前已是五世同堂。老伴在老人 80 多岁的时候走了，最大的遗憾是不久前大女儿也走了。

年轻的时候，老人也会偶尔回趟娘家，但是回去一次要走三天三夜的路。后来交通好了，老人年纪也大了，白发多时故人少，也没有让她特别牵挂的娘家人了。老人生性好静，话不多，除了必要的劳务，能静则静。

为人通情达理，这是我与老人一接触便有的感触。我说给老人拍张照片，老人笑着点点头，我说请她站起来面向大海拍一张，老人二话不说马上照办，这份爽快像是一位快意恩仇的大将军一样。说实在的，百岁老人就是大将军，驰骋在人生的战场，百战百胜。

我为老人拍了张背影。可以说这背影里有百年的沧桑，也可以说这背影里有岁月的温暖，其实，这背影只是一个老人的背影，她与世无争地在这海岛上生活了百年。在她104岁的时候与陌生的我有了一面之缘，有了这样的一次采访，拍了一张面向大海的照片。大海是老人的邻居，天天见。她不像海明威《老人与海》中那位老人有征服大海的欲望和勇气，或者可以说她根本不屑于去征服大海，她征服岁月！

我们和老人挥手告别的时候，老人还留我们，说吃了饭再走。我们说下次再来，她也不强求，挥手与我们作别。有过无数次与人挥手作别，都是挥一挥衣袖不带走一片云彩地走了。但是这一次当我蓦然回首，看见老人那双和我们挥别的手，脚步一下子沉重起来，这样的再见，还能期许来日方长总能再见吗？我并不喜欢让一种伤感的情绪蔓延，但是人生总的来说是悲伤的，谁能逃过这岁月的劫，哪怕过了百岁的关，最终我们还是要与岁月道别，“每一眼都是临终之眼”这样的话尽管伤感，却更让我们懂得珍惜。在酷热的阳光下，我停住脚步，郑重地再一次挥手与老人再见，用真心的依恋。

每一个长寿的人和每一位成功人士一样，总有他们的过人之处。我们可以不认同老人的生活方式，但是她的健康长寿之道我们总是要吸收一些的，去试试这“三不经”吧！

二 嫂

二嫂赵桂花闲不住，那天去采访又没遇见，据说是去花岙岛做小生意去了。她每天上山下海，上山采山珍，下海抓鱼捡螺，然后把这些山珍海味带到花岙岛景区卖了换生活。

景区里那些被胡乱丢弃的矿泉水瓶，老人家也会弯腰捡起，几天工夫装满一袋换几个小钱。听村里人说，她个性爽朗，时有游客递根烟和她聊聊健康长寿经，她便美美地吸上几口，有问必答。一些好心肠的游客见老人这么大年纪还自己风风火火做生意讨生活，便掏钱送给她，不管钱多钱少老人一概拒绝。所谓“贵莫贵于能脱俗”，是指有独到的思想和不依不傍的骨力，我想老人就是这脱俗者。这一生不受嗟来之食亦是长寿之道。

美丽心情

三嫂名叫林彩娟，今年92岁了。我见到她的时候是一个夏天，那一日她穿一件雪青色大襟布衫静静地坐在家门口，发角齐整，应该是当年做媳妇的时候绞过面的，否则发角不可能齐整到一丝不苟的程度。酷热的天气一点也没有打乱阿婆的心，她轻轻摇着扇子，整个人温柔沉默，观之可亲。

我注意到阿婆手上轻轻摇动的芭蕉扇面上飞舞着一只花蝴蝶，灵动美

丽。一问之下才知这扇子是阿婆亲手做的，蝴蝶是阿婆亲手绣的。我们连连称赞，好漂亮的扇子。阿婆淡淡一笑，竟有一片红晕染上脸颊，我马上穿越到阿婆年轻的时光，那时候的阿婆一定是面若桃瓣，目送秋波。

“阿婆，您年轻时一定是个美人！”我们真心地感叹着。女人总是喜欢听好话的，不管年纪多大，阿婆开心地招呼我们坐。正中下怀，我们便不客气地挨着阿婆坐下。阿婆娴雅的神态、美丽的心情仿佛一块磁铁，让我们情不自禁被吸引了。

拉起了家常，阿婆说她每天第一件事便是“当窗理云鬓，对镜贴花黄”。发髻尽管不再乌黑发亮，但是依然庄重体面。然后把家里的地清扫一番，再端端正正地坐着发呆。阿婆的老伴几年前过世了，留给她的遗产是6个子女，每天轮流把6个孩子想一遍，这一天的时光也就被填得满满了。有了这么丰富的精神慰藉，阿婆的精气神每天都是旺旺的。

一位有想法的热心村民在自己家墙壁上画的花岙岛导游图

尽管“奔百”了，但是阿婆始终还是女儿心态，喜欢一切美丽的事物。习惯穿对襟的衣衫，哪怕再热也不会穿一件随便的汗衫，端庄是经营出来的。阿婆手巧，以前那么多孩子的衣服都是她自己一手做的，老虎鞋上总要绣点花色。你看，哪怕一把扇子她也要绣上一只蝴蝶，这一份爱美的心让阿婆始终有一种温婉的女儿态。我细细地看着阿婆，觉得衰老并非那么可怕的一件事，如果你心中有爱，并始终有一份美丽的心情，那么哪怕在天涯海角，也能优雅地变老。

◎ 爱情的遗产是一生的思念

如果你来过象山，但是没去过贤庠镇海墩村，那么你的象山行就缺少了一些人文气息。这个村庄孕育过一位骄子，他的名字叫贺威圣。贺威圣1902年12月出生在海墩，字刚峰，号薏农，参加革命后曾化名“瑚珊”“吴威”。1924年在上海大学加入中国共产党，1926年7月任中共杭州地委书记，11月3日被军阀孙传芳部逮捕，13日英勇就义，时年25岁。他是我党在浙江最早献身革命的领导人。

贺威圣的故居是一个古老整洁的四合院，异常清洁，初建于清朝，贺威圣出生、结婚均在此。一位年迈的管理员不卑不亢地迎接每一位访客的到来，一千遍一万遍地讲解着贺威圣的事迹。他的诉说不曾因为重复而麻木，我们的感动不曾因为岁月而淡漠。贺威圣出生在一个封建地主家庭。他家三代单传，两代守寡，在他出世前，父亲便离开人世。母亲沈守华疼爱他如同掌上明珠，取名“凤宝”，平时唤他为“阿凤”，意为“凤凰落在三宝地，家中有了金凤凰”。贺威圣不负母望。

贺威圣家有良田百亩，家境富足。但是从他记事起，幼小的心灵就有一种纯洁的感情，即有着同情心和正义感。正是这种纯洁的感情成为他后来接受革命的思想基础。他十来岁的时候，看见母亲有许多金银首饰，就劝她把这些东西分送给家里穷苦的女佣人。收获季节，他看到佃户把一担担金黄的稻谷倒进自己家的谷仓，就要求母亲不要向穷苦人家收取租谷。对他这些言行，有的人听了，交口称赞，传为美谈；有的人听了，大惑不解，认为将来必定是个“怪人”。

安静地站立在贺威圣的故居前，想起那段峥嵘岁月，想起那铁骨铮铮的英雄，只觉脚下的每一块青石板都是有温度的，都是可亲可爱的，因为它们承载过巨人的足迹。在这块青石板上，贺威圣的脚步一定是轻盈愉悦的，蹦蹦跳跳地围绕在母亲身边，有着可以摘星般无忧无虑的童年。大英雄总是大深情者，我可以想象贺威圣那双聪慧的双眼曾那样深情地凝视着家乡的一砖一瓦一草一木。他完全可以在这个小院子里过一种宁静富足的少爷生活，但是动荡的时局、黑暗的现实、列强的侵略、处在水深火热之中的祖国人民、多灾多难的中华民族，让热血青年无法苟安一方。

1921 年，18 岁的贺威圣奋笔疾书七言律诗一首，字里行间满是游子的思乡情、报国情。

汽笛一声动客愁，
暮云江树路悠悠。
而今怕听骊歌起，
未到晚钟且暂留。
扶桑鬼蜮君知否？
大好河山黯锁愁。
壮士岂为儿女泣，
要将投袂兴神州。

天若有情天亦老，不老的是一种精神一份缅怀，还有永恒的爱情。贺威圣在这个四合院里成婚，有人说他婚后第二天就被捕了，有人说是婚后第二

年才被捕的，岁月让这些往事都变得模糊了，但唯一清晰的是贺威圣的妻子自婚后一直生活在这个四合院里，直到 90 岁高龄过世。当管理员向我们说起这件往事，说老太太就是在这个院子里过世的，我提高声音难以置信地问了好几遍：真的吗？真的吗？他淡定地告诉我们，真的，没儿没女，就这样一个人在这个四合院里生活了一辈子，直至终老。这一个故事让这个烈士的故居陡然间多了柔情的色彩，更多了痴情的心疼。

一个女人结婚一天或一年后便失去了丈夫，却在他的家里坚守了七十年，这一份情用一生的寂寞来凭吊。贺威圣就义时只有 25 岁，他的妻子一定比他还要小几岁，然而她一生未再嫁，因为除却巫山不是云。卢梭说过：对一个普通的女人来说，每一个男人都可算作一个男人，但对一个懂得爱情的女人来说，除了她的情人以外，其他的男人都算不上。

贺威圣走了，没有留给他的妻子一个儿女，甚至没有片语只言，只留给她一生的思念。这样的痴情不是“十年生死两茫茫，不思量，自难忘”可以形容的。什么都无法形容，只能说这个男人的价值是无价的，这个女人的忠贞亦是无价的。“我心坚，你心坚，各自心坚石也穿，谁言相见难？”多么希望此刻他们相会在天上，没有战争没有分离，用相亲相爱来补偿那些离别的岁月。

白云悠悠飘荡在曾住过这样一对可爱可敬的人儿的四合院上空，仿佛在告诉我，他们现在很幸福，他们配得起永恒的完美无缺的幸福！白云透明地游走在天空，犹如贺威圣无比清秀的脸庞，这样一个人是一整部的《圣经》，凝视着他会给你一种圣洁的力量！

缓缓地走在这个四合院里，再一次想起，为什么英雄会成为英雄，会那样义无反顾地奉献自己年轻的生命！在狱中，敌人屡次对贺威圣严刑审讯，妄图把杭州地区的共产党地下组织一网打尽，但贺威圣始终坚贞不屈。和他一起入狱的还有另外一位共产党人汪性天。1926 年 11 月 13 日，牢门开处，狱吏呼喊贺威圣的名字，贺威圣和汪性天知道最后的时刻到了，为了把生的希望留给战友，两人同时挺身而出。当狱吏叫到汪性天名字时，两人又同时站出自认。这情景，使敌人震惊了。这个世上总有一些人会涤荡我们的心灵，让我们知道人性等同于神性。我低头缅怀英雄，用一种高山仰止的尊敬。

现在的我们都在大谈幸福，生怕自己一天一小时一秒钟不强烈地幸福着，都互相告知着少幸福一分钟就是亏了一分钟。英雄们不知道幸福吗？是什么让他们甘心舍弃自己的幸福？多想想这些，我们会在感恩中感到幸福！

来过海墩的人也会觉得这是个特别有荣誉感、会感恩的村庄。在村文化礼堂中设有乡村记忆展览厅，通过图片展板形式述说村历史发展变革。一整排的图片，里面从村里的第一个大学生到第一家厂，甚至是第一台电视机第一辆自行车……许多的第一整齐地排列着，哪怕有些第一在我们外人眼里是微不足道的，但是在海墩人眼里这些都是弥足珍贵，要载入史册的。正是因为有着这样强烈的荣誉心和感恩之情，海墩人一点一滴积累着经验和财富，一步一个脚印走向快速发展，走向和谐美满。

海墩村由海上、海中、海下、下庄溪、西泽五个自然村组成，常住人口1192户，4029人，去年村集体经济收入48万元。走在村庄里，一种洁净、富裕、文明的气氛如影随形。村文化礼堂和文体活动中心最为外人所津津乐道，建筑面积2000多平方米，可容纳2000人同时参加活动的文化礼堂充分体现了村庄对文化活动的重视，文体活动中心内的健身房、图书室、阅览室、排练室等活动场所设施先进，气派非凡。来过的人都惊讶于一个村庄居然有这样的眼光和手笔。不久前，在礼堂里举行了七岁开蒙仪式。这是海墩村一直以来的传统仪式，“蒙以养正”，通过举行“拜孔子送红蛋”这一个仪式，启蒙新入学的孩子尊师重学、明礼感恩，愿他们一生铭记，终身受益。

海墩有着“红色文化、建筑文化和模具文化之乡”的美誉，这一方水土养育出众多成就斐然的人才，奥运季军王成意也生于此地。这些骄子是家乡人的骄傲，他们的照片展出在村庄的文化长廊上。沿着河道走在这长长的文化长廊，25块展板让你读懂海墩的昨天和今天。大型水生植物盆栽荡漾在河道中间，美丽了行人的视线。村民们悠闲地在河边洗衣聊天，不知他们有没有感觉到自己如同居住在一幅江南水墨画里。

走出了水墨画，我们来到了别墅群。别墅群位于村口的威圣路，通过梳

理式改造，土地由村统一规划，造房资金由村拆建户、无房户、缺房户等自主筹集，于 2010 年 8 月动工兴建，目前 110 余套别墅已经完工。真正是“结庐在人境，而无车马喧”的好住处。

可以说来到海墩村，每走一步，都有一种挥之不去的感恩和敬重。

◎ 林港村:这里的阳光 100℃

那日阳光灿烂，我来到高塘岛乡的林港村。青山隐隐，阡陌纵横中的村庄显得那样纤巧飘逸。房子几乎全是新的，以白色为主，像是昨夜一场春雨后，今日里开出的朵朵杏花。

“这是仰天塘村。”村书记李志连介绍说。

“仰望天堂吗？还有这么好听的名字！”我兴奋不已。

“不是天堂的堂，是海塘的塘，”村书记解释道。林港村现在由门扇后、仰天塘、蛤蜊塘、港口、新港五个自然村合并在一起，是宁波五大渔村之一。村里产业以渔业养殖和橘子种植为主。全村有 641 户人家，1996 人，90% 以上的人在村里生活，“有那么多可以干的活，只要勤快，日子都可以过得红红火火。”村书记说。

穿行在村庄的角角落落，感觉村庄真的很美，但更美的是这里温暖质朴的人情。这个早春的上午，我感觉自己沐浴到了这个春天最温暖最纯净的阳光。油菜花开了，黄鹂鸟儿啼了，春天来了。春天在哪里？春天在青山和绿林间，在山谷和田野间，在每一个平凡而伟大的人们中间。

3 月 5 日的早晨，阳光暖暖地洒满高塘岛林港村。有个胖老头坐在村里的一家小店窗口，在阳光的爱抚中舒服地打着瞌睡。走近了才发现老头并没睡着，只是耷拉着脑袋耷拉着眼皮一副懒得搭理人的样子，“这位老伯，人家进他店里了，眼皮也不抬一下，看来不是个热情的人。”我对同行的村书记李志连说。

“阿伯可是个热心肠。”李志连说。

“我看不见得！”

“看到他身边那块小黑板了吗？”村书记不作正面回答。

我仔细一看，老头旁边的确有块长相困难的小黑板，上面写着“3月5号，东南风5—6级。”

“这个是天气预报呀！”

“是啊！他天天写，一写二十年了。他每天两次接收气象消息，然后把最新的消息写在门口的小黑板上，这块黑板就成了我们村里的风向标，出海的人都要来看一看。”李志连说。

说话间，和老头同样胖的老太太走过来说：“老头这两年生病压迫到神经，右手抬不起，用左手写了。”老头名叫李谦芳，今年79岁，是土生土长的林港村人，祖祖辈辈以捕鱼为生，他从14岁开始跟随父亲出海捕鱼，一直到近60岁的时候由于身体原因放弃出海。对大海对渔民有着深切感情的李谦芳，在每年开渔节渔民开船的时候都会来到码头为渔民送行并赋诗几首。

接下去也不用我说什么煽情的话了，“天天坚持看天气预报，天天坚持写天气预报，天天以最早的时间开店，让出海的人能天天看见。”这块小黑板涂涂擦擦身负了二十多年的天气预报，这可以说是世界上最知冷暖的一块小黑板，老头同样是。一股暖流淌进我的心里，我对老头说：“阿伯！您的天气预报错了，我感觉今天有一百摄氏度。”在他的诧异中我为这对胖得像弥勒佛的夫妻拍了张合照，目的是想洗出来后送给两位老人家，因为我想找个理由再去见见他们，再来感受这一百摄氏度的温暖。

从不吵架的钻石婚夫妻

从“气象站”出来往前走不到五米，又和一对老人不期而遇，阳光下他们俩的白发如珍珠一般闪着耀眼的光芒，志同道合地在摆弄着渔网。这个活叫“刺网”。总是特别喜欢这样夫唱妇随的画面，尤其是两个人都已白发，尤其是两个人的脸上都笑逐颜开，每每见此，我总是要凑上前去，问那千篇一律的问题：你们俩结婚多久了啊？吵不吵架？

两人的回答让我很惊讶：17岁结婚的，从来没吵过架。老伯今年79岁，老伴小他一岁，芳龄78，婚龄61年，也就是说他们俩已超出钻石婚的时限了！我一再地表示不信，61年从来不吵架，除非不是地球人！

可两位老人口径一致，一副你要不信就不信好了的模样。这时村书记李志连挺身而出来作担保，表示这两位是他的舅舅鲍雨丰和舅妈郑宝花，两位脾气都好得出奇，都勤劳得出奇，属于一日不做一日不食的那种。两位幸福美满地一起生活了60多年，抚育了两个儿子一个女儿。这辈子的确是"你耕田来我织布，你挑水来我浇园"，从来相敬如宾、相濡以沫，这是村里人都知道的事！这样的事要是搬到安徒生故事里，就是童话。

童话里的男主角看我在给他拍照片，依然一个劲地低头干活，从来都不配合一下抬一会儿头，但是笑意从来没有离开过他善意的脸庞。他一边干着手中的活一边笑着说："拍起来样子好了，拍起来人家要笑掉牙了！"女主角说："晓得要拍照片，衣裳去换一件啊，这满身是泥拍起来多难看啊！"

"你们真的都很好看，这满身是泥的衣服透着一股泥土的清香，是世界上最时尚的衣裳。"我发自内心地说。

如果时间允许，我真想在他们身边待上一天一月一年，深层次挖掘这60多年朝夕相处不吵架的秘诀。

金色的兰花春天般温暖

转过身发现在他们俩的对面有一家网店，店里的渔网在阳光的照耀下绿得像地里的油麦菜，这网店不是网上购物的店，而是卖各种渔网的店。一位妇女在店门口踏着缝纫机，她的一双手引起了我的注意。这双手又红又大又肿，这是一双饱经风霜的手啊，这双手到底有过怎样的故事呢？

"她叫金春兰，她的丈夫1994年海上作业时发生意外导致瘫痪，二十年来她一手带大三个孩子，出海、种地、开店，这双手哪有停下来的时候啊！”村书记介绍道。

金春兰略带腼腆地和我们笑笑，招呼我们到店里喝杯茶。我看着她，仿佛看着一棵狂风中的树，被狂风一再地压倒，可始终屹立在风雨中，给自己脚下的这块土壤一片绿荫。

“你的手该用些护手霜保养保养呀！”我心疼地说。

“护手霜也起不了作用，这些伤太老了。没关系的，现在不痛也不痒，就是样子难看些。”金春兰看了看自己的手，似乎有些抱歉地对我说。

我在心里暗暗提醒自己，一定要为她去找一种特效的护手霜，抚慰一下这双世界上最美的手。我也记住了她的名字，金春兰，金色的兰花春天般温暖。村书记说高塘边防派出所的官兵们都亲切地叫她“金妈妈”，这个故事

要追溯到35年前。那时，19岁的金春兰走进高塘边防派出所，成为一名编外“炊事兵”，从此不管生活上有什么沧桑巨变，她和海岛官兵们的情谊一直未变。

靠党和政府，靠老婆

再往前走，一家门口有一位中年男子在拣芹菜叶。他有一双炯炯有神的大眼睛和标准海边人的古铜色脸庞。见我们走过，他热情地和同行的同事郑丽敏打招呼，郑丽敏说：“你的气色比以前好多了！”

“是吗！全靠党和政府，靠老婆！”男子一脸的真诚。

我正在诧异，郑丽敏对我说：“几年前，我为他写过一篇文章：《牵你的手到永远》。”我等着她说下去。故事是这样的，这位看上去神采奕奕的男人叫陈根土，二十年前在采石场被一块大石头击中，于是这一生便与走路无缘。当时他结婚四年，有两个孩子，他的老婆演绎了一场不离不弃的故事，艰难的岁月中她不仅抚育孩子成人，照顾上了年纪的公公（公公今年92岁），并还清了多年来为丈夫寻医问药欠下的债。陈根土现在能坐起来，老婆也是功不可没，当时的他只能躺在床上，是他老婆在床边为他安置一根链条，天天军事训练般让他手拉链条，锻炼他的手臂肌肉，让他慢慢地从床上坐起来，直到能用残疾车代步。那天他老婆不在，我想她应该长得像观音一样。

内心的平静才是永远

走一步，就有一个故事，如果这时候你再不觉得生活是个大舞台，不为舞台上这些角色感动，那你的心真是木头做的了。临近中午，阳光散发出更大的温暖，我的目光被一位窗口专注看书的老头吸引了。那老头看得好投入啊，像是在做什么学术研究一样。我站着看了他五分钟，他都没有抬头，我好奇了，什么书让他忘了身外物。我天外来客般蹦到他的面前："阿伯，什么书，看这么认真？"

老伯抬起头，透过厚厚的眼镜片坦然地看了我一眼，那平静的眼神看着我像是天天见面的左邻右舍一般。他合上封面，原来是《圣经》！

"您天天看吗？"

"天天看啊！"

"为什么喜欢看？"

"它能让我的心平静！"

多好的回答啊！"养身先养心，祝您健康长寿！"对这位素昧平生的老伯我发自内心地衷心祝福，好比祝福每一个有信仰的人。阿伯平静地接受我的祝福，继续低头看他的《圣经》。

村书记说："阿伯叫陈云土，但村里人都叫他卖糖囡。"明明是个男人却叫他囡，这很奇怪，但是村里人都这样叫，也不知道这绰号的来历。阿伯年轻时是挑着担子卖糖的，今年 78 岁了，一生未娶！我想这位阿伯一定是个有故事的人，这么有思想的一个人住在偏僻的海岛，终身孤独却又海一般宽广平静，这个素材挖掘一下或许可以写出厚厚一部小说。

一个小园儿两三亩地的幸福生活

再往前走，目光被一簇鲜艳的小红花吸引了，这些小小的不知名的花朵洋溢着灿烂的春意。

“我也不知道这是什么花，反正基本上常年开。”一对正在晒菜干的夫妻说。妻子有着一张活泼愉快的圆脸，看上去才五十开外。丈夫像是一位老教授，穿着中山装，头发数量不是很多，看上去七十左右。夫妻俩年龄差距有点大。村书记说，男主人叫李永木，今年七十了，妻子是原配，他们村里一般都是婚姻终身制的。

他们家的房子是新造的，院子不大，但是特色明显：一只只圆圆的糠筛上晒着菜干、萝卜干，还有一排长达两百米的紫菜晒在路两边，整齐得像两排皇家侍卫。一个小园儿，两三亩地，自歌自舞自开怀，且喜无拘无碍！诗词中闲云野鹤般的生活，这夫妻俩算是彻底地过上了！

“你们幸福吗？”我学着央视记者提问。

“幸福啊！现在年纪大了，生活条件也好了，操心的事也少了，吃吃有，用用有，要早点困早点困，要迟点起来迟点起来，这样的日子还不幸福啊?!”

◎ 溪里方：做最清澈的自己

2014年12月16日，可以说是入冬以来风最大的一天。听着北风怒号，躺在被窝里先批阅一下微信吧！微信朋友圈里的朋友们一大早卖东西的卖东西，发心灵鸡汤的发心灵鸡汤，打吊针的打吊针，晒早餐的晒早餐，热腾腾的都没闲着。看来，天寒地冻还真是挡不住一颗颗滚烫的心。

一日不做一日不食啊，不管怎么平庸，既然活着，饭总还是要吃的吧。于是我从被窝里起来，和乔娜、永利一起去溪里方。永利一般不出门，他不是记者，是技术人员。永利书法了得，到了可以当书法老师的级别；太极了得，是气功大师，免费带着我们单位一帮徒弟；电脑方面就更不用说了；茶艺也精湛。总之，他是个高人，平时我们一般称他为“周大师”。我说溪里方很衬你的气质，那里有许多古老的四合院，值得大拍特拍。周大师经不起我们忽悠，也就来了。

在车上，乔娜向我诉苦说昨夜和我一起喝普洱茶，害得她深夜十二点还睡不着，把家里的桌子地板都擦了一遍还是睡不着。那怎么办，只好去淘宝。对于她上淘宝，我听着就像是微风吹过湖面一样，太习以为常了，我无精打采地坐在副驾驶室，闭着眼睛没有搭话的热情。可是乔娜接下去说了句不寻常的话，“为你淘了份圣诞礼物，为了找这份礼物，我淘宝上逛了一个半小时。”我啪一下睁开眼睛，仿佛冬日里盛开的雪莲花，那种花开的心情千金难买。

乔娜说某一日我和她一起在茶馆，看中一个藤编的茶叶罐，我很喜欢但觉得价格有点贵所以没买。于是她便满淘宝地搜寻想为我淘一个，淘了一个半小时，没有长得一模一样的，最后淘了一个和那个茶叶罐相似的青花瓷图案的，相信我也会喜欢。我那么能言善道的一个人，在那一刻居然说不出一句话来，只能说，语言无法表达我的心情，太“鸡冻”了。

溪里方没有让我们失望，那一幢幢古老的四合院安静地矗立在冬日的阳光中，诉说着岁月的沧桑。查看溪里方的资料，这样显示：溪里方村位于象山墙头镇南部，背靠大雷山，坐望西沪港，因为村东西两侧有溪，自源头

蜿蜒流过村庄，村民以方姓为主，故而村名为“溪里方”。这里是明代大臣、学者、文学家、思想家方孝孺的后裔的聚居地。明洪武年间，方氏祖伯礼从宁海缑城里迁居，渐成县邑望族。方伯礼是方孝孺的堂弟，进士出身，官至御史。如今，村里还有昔日文官武将留下的数十栋考究的古建筑，依稀可见当年的雄浑气势。

如今这一支方孝孺后裔已传到二十八世。方氏宗谱中有八句“族训”道：“孝父母，敬伯叔，和兄弟，训子孙，安名分，守勤俭，务耕读，戒游惰。”

溪里方村最大的特色，便是保存完好的民居群，雕梁画栋，精致大气，有“九房三堂”之称。九房，是方恭房、方德房、方贤房、方安房、方信房、方怀房、方仁房、方义房，以及老大房。这中间镶嵌的字，连起来就是：“恭、德、贤、安、信、怀、仁、义”，这是中国传统文化与一个家族家规的彰显。三堂，是积善堂、承志堂、福寿堂，堂名也寄托着先族的厚望与心愿。

“旧时王谢堂前燕，飞入寻常百姓家。”古迹是厚重的，古训更是美好的，斑驳的墙壁让我们更加感觉到光阴的不可挽留，不如珍惜眼前人，珍惜眼前的每一寸光阴。我再抬头看了看乔娜，她穿着件雪白的羽绒衣，白衣胜雪，莞尔一笑间，有着水一样的温柔。

不禁想起应修人的一首诗：“妹妹你是水，你是清溪里的水，无愁地镇日流，率真地长是笑，自然地引我忘了归路了。”有这样一位水一样的妹妹，家门口的村庄便是名胜古迹了，一藤一叶都引人入胜。万水千山，我们寻找的不是风景，是让风景成为背景的人。我把这段话发到微信上，得到了众多个赞。此文以微信起以微信结，也算是上下呼应了。

本来文章到此可以结束了，可我这人偏偏喜欢画蛇添足。因为往前走，又遇见了一群可爱的热气腾腾的人，他们的所作所为非常值得书写。

话说永利把老房子也拍得差不多了，乔娜也摆得很尽兴了，我们也想回单位了，却谁知冬日里的三把火留住了我们的脚步。这三把火是用三只柴油桶在烧，走村串户久了，上面那个食物我还是叫得出名字的，叫番薯丝。这个架势是在干什么我也知道，是在做番薯烧。

主人名叫方仕土，穿着一身迷彩服，笑容满面地剥着一只橘子，看到我们对他的番薯烧感兴趣，他颇为自得。于是有问必答，这番薯有一千多斤，都是自己种的，能做 30 坛酒，每坛 30 斤，这是他一年的酒量。他本人今年 60 岁，对酒的热爱从 16 岁那一年开始，从此酒就成了生命中不可缺少的重要组成部分，重要到无论疾病与健康都与他相伴。这份热爱和忠诚是久经考验的，10 多年前，他不幸遭遇脑溢血，九死一生后医生说他不能喝酒。他热爱生命，但他无法想象没有酒的生命，于是在医生前再三打报告，没有酒的日子是一天也过不下去的，对酒的一往情深感动了铁石心肠的医生。于是医生放宽“政策”，让他可以喝些没有酒精的酒，于是有了这番薯烧。一喝十年了，据他自己介绍，这身体是越喝越好。看来，你所爱的最终都会滋养你的。

“插秧盈畴兮有酒盈缸”，这生活多么自在逍遥。回去的路上我们总结，溪里方之行，最难忘的不是那些有着厚重历史的老房子，而是这热腾腾的火和这鲜活的人。

再一次来到溪里方，看到这清波荡漾的湖如琉璃般莹净，看到这湖边满树的花开得几乎没有一个缝隙，还有这曲曲弯弯的小桥不可思议地玲珑秀气。有几位村民倚树而息，借草而坐，悠然如仙人。目光所及之处，脚步所抵之地，处处明净整洁，一尘不染。身处此地见到此景怎不让人神思飘逸，我真无法相信这块仙境就是溪里方，可是不远处，青山叠嶂，分明又有几分熟悉的模样。

一个村庄，来过好几回了，居然还有这样的新发现。同行的林委员解释说这是新添的景象，才让我们觉得安慰了一些，否则的话真是怀疑自己是不是长眼睛了。一双眼睛还真是看不过来，因为这一片新大陆处处有新闻点。比如这一棵梅花。梅花不稀奇，在梅树里这一棵也只是姿色平平的，已经是过了花期，因而花色不艳，花量也不繁多。可是这梅花的“邻居们”很不一般，它们是青菜、包心菜们，这些“菜邻们”正值盛年，深绿浅绿都有，郁郁葱葱，

相思一夜梅花发，忽到窗前疑是君。

一行行排列得井然有序。前面还有一溜小平房。这就是一首写在大地上的田园诗，不知哪位诗仙住在此地。

我请蒋曼儒把这一情景拍下来，他问我到底是拍菜园子还是拍梅花还是拍房子。我非常诧异他怎么能问出这么低能的问题，眼白一翻表示三样都要拍，而且拍在一起。蒋曼儒以他一贯的耐心向我解释："眼睛看到的和镜头可以显示的那是两样的，不是你一眼可以看见的风景一张照片就能拍下来的。"言下之意就是拍了梅花菜园子就小，拍了菜园子梅花就不清楚，还要加上房子……我提的要求是非常不专业的。我对这些专业性较强的问题向来没有探讨的耐心，用自己的手机拍了一张，的确没有我眼睛看到的那么全面那么漂亮。但是基本上三要素都在了：梅花、菜园和房子。我要表明的主题很清晰，那就是诗情画意和生活一点都不冲突，完全可以做到两手都抓两手都硬。

是啊，如果这里是西湖，那么这么美的湖水肯定只能欣赏，绝对不能用来洗衣裳的，但是这里的湖水既可用来观赏，又可以服务生活，可以用来洗衣裳。有几位阿婆阿嫂，捧着一盆衣服，蹲下便洗。一条红被单挂在栏杆上随风起舞，丝毫没觉得这栏杆用来晒自己有什么暴殄天物的。

我抬头，只见头顶是一整片透明的蓝，闻着空气里丝丝的甜，我真心觉

得村民们的生活好奢侈。这一份奢侈是住在城里的人们无法想象、无法抵达的。

第三次来到溪里方，是2015年4月26日的晚上，四合院还是冬天时来过的那个四合院。只是季节变了，变成了春天，四合院也随着这万物复苏的春天复苏了。一阕昆曲随春风在夜色里袅袅，在我的耳畔萦绕。走上吱吱呀呀的老楼梯，一个出尘的世界呈现在我的面前：一套简约的茶桌前，几位穿着汉服的年轻人席地而坐，脸上的神情萧散而不颓废，古老的木墙壁被擦得干干净净，一枝翠竹插在一个瓷瓶里倚墙而立，只这一抹绿，便让人觉得春色无边了。

这架势我真的只在电视上看见过，就算电视里演的也没有这么有韵味。我在一张蒲团上席地而坐。人坐下，心放安，自那刻起，也仿佛梦回唐朝，进入了一个清雅的世界。此屋的主人小野递给我一杯茶，他微微地笑，斯文得像窗外那弯冷月。一直以为自己不算是太俗的人，但那一刻，真心觉得自己俗不可耐了，和他们的清瘦相比，身上的赘肉似乎太多了，和他们清水一样的眼神相比，我的眼神明显太犀利了，甚至说话的声音和语速也变得一无是处了。曾几何时，我也曾那样窈窕，杨柳细腰水磨腔调。如今在昆曲的调里细细观照，陌生、粗俗得让自己受不了。

牡丹亭一曲既终，小野拿出尺八为我们演奏，尺八的乐调极其空渺。小

野说，尺八其实是吹给自己听的。既然是吹给自己听的，所以何必在意曲高和寡。可是滚滚红尘中我们有多少人为了让别人听懂，而改了自己的调。

走出四合院，走在村庄里，夜色依然美好。整个村庄有一半的人应该已经睡了，有一半的人在看电视在打牌，有多少人在吹着尺八做自己想做的事呢？是我想多了。古之达人，高人一层，只是他情有所寄，不肯浮泛虚度光景。今之达人，亦如此。

让我们在时光中做最清澈的自己。

◎ 黄埠村：最大的幸福

经过一幢古老的大宅前，一批工人正在维修，蓝天下他们站在高高的脚手架上，快乐地进行着补救工作。担任今日解说员的是村里的邮差，他说：这幢房子的当家人是位女性，所以大门口以一只凤凰为图腾。我一下子想起那部著名的电视剧《大宅门》里斯琴高娃出演的大宅门里那位大当家白奶奶。白奶奶绝对是大宅门里说一不二的灵魂人物，上上下下见之无不敛声屏气，那气势真是压倒一切。这样的人物也曾经出现在黄埠村，可见黄埠当

年着实不一般。

那是一个怎样的女人呢？庭院深深深几许，穿过深深的庭院，已完全找不到她的踪迹。冬日的暖阳照在身上，暖暖的让人无法惆怅，我以想象中她的姿态倚在门口，揣摩她是否也有“把酒送春春不归，黄昏却下潇潇雨”的怅惘。

解说员说走遍天下也不会有比黄埠村更美的地方。我问他走遍天下了吗，他说没有，只是一般地方都不想去。然后他又十分肯定地强调：去了也不会有比黄埠更好的地方！他还表示这不仅仅是他一个人的想法，而是代表了村里很多人的想法。我感慨于同志们对家乡的热爱，不止一次地听到象山人说起这样的话：西湖有什么花头，还不如东谷湖好。还有一些更热爱家乡的，去了台湾的日月潭，强烈认为还不如东谷湖大。所以感情的眼睛真是最神奇的。我内心里为西湖、日月潭叫屈，但也只能委屈它们了。

黄埠村最著名的古建筑是三戒堂，宅名源于戒僧、戒尼、戒道的家训。

有 36 只神态各异的鹿雕在梁架上，而且每一扇窗都是两面双雕的，足见主人的生活品位和对品质的追求。这些窗的雕花精致细腻，可见当年的能工巧匠们花费了诸多心血，经过了反复的琢磨，精益求精，把他们的工艺封存在这窗口。比生命更长久的是用生命创造出来的这些艺术品。

三戒堂旁边是三三堂，据说是三戒堂主人第三个儿子的家，意为“立德、立功、立言”。生命短促，唯有立德、立功、立言，以求不朽。这个村庄有十多座这样的大院，历经岁月淘洗，院子难免有些憔悴，但是那些雕梁画栋却恍惚如昨，诉说着曾经辉煌的往昔。

三戒堂院子里的青石板都是斜铺的，只有官衔到了一定的层次，石板才能斜着铺。我心里想，这石板直着铺、斜着铺不都是一样用来走路的吗？现代社会不管三教九流，石板爱怎么铺怎么铺。但是没有人能随随便便成功，

这位三戒堂的主人也是通过自己的努力才到达石板斜铺的地位的。这一份努力和成就都值得尊重。他的后代们似乎没有延续这一份辉煌，成了普通人家，过着寻常生活。

但是大户人家的那份端庄仍然依稀可寻。一位老太太从窗里探出头来，她是三戒堂不知第几代媳妇了，尽管满头银丝，还是可见眉目清秀，有着娴静的大家闺秀气质。窗里窗外两代人，哪怕相看两无言，亦感觉如一幅画。画中传递的信息诸位各自发挥想象吧！话说一个生活得最富有的人，就是感受力最强的人，正所谓我见即我得。

一阵浓烈的饭香从大宅院的后门飘过来。我们寻香而去，是三戒堂后院里的一户人家，前后不过一院之隔，却完全两种气象。这里屋檐低矮，屋子里白天都需要亮着灯才能维持光明。围在灶台前后的是一对老人，老奶奶在烧火，老头子担任主厨上灶。我们走进屋时，灶台前那位揭开锅盖，一对白白胖胖的大馒头吸引了我们全体的视线，还有一碗汤团。原来今天是冬至，可是在这间小屋里哪有冬至的寒意。再一看这对老人，他俩的脸上都流露着自给自足的安然，对于我们这些相当突兀的外来客也不觉得有什么特别的惊讶，坦然地合作着继续烧他们的饭。哦！真是的，这陋室因为拥有这两位老人而成了天国，就像夕阳总比朝阳要温柔，人也一样，临到垂暮时，爱会更温情。

不是我夸张，在这位老奶奶眼里，这老伴所说所想所做的一切，都是正确而光辉的。不管他在别人眼里有多普通，在她眼里都是不寻常的。安徒生有篇童话叫《老头子做事不会错》，建议大家去看看，总之，我见到过好多对这样的老夫妻，好多个这样认为老头子不会错的老太太。后来总结出经验，要婚姻幸福，把握一大原则，那就是：确认老头子做事不会错，哪怕用一匹马换了一袋烂苹果，那也是世上最英明的决定。

看着这对老人，我不禁想起若干年前采访过的另一对家住墙头的老人，老头名叫周开金，老太太名叫王菊花。当时王菊花瘫痪在床，因为长久卧床导致消化系统不好，所以周开金天天在灶火里煨粥给她吃。那一天我们走进他俩的家，一阵粥香扑鼻而入，老头在粥里放了一些鱼鲞，这样既好吃又营养。那香味过去差不多有10年了，还没散去。煮好了粥，周开金小心地扶起床上的王菊花走到（其实是移到）厨房，让她在餐桌前落座，然后小心地拿出粥罐，把粥倒进碗里，端到她的面前，自己坐在一旁看着老伴慢慢地吃。

然后，周开金和我们聊起当年他和王菊花的美好时光，从领结婚证那一天说起："她穿了件蓝旗袍，人是好看。"说完这句话他从餐桌旁撤退了片刻，从一只大橱里翻出那本结婚证，喜洋洋地给我们看。粥香、结婚证、蓝旗袍，让我们对这对老人的印象太深刻了。记得两天后的一个晚上，我和郑欢特意买了点小礼物又去登门，我想再一次感受这温暖的相依。

那一晚，我们再次前往时，时间也不过七点多一些，然而大半个村庄都安静地睡着了。我们靠几个村民带路，穿过好几条小墙弄来到周开金的家。屋里有一只电视机开着，记得当我们敲门时，周开金啪一下打开电灯，门吱呀一声打开。王菊花躺在床上，还没来得及惊讶，我们连忙表示了自己的冒昧和尊重。两位老人的脸庞、陋室里的灯光、窗外浓重的夜色，门前缓缓的小溪流，还有那用来糊墙的旧报纸……这一切都染上了一层梦幻一般的气息。

那篇稿子具体怎么写的我也忘了，我只记得当时我为文章取的名字叫“最大的幸福”，这名字来自于安徒生的诗，我今天这篇文章和安徒生较上劲了。总而言之，所有的童话就一个主题，公主和王子过上了幸福的生活。老头和老太也年轻过啊！他们也是王子和公主。

在浪花拍打的海岸上
有间孤寂的小茅屋
一望无际辽阔无边
没有一棵树木
只有那天空和海洋
只有那峭壁和悬崖
但这里有着最大的幸福
因为有爱人同住

茅屋里没有金和银
却有一对亲爱的人
时刻地相互凝视
他们多么情深
这茅屋又小又破烂
矗立在岸上多么孤单
但里面有着最大的幸福
因为有爱人做伴

那个时候郑欢还是个小姑娘，如今郑欢已经成了一个小姑娘的妈妈了，那个时候小屋里有着最大的幸福，但是不久后，王菊花走了，幸福被她带走了……

回过神来，男主人已走到小院子里，女主人也跟着走到了小院子里，于是我也跟着他走到小院子。他们家小院子里的花草也长得蓬蓬勃勃。尽管这安排在解说范围外，但是对村情相当了解的解说员还是为我们破格解说。他说这两位老人一生都住在这小院里，是村里有名的恩爱夫妻，他俩的儿子是村医，长得相当帅。那一刻我觉得这位解说员说哪里都没有黄埠好是有道理的，一家人一生都一起生活在这个村庄里，还需要到外面看什么世界呢！这村庄就是全世界。

若是一个人住前面那冷冰冰的三戒堂，我是宁可住在这暖洋洋的小房子。我想所有的人都会舍弃高大上的三戒堂，选择这其貌不扬的暖香小院。没有人情的温暖，再豪华的房子都是荒凉的沙漠。当然，既豪华又温暖那是再好不过了！

◎ 当你老了

与其说这是一个村庄，我更想说它是一个世界，一个不属于我们这个星球的遗世独立的世界。这个世界里有我们渴求的宁静与温暖。

这个冬天冷得非凡，这个世界里的人们紧紧相依，围坐在红红的炉火旁，从早晨坐到黄昏，从黄昏坐到夜深。一天又一天，早晚长相见。一年又一年，他们始终相互取暖。

每年的冬天，我都会来到这个叫南充的世界，苍烟夕照中走过这有着精美石窗的寂寥悠长的小巷，走进这些不相识不设防的人们家里，在他们燃烧了无数个冬天的炉火旁喝一杯茶，暖意融融中温柔的气息弥漫，岁月静好。静得只听到彼此的心跳，好到只看到彼此的微笑。

“我们这个村啊以前太穷，穷得冬天做不起一件棉袄。山里柴多，就把柴根当棉袄了，一到冬天就围在炉火边。从小每个冬天都这样过，我爷爷说他小时候也是这样过，这弹火堂的历史有多久已经追溯不清了。”80岁的蔡才秀老人说，和他围坐在一起的老人们平均岁数不会低于75岁。

这个位于茅洋乡的南充村，被重重叠叠的山包围，这里的人们日出而作日落而息，至今保留着山村人大自然一般的淳朴。他们真是从青春到白发，

不离不弃地在一起。这一生他们一起打脚笠一起做扫帚，一起“锄禾日当午”，一起“把酒话桑麻”，一起在炉火旁打盹。他们出生在此，也将在此终老，没有想过外面的世界多精彩，从来不觉得这样的生活很无奈。坐在他们身边，看跳动的火焰，听茶壶吱吱作响，所有的浮躁都会随之沉淀。火光中，我只觉得老人们的脸是那样的光彩四溢。在冬天，不管你在哪一天走进南充，都可以看见这温暖的火堂，这些温情的人们。

当你老了，有没有想过也有这样的炉火温暖你的冬天？《当你老了》，始终是我最爱的一首诗，好想在炉火边念给这些岁月一般宁静古朴的老人们听：

当你老了，头发白了，睡意昏沉，
炉火旁打盹，请取下这部诗歌集，
慢慢读，回想你过去眼神的柔和
回想它们昔日浓重的阴影

多少人爱你青春欢畅的时辰
爱慕你的美丽，假意或真心
只有一个人爱你那朝圣者的灵魂
爱你衰老的脸上岁月的留痕

垂下头来，在红光闪耀的炉火旁
凄然地轻轻诉说那爱情的消逝
在头顶的山上它缓缓地踱着步子
在一群星星中间隐藏着脸庞

我们坐在炉火前，燃烧的树枝有一股馨香，静静地聆听老茶壶发出的滋滋声响。

春节刚过，欢聚的气氛似乎还余留在空气中，但是那些回家过年的孩子们都回到城市里去了，留守在这里的多数是老人。他们安静地坐在家门口做着竹制品。那大红门联里的背影有着抹不去的孤单。也许是我想多了，他们的心里也许装着满满的温暖呢！是谁说的，只有恒久的热情才能耐住长久的寂寞。

一位妇女提着三只热水瓶从一个小巷里走出来。天空也飘着细雨，说这里是雨巷一点也不为过，只是女主角的形象和雨巷油纸伞下那位出入有点大。但是她的朴实、她的明朗让雨巷一点都不幽怨了，她的名字叫杨松青。杨松青说这热水瓶里的热水就是从上面一户弹火堂的地方灌来的，这一天到晚的火不知能灌满几个热水瓶了。

我说这名字跟男人一样啊！她笑了笑，走进了自己的家，招呼我们也进来坐坐。这个家是一幢美丽的小别墅，院子里的菜园和花圃混搭得比较成功。我问这房子谁设计的，她说女儿女婿儿子都有参与啊！她有三个女儿一个儿子，儿子在杭州当律师。“要有多好的成绩才能当律师啊！”在一个娘亲面前，你怎么夸她儿子都是不为过的。

杨松青没有为我的这句问话表示谦虚，说儿子成绩一向都很好。我看着这四围不尽的山，想着从这群山环绕的山谷中走出去求学是一件多么不容易的事，岁月中，这位母亲不知付出了多少艰辛。

外面的世界很精彩，外面的世界很无奈，不管精彩还是无奈，都希望这些老人也能尽可能地走出去看一看，然后炉火旁的交谈就能更缤纷一些。天天说话，总需要一些谈资吧！我相信那句话：经历过风雨的平静才是真正的平静。千山万水后停留下来的欢喜自在才是更有质量的。

农/家/乐

人人都说家乡好，象山人很想客观地评价他乡，在好多地方的确是他乡胜故乡，但有一点，所有象山人都达成共识，那就是象山的吃绝对是独占鳌头、无人能敌的。

吃一天，你是吃不遍象山美味的，那就住下来，象山的空气也是无敌新鲜的。住一天不过瘾，那就住一星期一个月，象山人好客，如《飘》里写道：“南方人既好客，也喜欢做客，一个人到亲戚家去过圣诞节，一直住到第二年七月，是极为平常的事。新婚夫妇度蜜月到各家去拜访，要是碰上舒适的人家，就一直住到第二个孩子出世……”如果你在象山没亲戚，有一个地方具有亲戚家一般的功能，那就是农家乐。

近年来，象山的农家乐名声大振，因为环境好、吃得好、住得好、服务好、价位低。全县现有农家客栈特色村 25 个，经营户 500 余户，床位8000余张。如果不是篇幅有限，我真想每一家都写进去，现只能选择几家，让想来象山的人先有个落脚点，然后再自己慢慢去寻找去发现吧！

象山是浙江省首批旅游经济强县、浙江最佳年休旅游目的地、长三角地区十大热门自驾游目的地、中国最美休闲度假旅游名县。全县共有国家 4A 级景区 4 家，3A 级景区 2 家，省级旅游度假区 1 个，国际自驾车露营基地 1 个，市休闲基地 11 个，省市级以上农家乐特色村 17 个。

◎ 沙地村

记得梁实秋说过：要想一日不得安宁，那你就请客；要想一年不得安宁，那么就造屋；要想一世不得安宁，那么就娶妾！定塘镇沙地村选择了第一种：请客。

这位沙嫂（因为名字忘记了，沙地村的媳妇就用“沙嫂”来称呼吧）家昨天来了4桌客人，这会儿刚送走一批，新的一批又来了，貌似又是4桌（40个人）。请那么多客，这一日肯定是不得安宁了，而且这个客基本上是长年不断的，他们是游客。

来旅游的人目的很纯粹，吃好玩好。这吃是不能怠慢的，尽管只收人家70块钱（三餐一宿），我看着一桌子的菜肴，觉得国宴也不过如此了，象山人的客气真是名不虚传。想到一个实际问题：“菜这么好，收费那么便宜，还有赚吗？”

“小赚几块。”

“那么多菜都是你一个人烧的吗?”

“一般都是一个人烧的,偶尔会请几个帮手。”

“那你得几点开始准备啊!”

“每天早上四点就起床了。”

“那客人天天来,你不是天天要四点起床了?”

“习惯了也就不觉得困!”标准的勤而不怨。她们一般都是早上四点钟起床,一直忙到晚上十点,等客人们全都休息了,自己再熄灯休息。

正是这样勤而不怨的妇女们撑起了沙地村的农家乐。目前全村有62家农家乐,1500个床位,日平均接待游客量在400位左右。游客以上海人为主,这些游客一回生两回熟的,有些都把沙地当自己的家了,有些呢决定在此以终老了,他们送给沙嫂们的锦旗上这样写着:“恩情深处是故乡。”

奇怪的是那么多游客涌进小小的村庄,一点都没有打扰山村的平静,因为他们都像走亲戚一样安顿在各个农户家里了。山水和平时一样闲闲的,村庄也是静静的,阳光下一户户人家的阳台上都晒满了洁白的床单,在青山绿水的衬托下迎风飞舞,像一朵朵盛开的水莲花。

那一排排红灯笼无言地诉说着喜庆，告知人们，在这里，天天都是节庆，因为有客人来的日子就是节日呀！

村口那碧绿的葡萄藤搭起一条绿色大道，游客们怡然自得地走在其中，如诗似画。我相信，他们走在绿荫下的这些光阴，是没有烦恼没有忧愁的，在这么一个时时自有春风扫、人情温暖的地方，过一段无是无非、快活自在似神仙的日子。

挥一挥衣袖，沙嫂送客人们上车，我相信，游客们带走的是这里满天的云彩、温暖的人情。

沙地村村书记郑经治的名片上写着密密麻麻一系列头衔：宁波市人大代表、宁波市农家乐协会副会长、象山县农家乐协会秘书长、沙地村党支部书记、沙地旅游开发有限公司总经理、沙地郑老根农家客栈经理。从名片上就可以看出这真是个能者多劳的人。

“北有刘老根，南有郑老根。”郑经治笑哈哈地说。郑老根农家乐就是他自己的农家客栈：一幢气派的巧克力色四层楼房，依山而建。见到他时，他手里正收着一叠床单被罩。一般情况下，他四处奔走，在家里帮老婆打点农家乐的时间很少。

当初郑经治大胆设想要在村里建设农家乐时，几乎没有一个人接他的话头，以为他天马行空想一阵就过头了。谁知这个想法在他脑海里生根发芽了。这个想法的出发点十分简单，“我们村里种了许多水果，这水果要有人买才值钱。怎样把人引进村子呢?”于是就想起了办农家乐。再说沙地村尽管地处偏僻，但也是山清水秀养人的好地方。

心动不如行动，于是郑经治看见每一户在造房子的农户便上前去游说：“你们家要造成宾馆式的，以后我们村办农家乐，那客人一车一车地来，都住到你们家宾馆来，你在家里当老板多好啊!”尽管说得天花乱坠，但听他的几乎一个也没有。这一招不行就再出一招狠的，每户开农家乐的，村里奖励一万元，可惜重赏之下还是没有勇夫。第三招接着出台，带乡亲们到一些农家乐较成熟的地方考察……

山翠扑人面，好山好水出人才，在我眼里郑经治是个人才，是个性鲜明、色彩明亮的人，他不因循守旧，大胆创新，带着村民们走出了一片新天地。

可是乡亲们还是犹豫不决，有好多人家老房子是有，也想改造，但是没有钱，到亲戚那里去借也借不了多少。正在郑经治一筹莫展之际，定塘农村信用社解开了他的眉结。定塘信用社主任韩海霆表示，只要有决心有信心，要改造旧房子建农家乐的，资金由信用社解决，而且手续简便，只要联户担保就行。

有了信用社做后台老板，郑经治的底气足了。他把这个消息散布出去，仿佛春风吹皱一池春水，好多人家开始心动了。村主任林加土去做他侄子林爱明的思想工作。林爱明当过十几年的厨师，在石浦、定山都开过饭店，还去杭州一家饭店里做了好多年的厨师。林加土的意思是让林爱明和他把房子造在一起，共同经营农家乐，造房子的钱去信用社贷款。“本来我也是很犹豫的，在外面打工这么久，家里也顾不上。如果在家里能赚到钱那当然是回家好。可是改造房子又没有钱，这时信用社主动提出愿意借钱给我们，我的信心就足起来了。”林爱明说。他长得浓眉大眼，但眉目之间却显得柔和安静。见到他时，他正在煎一锅的鱼，穿着职业厨师的白制服，一看就觉得很专业。

就这样，叔侄俩通过联保贷款获得20万元的资金，完全按宾馆样式造起了房子，开始农家乐经营。由于林爱明有厨师的基础，不但以低价位和美景留住客人，更以美食留住客人，他们的农家乐自开业始生意一直很红火。

韩海霆时不时会来村庄里转悠，了解一下农家乐的经营状况，看一看还有什么可以提供帮助的。2015 年 4 月，在春风的陪伴下，韩海霆详细倾听这对叔侄对农家乐的经营思路和发展规划，他表示，他们的信用额度可以从原来的 10 万增加到 30 万。听到这话，叔侄俩都振奋了精神，他们计划把宾馆再装潢得考究一些，里面的设备也用得更高档一些。我在一旁感慨：名叫农家乐，实超五星级！这一份宾至如归的温暖是任何一家五星级酒店都不能比拟的。

就这样，在信用社的支持下，在郑经治自始至终的坚持下，2010 年 4 月 25 日沙地村农家乐开业，共 12 户人家参与。郑经治可不敢松懈，他开始运用灵活的“外交”手段，走访上海光大旅行社、上海老年协会等地方联系客源。“不把客人引进来，我可是要犯罪的。”郑经治说。

为了发展旅游，沙地村向本村及周边村流转 1000 余亩土地发展现代精品农业，建成葡萄、草莓等三大基地，并设采摘区、观光区、体验区。

2011 年，当年就接待游客 3 万人以上，收入 180 万元。短短两年时间，现在全村已发展到有 62 家客栈，全年收入达 2000 万。郑经治说，这个是村里的收入，但是带给县里的收入就不止这些了，因为这批游客要去各大景点玩，还要在象山买些纪念品、海鲜等，这个数目加起来也是非常可观的。

如今，全县农家乐经营规模和从业人数不断递增，沙地村依然是县里农家乐中的老大。“如今村民们造房子，都造成宾馆的模式，我都上去劝说，让他们不要再造成宾馆模式了，基本饱和了！”这个是郑经治 2014 年上半年说的话。

时至今日，沙地村已是省级旅游特色村，省级老年养生示范基地。随着名气的增大，美誉度的提高，沙地村客满为患的日子越来越多。由于物超所值，回头客也特别多。郑经治说，去年有一个客人来了他们家八趟。有时游客仿佛约好了一样结伴而来，多到他们村住不下。这个时候，郑经治就把客源介绍到附近的农家乐。

郑老根电话：13081933709。

◎ 伊家山：高山流水淡生涯

微雨竹窗夜话

丛翠之中，隐见村落。用这八个字形容伊家山村，我想是最合适的了。俞兴球、陈秀凤夫妇的家坐落在伊家山村最高位置上，宽敞的小院子里花繁叶茂，一棵叫打金鞭的珍贵树种谦逊地站在门口，两把摇椅安静地立在院子中随时能陪着他们俩慢慢聊。

给我们泡的茶叶是他们俩自己种的白茶。俞兴球夫妻俩种了70亩的茶叶，绝大多数是绿茶，这白茶自己舍不得喝，客人来了才泡。泡茶的水是高山清泉，看颗颗嫩芽在水中袅娜，看他们夫妻俩一个端凳一个捧茶，我突然悟出了茶道的真谛：忙里偷闲，苦中作乐，享受一点美与和谐，在刹那间体会永

久……今天我们走进这个小院，不正是如此吗：忙里偷闲，体会他们的这一份美与和谐。

这个小山村因开办竹笋节为外界所知所爱，但人们来这里追寻的不是竹笋，而是一份朴素的生活。“食物、热情、空气和原生态的生活是伊家山的魅力所在。”西周镇的宣传委员钱敏欢说。

高山流水淡生涯，山里山、弯里弯的伊家山，生活是平淡的，人情是浓厚的。不一会儿工夫，陈秀凤为我们捧出青麻糍，招呼我们趁热吃。陈秀凤说她别的本事没有，做点心还是比较拿手的，她的保留作品是笋团，吃过她做的笋团的人一般都会魂牵梦萦地爱上这个叫笋团的食物。

俞兴球在一旁微笑着看着妻子，对她的手艺不吝赞赏，他说他们家最豪华的是厨房。果不其然，厨房里放着两个饭店才会有的大灶台，厨房是陈秀凤平常活动时间最长的一个地方，一有空她就会在那里琢磨弄一些好吃的。我的眼前马上出现一幅这样的画面，山上种茶叶回来的俞兴球，满头大汗地回到家中，妻子递上一条毛巾，打开热气腾腾的蒸笼，刹那间笋团的香味弥漫…… 似水流年，三餐一宿，品味最简单平实的幸福。

看着满目的竹海，我想起苏东坡的赏心乐事之一：微雨竹窗夜话。钱敏欢说，东坡在的话让他来伊家山是最好的，他们正在造几个四合院供游客住宿，这四合院就以翠竹为伴，以清风为邻。

一相机的欢颜

如果你有“宁可食无肉，不可居无竹”的信念，那么就来伊家山定居吧！伊家山是西周镇的一个小山村。村虽小，但是竹林面积绝对是大的。西周拥有近 7 万亩毛竹，森林覆盖率达 82%。其中笋竹两用林面积达 2 万多亩。

伊家山到底有多少毛竹，你来一趟就知道了，那是数不清的。当然，如果我是竹子，我对定居在我家乡的人是有要求的，那就是得淡泊宁静，否则带着一身闹哄哄进来，急急爆爆的，坏了竹子我一世清名。

不过，那一天的我们倒真是带着一身闹哄哄进去的，一下车便开始高度兴奋，而且是持续兴奋。竹径、茶山、农家小院，一个也不放过，走到哪乐到哪，看什么都好看。“自觉心安，东西南北都好”，看来，本人有点得道了！

看着眼前的座座青山翠林，不禁想起英国作家高尔斯·华绥写的一篇散文《远处的青山》，他写道：“但愿我能找到这样的一个国家，那里人们所关心的不再是战争，而是美，是自然，是彼此仁爱相待，但愿我能找到那座远处的青山！”如果他还在世，我真想请他来到这远处的青山，和我们共度这个仁爱的下午。只是这位伟大的作家走了差不多近一百年了。思想就是这么奇怪的东西，它也许无法和近在咫尺的人沟通，但却能穿越时空和一个百年前的人产生共鸣。

如果不是这几年的旅游大开发，不知有多少像伊家山这样的地方会养在深闺人未识。竹笋节一办已是四年了，有越来越多的人走进伊家山，走进象山许许多多的“深闺”。打扰了村民们宁静的生活，但愿他们愿意被打扰。

村书记俞兴球家有一把漂亮的摇椅，我一厢情愿地认为他们就是为我们准备的，我们都当仁不让地坐了上去；他们家在炒茶，我们也就恭敬不如从命地喝了；他们家的牡丹花开了，我们觉得这是为了欢迎我们而开放的，为此浪费了好多的表情来拍照。坐在这个小院子里，我真的感觉像在过年，主人忙忙碌碌的，客人开开心心的，笑语喧哗点亮了四面青山。

快要告别的时候，丹红拿起一把扫帚去扫小院子地上的瓜果皮，她说，不能让主人家觉得我们新闻中心的人没礼貌。我不禁想起几年前，我和几个朋友到西寺去，不知怎么的福至心灵，突然拿起倚在墙角的一把扫把去打扫院子，因为那天满院子都是瓜子壳和甘蔗皮，我觉得佛门净地不应该这么脏。本来想想也就算了，那一天却拿起扫把身体力行扫了起来。有个上了年纪的师父走到我的面前真诚地对我说：“你会越来越漂亮的，因为打扫寺院的人会有这样的福报，佛书上这么写的。”这句话我记了好多年，当时，我真是一点都不知道打扫寺院会变漂亮这个奥妙。不过，听了师父这句话，我真是扫一天都愿意啊，心里马上认定这是个高僧，这么懂得表扬人，让我在刹那间有了欢喜心。忘了和丹红说打扫庭院的人会变美，但那一天大家看着她拿着扫把一定都觉得此景很美。

勇夺笋团比赛季军

这次第五届西周竹笋节，对我来说几乎就是一个里程碑，我在竹笋节的包笋团比赛中力压“群雄”，一举夺得第三名。

当电视台的记者问我对获奖有什么感想时，我说我觉得自己实在太厉害了，这第三名足以让我重新审视自己，重树生活的热情和勇气！因为我之前从来没有包过笋团，只是在比赛前五分钟向伊家山一位大嫂临时抱佛脚，学了几招。必须得说我这学习能力真是太强了，或者说我的师父太强了，五分钟就能培训出一个季军。其实非得实话实说的话：真的不是因为我太强，实在是因为对手太弱了，除了第一名是“本科”出身，其他参加比赛的十二名选手都是第一次参与这项“运动”。

但不管怎么说，我都会记住4月13日这个阳光灿烂的日子，竹海深处我们收获着丰收和快乐。我不知道这一天这个世界上发生了多少重大的事，但这一天伊家山每一个角落都是愉快的脸庞，都是生机勃勃的景象。

竹林翠色欲滴，竹笋破土而出，食物的香味从村大礼堂里飘进我们的鼻子，掏笋比赛、剥笋比赛、包笋团比赛……进行得如火如荼。置身其间，无拘无束的心情在蔓延。伊家山随着“竹笋节”也小有名气了，不断有人前来造访，可是伊家山的人依然不急不躁地保持着禅者般清静悠然的态度。卖些自家产的茶叶，卖些自家晒的笋干，不讨价还价，更不会缺斤短两。我一点也不认为外客的造访会打扰这里的宁静，正如“鸟鸣山更幽”，客人的来访让这片古老的竹林迸发出活力，风吹过，所有的喧哗淹没在巨大的宁静中。

旧游无处不堪寻
难寻处
唯有少年心

村支书俞兴球家的牡丹开了，花开富贵，竹报平安。坐在小院里喝一杯清香四溢的茶，可以展开无尽的遐想，也可以什么都不想。我想得最多的还是午餐，想着餐桌上笋一定是唱主角的。果然，烤笋、笋团、咸菜肉丝炒笋片……宁可三餐无肉，不可一日无竹，我们何其有幸，坐享竹海和笋餐。

最让我们感动的还是村民们在大太阳底下托着托盘为我们送餐，有几盆菜他们就来回走了几趟。从食堂到我们的餐桌那可是有着长长一段距离，而且上坡下坡的路也不好走，那个托盘就算不放菜也有着一定的重量吧。他们托起的是山里人的淳朴，我们吃下的是一份真心实意。他们对我们说：不好意思久等了。我们更是感激地说：菜烧得太好吃了，你们辛苦了。暖流淌过我们彼此的心房。

供游客住宿的四合院造好了，青砖瓦屋质朴无华地坐落在翠竹中央。“不用闭门防俗客，爱闲能有几人来”，说的就是这样的处所了。爱闲的你如果想过一段与清风明月为伍的日子，那么就来伊家山吧！

夜宿舒心山庄　信步林间步月归

月亮还是那个月亮，高挂在天心，洒下一片清辉。可是在不同的地方看到的月亮便会有不同的感触。国庆节期间的一个夜晚，和同事美珍、郑丹凤并肩走在伊家山的月光下，丹凤对我说：“好久没见过这么干净的月光了，你们看，就像路灯一样，把路照得这么亮。”我们仔细看了看，月光透明地洒在路面上，看上去真的像路灯一样明亮。我抬头看了看丹凤，心里十分惭愧，平日里别说区别月光的不同，就连月亮我也很少抬头看了。果真是环境造就人啊，这伊家山一住，诗情画意全跑出来了，都懂得看月亮了。

四围是不尽山，身边是无数竹，走一个晚上估计也走不出这深山竹海。我们踩着月光，只觉空灵剔透，风掀起衣襟更增翩然欲仙之感。鸟鸣山更幽，但没有鸟鸣声，只有我们自己的脚步声，尽管我们知道这山路没有什么可相逢的人，也不会有什么妖魔鬼怪降临，可心里还是有几分怯意，于是便回到了舒心山庄。

山庄是个四合院，共有9间客房，家庭房每晚220元，标间160元。此时院子里的灯光比月光更亮，老板娘还在厨房里忙碌着，几位帮工的阿嫂还在洗洗刷刷，离开没多少时间，这份温暖便似久违了一样。我们抬头，月亮依然在天上，只是我们的身边多了这一群热气腾腾的勤劳的人，为我们打造着现世安稳的气氛，想想还是人间好啊！

老板娘是村书记俞兴球的老婆，十分健谈，语速像炒豆子般快。在她面前，我们只有聆听的份儿。三十分钟内她和我们讲述了她的一生。首先她讲了自己的出生地，她是伊家山人，话说当年也很少有外村人愿意把女儿嫁进伊家山，因此村里的小伙子都是近水楼台先得月。她22岁那年结婚，丈夫大她4岁。如今俞兴球69了，“你60多的人了，头发一根也没白，保养得真好啊！”我好不容易插上一句话。“染的啦！”回答非常明确。我们都哈哈笑起来，心刹那间被这心直口快的人照得似月光一般明朗。

她说伊家山在最盛时有300多人，77户人家。如今还住着的已不到10户人家，但是自从去年9月舒心山庄开业以来，墙里开花墙外香，别说象山本地的客人，宁波、上海的也常来光顾，回头客特别多，一是爱上这里清幽的环境，二是爱上她做的一手好菜。说起做菜的手艺，真是可以说上三天三夜，总之，她说在还是姑娘的时候，她一个人便可以掌厨三十桌的人的菜，如今她的拿手菜是红焖鸡、笋团包。这时俞兴球抓了个空插了一句说：“反正，她是女婿喜欢吃鱼便做鱼，孙子喜欢吃土豆蟹汤那就做土豆蟹汤，媳妇爱吃小炒类的便做小炒类的，儿子喜欢吃红烧那就做红烧，外甥爱吃蔬菜那就海带、花菜……”这一席话说得我们肃然起敬，纷纷表示敬佩之情如滔滔江水。

老公表扬完老婆，为了回报，老婆开始表扬老公了，“他这个人啊！当年为了造路瘦得只有111斤，挂在嘴上的一句话便是‘路造好了，人没了也没关系’。”正是凭着这份置之死地而后生的决心，俞兴球用8年时间带领村里人打通了伊家山通往外界的路，赢得了“现代愚公”的美称。安静地坐在我身边的俞兴球身形瘦小，在他这瘦小的身躯里却包含着巨大的志向和恒心。

夜渐深，月光如水，俞兴球夫妻告别了我们，回家去睡觉了。他们的家离山庄也就三分钟的路。两心相照，明月与共，夫复何求！四合院里有一个秋千，我一个人晃悠在秋千上，四周真可以说是万籁俱寂。如此清寂，真适宜与心灵对话。山居是福啊！山居中有那么好的人为你准备得那么周全，这样的福真是前世修来的！

◎ 两位“丰收日”老板娘的喜相逢

吴云站在东门渔村丰收日饭店的招牌前，笑容可掬地拍了好几张照片。她是上海丰收日餐饮集团的董事长，旗下有 60 余家饭店，遍布上海、北京、杭州等大城市。去上海之前，她是象山国贸饭店的老板娘，这家饭店在 20 世纪 90 年代的象山几乎无人不知。

自从去上海创业后，吴云基本上一年回一趟象山，清明时节回来看看长眠在故土的父母。一位作家说：只有亲人长眠的地方才叫故乡，所以他乡的山再高，他乡的水再清，故乡总是游子内心最柔软的地方。

此次回家乡，不曾想到在家乡这个小渔村居然也有一家丰收日酒店。

我第一时间走入厨房，向正在灶台前忙碌的东门丰收日的老板娘说："上海那位丰收日酒店的老板娘来你这里吃饭了，你出来见个面吧。"然后心里期待着"真假美猴王"的会晤，那该多有戏剧性啊！

东门丰收日老板娘丁雅玲于是系着围裙从厨房走出来，来到大圆桌前落落大方地对吴云和她的朋友们说："你们等会，我去炒菜，马上就好。"然后就走了。表现得也太淡定了，我心里想。

然后一道又一道的菜有条不紊地端上桌来了，每道特色菜都是老板娘

亲自捧上桌，同时不忘交代一声："这是我自己做的，特色菜，你们尝尝看好吃不好吃。"放下菜后又面无表情地走开了。这一桌子的菜，鱼糍面、煎带鱼、鱼丸等都受到了吴云和客人们的高度肯定。吴云一次次骄傲地对她的客人们说："我的家乡菜厉害吧！这些来自东海的海鲜原材料好，真是透骨鲜！"当老板娘再次将一盆汤鳗捧上桌的时候，吴云问她刚才吃过的带鱼还有多

少，她想带一些回去。

老板娘说你要多少就有多少！吴云说我要一万斤。这下把老板娘给愣住了。一桌子的人看着这两位，气氛有点推向高潮了！我于是再次介绍这是上海丰收日集团的老板娘。东门丰收日的老板娘这才有点回过神来："哦！上海丰收日啊！那你饭店开得比我多！"我心里想，这话真算是"童言无忌"。接着她介绍说自己三个儿女都在上海工作，是他们在上海见到了丰收日酒店这个响亮的招牌，而且听说是以经营象山海鲜闻名的，所以建议妈妈把自家的饭店也取名叫丰收日，沾沾光。

接着这位渔村丰收日老板娘站在餐桌前自我介绍，说她在上海滨江也开过两年饭店，意思是自己也是闯过上海滩的人，而且她说每一年东门渔村会宴请三千客人，席开三百桌，她是主要掌勺人之一。那份遇强不示弱的气概我们算是见识了。我也锦上添花，说老板娘在秋菊杯浙江省第四届农家乐特色菜大奖赛中捧了个铜奖回来。她的参赛作品是以马鲛鱼为原料做的

菜，一条马鲛鱼在她手里变成了6道菜：白丸、黄金丸、鱼包肉、鱼骨酱、炸鱼，还有鱼煮面。

接下来她们的谈话就基本上以一边倒为主，这渔村老板娘一会儿拿出她独门秘制的酒酿鲳鱼，一会儿晒出小鱼鲞，一会儿拿来咸蟹酱……吴云表示，她现在有多少宝贝，她就买多少，回去品尝了觉得好吃，就可以让渔村老板娘负责为她采购，她上海丰收日饭店的海鲜车是每天往来象山的。

老板娘慷慨地表示这里有最大的四条带鱼，她可以白送给吴云。吴云问了她价格，把所有该付的钱都付了，包括四条大带鱼。她真诚地对渔村老板娘说，希望她能提供最好最新鲜的东海海鲜，把最好的象山海鲜通过丰收日酒店这个平台推荐给五湖四海的食客，让他们通过海鲜知道象山，了解象山。

有一句话说：会相逢的人总会相逢。通过这件事，我更相信这句话了。而我们这几个人在回去的车上一个劲地唉声叹气，感叹自己家是经营海鲜的该多好，这带鱼生意就是我们家的了！这又让我们明白了一个道理：机会总是给有准备的人的。咱们还是该干吗干吗去吧！

◎ 何婆岭：能让你成为诗人的村庄

9月29日，何婆岭农家乐正式开业。为了这次开业，何婆岭村准备了整整一年。这一年里，亭子造了好几个，花儿种了千万朵，道路修了几千米，更为可贵的是，村里的墙壁也披上了新装。

有些墙穿红，有些墙着绿，更多的墙摇身一变成了诗人，而且都是大名鼎鼎的诗人，他们的诗会让你觉得飘逸脱俗。他们是陶渊明、王维、陆游……他们的田园诗篇龙飞凤舞地挂在何婆岭的墙上，让整个村庄散发出浓浓的诗意。

我真的好喜欢这个地方，如果我有那些诗人的笔力，我真想为何婆岭写一首可以流芳千古的诗篇。但人贵有自知之明，我怎么可能写得出！更何况纪晓岚说过，好文章都被先人们写尽了，我们只有编辑的份儿，只有引用的份儿。但我可以负责任地说，把每一篇光照千古的田园诗放在何婆岭都是恰如其分的，尤其是陶渊明的《归园田居》：“暧暧远人村，依依墟里烟。狗吠深巷中，鸡鸣桑树颠。户庭无尘杂，虚室有余闲。久在樊笼里，复得返自然。”我几乎怀疑，陶渊明当时是不是来过何婆岭，因为这首诗几乎就是为何婆岭量身定做的，诗中的每一个场景都是何婆岭的真相。如果不信，你一句一句对着找好了。这样吟着诗走在何婆岭，一天走下来你不成为诗人才怪。

“久在樊笼里，复得返自然”，有这样一个清新美好的自然环境等着我们，我们有什么理由拒绝呢？怎能拒绝突破樊笼，拒绝外婆温暖的呼唤！何婆岭的农家乐统一命名为：外婆家。从外婆家一号到十一号，现共有十一户农家成立了农家乐，有近100张床位。三餐一宿加起来不过花费七八十块钱。

在秋天透明的空气里，坐在鲜花摇曳的农家小院里，我们一起前去庆贺开业的人家，吃了一餐丰盛的农家菜。这些用土灶煮出来的菜每一盆都十分可口，最让人印象深刻的是笋熗肉。我吃过无数盆笋熗肉，有比较才有鉴别才有发言权，何婆岭的村嫂们做的笋熗肉味道是首屈一指的。笋脆肉鲜，可以下酒可以下饭。清风徐徐吹来，吹来竹叶的清香，居有竹，食有肉，人

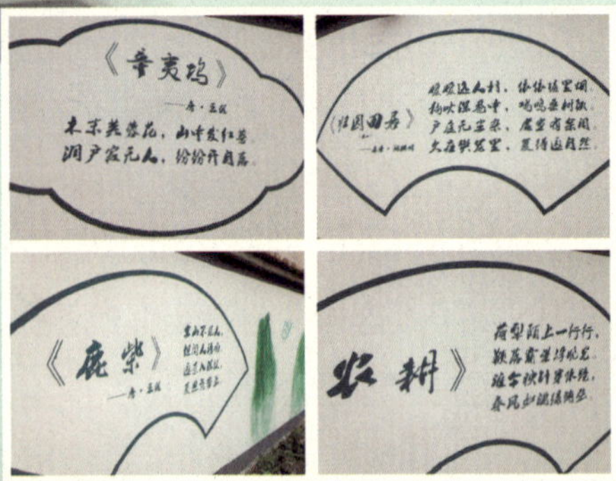

生夫复何求！何婆岭有着千亩竹林，有三十多种竹子，你稍加留意就会在一丛丛翠竹间发现一块块小牌子，上面写着竹子的名字："方竹""棚当竹"等等。联系何婆岭村的镇干部张建军说，当初开发何婆岭生态旅游时就想过用来吸引游客的四个拿得出手的基地：大叶苦丁茶基地、花卉基地、竹文化基地、猕猴桃基地。有花有茶有竹有果，还欠什么呢？真是什么都有了，只欠烦恼！

真是什么都有了，住的房有了，睡的床有了，吃的菜有了，清风明月都有了。对了，还有一个大大的垂钓基地，那是一片碧绿的水库，水波轻漾在山的怀里。在村庄的入口处，两座巧克力色的凉亭陪伴在水库边，村里人告诉我这是龙凤亭，龙凤遥望，不弃不离。坐在亭子里可以远眺，可以静思，可以听晚树鸣蝉，可以看远山泉水，可以看墟里炊烟，亦可以发点闲愁，还可以看一看在亭子旁跳舞的村姑。

村姑村嫂们天天在这里跳舞，我们进村的时候她们也在跳舞，这不奇怪，奇怪的是我看到一只小狗一直趴在地上陪着村嫂们跳舞，时间长达一个小时以上。我向同行的郑丽敏汇报了这个情况，她注视良久后得出结论：这是一只有智慧的狗，在如此动态的环境中能保持自身的安静。我差点笑昏过去，后来想想，一只狗尚能如此淡定，我可不能动不动就昏过去。

"外婆家"，真是没有比这三个字更让人温暖了。何婆岭村有如诗如画又温暖如春的"外婆家"，在那里可以寻找你无忧无虑的童年，可以触摸老灶头的温度，可以吃到真心实意的饭菜，可以悟出一个真理：喧嚣的人声对人心并无好处，虚假的快乐会让我们的心失去真正的快乐。当你需要远离喧嚣，想要寻找一份真实的快乐时，何婆岭真的是你上佳的选择。

联系人张云英电话：13355743534。

墩 岙

DUN AO

◎ 墩 岙

时隔一年再访泗洲头墩岙村，村庄更美了，可是村书记鲍英钱却有些憔悴了。村庄就是鲍书记的心上人，“衣带渐宽终不悔，为伊消得人憔悴”。多年来，他带领村民用小钱办大事，把一个破旧的小山村打造成花园式新农

走在村庄水库边，我真心觉得这个地方叫水库真是不合适，于是对鲍英钱说：“我觉得这里简直就是个小型西湖啊！杨柳桃花、小桥流水一应俱全，还有，这水多么清澈啊！”鲍英钱说：“这里本来是叫南塘水库的，有一位领导来过后，也和你有同样的想法，说和西湖差不多美，就叫墩岙西湖吧！我们一讨论，都觉得这个名字好，所以南塘水库改名为墩岙西湖了。”看来我真是有做领导的潜质啊！一路走来，凉亭花园相连，目不暇接。我取名取上瘾了，想起辛弃疾说：葺个园儿名“佚老”，更作个亭儿名“亦好”，闲饮酒，醉吟诗。

村。举目四望，真是东也在图画里，西也在图画里。许多从这个小山村飞出去的凤凰们都想飞回来了，村有梧桐树，引得凤凰回。这里盛产杨梅，更有桃李芬芳，东沿塘里的小白虾、沙蛤、青蟹鲜美无敌！墩岙欢迎你，垂钓有池塘，发呆有大树，吃住有山庄。

风吹来，水秀山奇，一行人走在桥面上，也是入画了的风景。同行的村支委鲍巧玲对我们说：每个晚上，村民们都会来这湖边桥上散步。我想走在这里的那些时光中，生活的重荷都抛下了。

美珍说，在这里随便怎么拍都是好看的。摄影记者的话还是有点分量的。我们一进村，便被美好包围了，用泰戈尔的话说："鸟儿在唱吉利的歌，道路两旁，希望似的花朵竞放。"除了这希望似的花朵，还有这保护神般的大樟树，樟树边温情无限的大凉亭。

村里有一个水库，两个玫瑰园，三个凉亭，四个小公园 …… 鲍英钱说村里给每户家庭都发了六个花盆、六种花：茶花、杜鹃、三角梅、茶梅等，这六盆花是起点，种了上百盆花的家庭也比比皆是。

用感恩之心建设家乡

鲍英钱在村里当村干部的时间有二十年了。“总是挽着裤腿，总是走东家串西家，总是觉得有干不完的活”，这是鲍英钱的三个“总是”。的确，我第一眼看到他，他的裤脚挽成中裤模样，整个人精瘦，给人一种箭在弦上随时准备出发的备战模样。“停不下来”，是鲍英钱对自己的评价。

对于感恩之心，鲍英钱的体会特别深，搞村庄建设需要钱，有一部分是国家补贴，有一部分是村里的能人们拿出的。他们村有近三分之一的人在苏州、昆山等地从事模具行业，在上海经营家具的也有一部分，而且多数都创业有成。得知家乡要搞建设，在上海从事家具业的鲍利飞、从事模具业的黄西本带头拿出钱来，并号召其他大小老板们出钱助家乡起飞。

而这些能人们之所以会报效家乡，一方面是因为故乡情结，另一方面是出于对鲍英钱的个人感情。“可以说从我们村里走出去创业的人，我基本上都给他们贷过款，垫过钱，人数在100个左右。”

从2010年开始，村里凡是有人出去闯世界的，鲍英钱总是千方百计帮他们想办法筹集第一笔创业资金，信用社贷款的贷款，民间借贷的民间借贷。经过他扶持的那些人现多数已创业有成，这些钱也早早地归还了，但也有些血本无归的人至今还是鲍英钱自己在贴钱的。对此他的理解是人都需要雪中送炭，人都是想成功的，人都不想欠钱，担子总是给有能力的人挑的，自己能挑多少就挑多少。

在上海当过四年兵的鲍英钱在五湖四海都有朋友，但是他却安心在墩岙这个小山村里发挥他的智慧和热情。“我们村创建了淡海水养殖、杨梅、橘子三个‘千亩’基地。由农民自发成立的专业合作社2家，并注册了杨梅‘灵山仙子’、水产‘东沿’2个商标。我们村遵循规划先行，人与自然和谐相处，注重保护历史文脉和生态自然景观，坚持不大拆大建、不砍树、不推山等原则，谋划制定了2010—2015年度关于社会发展、产业发展、村庄建设五年

规划。”

他的目标是在宁静的山谷里，人们过着幸福的生活！的确，来过墩岙的人都会爱上这绿树村边合，青山郭外斜，长堤春水流的好地方。

去泗洲头吃杨梅

吃杨梅的季节到了，街上的杨梅比比皆是，但是如果你要吃到有“仙气”的杨梅，还是要亲自去泗洲头一尝为快。泗洲头的杨梅种植面积达 1000 多公顷，品种十余个，遍及全镇 21 个村。全镇杨梅产量超过 5000 吨，占全县总产量的 50% 以上。

“灵山仙子”是该镇一个响亮的杨梅品牌，听着这名字就让人觉得秀色可餐有了食欲。的确，有着灵岩山的泗洲头是灵秀的，村村岙岙无处不现的杨梅更把泗洲头的夏天点缀得花般娇艳。

马岙村的王宣杨老人可以说是马岙杨梅市场里最为高龄的一位了，今年 79 岁。王老伯说早上四点就去摘杨梅了，摘了好几箩，今年杨梅大丰收，这些美丽的杨梅仙子让他欢喜让他忧。他希望我能多为他吆喝吆喝，不要让这些仙子们待字闺中。这些活到老做到老的老人们也是杨梅市场上的一道风景，在他们的身上我时时看到一种美好的精神，尽己所能用诚实的劳作换取生存的意义和尊严。他们古铜色的脸上每一道皱纹看起来都是那样可爱可亲，可以慰藉你浮躁的心，滋生一种可靠的温暖之情。辛勤的劳作有时也许并不能让人十分地富裕，但是不懈的付出总会让自己心安理得地迎接每一个晨昏日落！

放眼杨梅市场，处处都是杨梅，似乎这些杨梅是可以复制的一般。电脑时代似乎什么都可以虚拟，只有在这样的环境里才会让你重温粒粒皆辛苦的简单道理。杨梅成熟在最炎热的日子，摘一篮杨梅要付出多少滴水！还不算种的那些工夫！说着说着就说远了。火热的天气，红火火的杨梅，一派繁荣景象，一派风调雨顺民安乐的胜景，一派日月长、天地阔、闲快活的气氛。置身其中有种错觉油然而生，仿佛就是为了吃杨梅来到这个世上的。在市

王老伯伸出四个指头对我说："早上四点就去摘杨梅了。"

场里随处可买到最价廉物美的杨梅，而且两个字："新鲜"！

沿路都有提篮卖杨梅的村民们，树荫下、山脚边，自成一道独特的风景。偶尔白鹭飞过，只闻其声不见其影的鸟儿们，绿树荫浓的远山近林，宽广有致的滩涂……交织成山川风景秀，每走一步都有蓬勃甜蜜的气息萦绕着你，自由得像随时可以起飞的小鸟。

再往前走，在市小康示范村墩岙村也有个小型的杨梅市场，村里人为了让前来吃杨梅的客人们有更好的歇脚处，在村里建了一个灵墩山庄。玲珑雅致的灵墩山庄全身披着竹子外套，让人看一眼就觉得清凉，而挂遍山庄周身的红灯笼更让人觉得有一种阻挡不住的热情。在这样一个宁静的山谷里，有这样善良淳朴的村民们为远方的客人准备了杨梅，准备了山庄，准备了真心实意的食物！我们有什么理由不前往呢！

鲍英钱电话：13736199805。

◎ 大岭后

如果看图说话，这张照片的说明要怎么写呢？乔娜说：我的背影看上去好恬静哦！为了这恬静的背影，她计划带上一家人来这个名叫大岭后的村庄住上两天。

大岭后在涂茨镇，背靠青山，面朝大海，山上那一个个“大风车”（风力发电机）童话极了，有一条登山道可以让你直抵山顶。走在这条山路上，情不自禁地想起席慕蓉的一首诗，题目就叫“山路”。

我好像答应过你
要和你一起
走上那条美丽的山路

你说那坡上种满了新茶
还有细密的相思树
我好像答应过你
在一个遥远的春日下午

而今夜在灯下
梳我初白的发
忽然记起了一些没能实现的诺言
一些无法解释的悲伤

在那条山路上
少年的你是不是
还在等我
还在急切地向来处张望

不知如今的席慕蓉是否还有这诗意的情怀，但是当我想起这首诗，依然觉得情怀似水。所谓的带着心灵去旅游，我

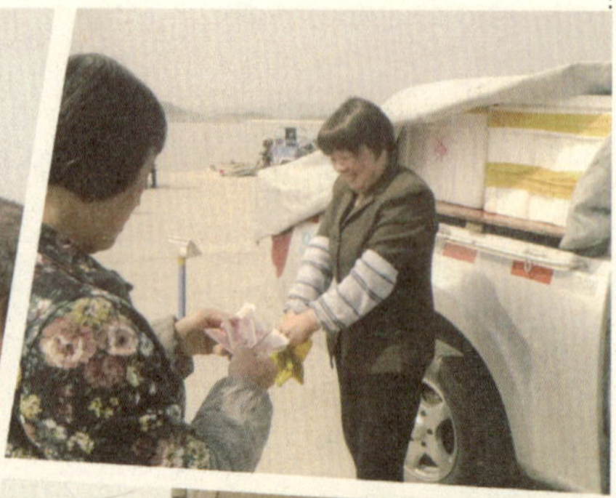

想就是这样。当你走上一条山路时，你能想起一首诗，想起某个让你有过微笑心情的人，那么这山路便与众不同了。

山的面前就是海，走了山路，我们去看海。村子里有 24 条捕捞船近洋作业，我们那天早上正好赶上船儿归航，见到了银子一般发亮的鱼儿。

陈彩嫦家开着农家乐，我们本来是向她去了解农家乐的经营情况，走到她家门口，她说她老公的船这会儿要靠岸了，她要去收鱼。哦！我的脑海里马上显现出一幅望夫图：一个在船上一个在岸上，船儿从茫茫海面上越来越近了，岸上的那一位笑逐颜开了……

事实上，是我想多了。茫茫海面是没错，船儿是越来越近了，一靠岸，先上岸的是两箱鱼，陈彩嫦的注意力整个儿在鱼身上，她拿着笔记本忙着记录鱼的重量。也没有讨价还价的过程，估计都是多年的老主顾了，彼此之间非常有默契，过了秤，付了钱，有几位好像甚至都没付钱，油门一踩扬长而去了。陈彩嫦们数钱的数钱，回家的回家。

当陈彩嫦的老公张煜华上岸时，我要求他俩拍张合照，俩人倒是十分配合，问我要怎么站。我对陈彩嫦说本来应该你站在岸上和你老公挥挥手这样的，或者，他上岸时你拉他一把，再或者，两个人齐心协办把鱼抬过来，然

后一个负责过秤一个负责收钱。现在这些程序都简化了，怎么站？

俩人都笑了，他们压根没想过，我说的那些有什么特别的意义。和他们接触得越久，我也越明白，生活不是摆拍，我们从任何一张照片、一部电影、一本小说里看到的都只是生活的皮毛。而我此刻想描绘的又是什么呢？

乔娜说："你们两夫妻长得好像啊！""别人都说我们是两兄妹呢！"陈彩媠开心地说。说完他俩好像为长得相像这件事沾沾自喜一般乐呵呵地笑起来，我按下了快门。映在镜头里的是多么淳朴灿烂的笑容！"照亮我的道路的，是善是美和真。"一次一次是他们照亮了我的道路。当我的心灵拥堵时，是他们的笑给了我疏导。尽管我的父母给了我一颗任性的心，但是为了弥补他们，还是给了我一双发现美热爱美的眼睛。美离不开生活，"美是一种真正蕴含社会深度以及真实生活的劳动形象"。

村庄的农家乐 2013 年就开办了，可是客源并不是很乐观，因为这里相对比较偏远。村主任夏国芳对我们说：你们帮我们村吆喝吆喝，带点客人来呀！在此提供一下夏国芳电话：13958339499。我就在这里吆喝一下：如果你想与世隔绝那么几天，如果你想和山说说话，和海谈谈心，如果你想吃到最新鲜的海鲜，如果你想领略有感染力的美，那么这里真的是你最佳的选择。

◎ 方家岙:美丽的重逢

“想不到象山还有这么美的村庄。”这是我对方家岙的评价。我说这句话还是有点资格的，因为象山的村村岙岙我基本上都走遍了。以前也来过方家岙，我记得那一次是直接坐车到村委会坐了坐，只是觉得村口的水杉很漂亮，村书记说起村里时眼里有很深的感情。那一次匆匆地来也匆匆地走了，匆匆地忽略了方家岙的美丽。

方家岙没有因为我的忽略而憔悴了容颜，她像空谷幽兰一样夜以继日地散发着芬芳。一个朋友说方家岙越来越漂亮了，又一个朋友说方家岙真的好美，美丽的召唤时不时传到我的耳畔。在一个不经意的午后，时隔五年我第二次来到方家岙，用一个下午的时间走遍它的角角落落。它用美丽征服了我这颗善感的心，现在我一般都用“方家岙是象山最美的村庄”来介绍它。

先说一下方家岙有些什么：有山，不是小山坡，是海拔 594 米的大雷山；有水，不是小水沟，是储水量 53 万立方米的方家岙水库；有竹，不是一两丛，是成片成片上千亩的雷竹基地；有桥，不是小桥，是有千年历史的石拱桥，名叫瑞安；有溪，长达 1.5 公里；更有田埂阡陌纵横，古树参天，别墅林立 ……

和老朋友一起走上瑞安桥，想起那句诗：你在桥上看风景，看风景的人在楼上看你。

秀美又壮观是我对方家岙比较理性的评价。

五年前与欧昌伍书记有过一面之缘，今天有缘见了第二面，他正在环村溪坑边指挥施工。“造一条供游客行走的绿荫大道。”欧书记说，眼睛里依然有着很深的感情。村庄就是他的恋人，在他爱的滋养中，在村里人的共同努力下，方家岙变得越来越美了，1000 米沿溪观光长廊、2000 平方米的水上乐园和 1500 平方米的垂钓中心都已入驻村庄，所以应景而生出许多农家客栈。

“我们方家岙四季树常绿，天天有花香。村子里的农家客栈，一天三顿饭加一晚住宿，一百元左右。到时请你和你的家人朋友一起来我们村住几天吧！”欧书记热情邀请。美丽是最好的请柬，谁能拒绝？

天阔风微，溪流淙淙，树木葱茏，走路成了最美的享受。洁净开阔是方家岙的特点，尽管是一个村庄，但它却有着都市般的大气，不论是道路还是树木都十分有气派，当然更有着都市所没有的幽静和淳朴。瞧，这树像长在元宝上，也像长在船上，那就互不得罪，叫元宝船吧！宛若佳人在水中央，让人可望而不可即。我想一定是村里人为树的坚持造了这艘船，成全了树的生机，也成全了我们眼中有情义的风景。

随处可遇的雷竹一丛丛又一丛丛，那层层叠叠的绿意让人忘了这会儿是冬季。一幢幢民房掩映在这竹林中，有如黛玉的潇湘馆。经过一道道寂寞中暗蕴生机的田野，我们走上方家岙水库，一汪碧绿那么坦荡地出现在我们的眼前，它不是以风景的姿态出现的，却比风景显得更磅礴大气更风姿绰约。绿水连天远，一派洗尽古今愁的执着信念！

水库旁是长长的古道，曲径通幽，有几辆手拉车停在路边像是导演安放的道具。我知道这不是电影，这里的一切都是最最鲜活的生活。不管外面的世界有多喧哗，这里的人们守着自己的步伐，过着本分又自在的生活。家门口的小井头洗衣服，家门口的小溪边散个步，家门口的小公园里健健身，家门口的石拱桥上聊个天，家门口迎接四面八方的你我他！也可以从家门口走向广阔的大千世界，骄傲地谈一谈自己的家乡。

瑞安桥是方家岙的标志，脚踩在这石拱桥上仿佛翻开了一本千年的古书，悠悠古意不请自来，瑞安桥下溪水潺潺，一声声叮咛：“走不完的前程，停一停，从容步来；急不来的心事，想一想，暂且丢开。”

让我们去墙头的方家岙走一走吧，从容地走一走。为它的美丽，为它的古韵，为它的幽静，为它的勤劳好客，为它的开拓进取！面对桥海时代所带来的机遇，方家岙村立足依山傍水近海的资源优势，以农村自然风光为依托，发展乡风体验、爬山、垂钓、游泳等运动型乡村旅游产业。目前，该村已有17家农家客栈，床位达320张。欧昌伍联系电话：13805853565。

钱翠英客栈

跟着精气神十足的欧胜梁走进他位于墙头方家岙的家，小院子里满眼生机勃勃的花草，一时间让人心生欢喜，这五上五下的楼屋如今装修一新，改名为钱翠英客栈，有20个床位，钱翠英是老欧的老伴。

钱翠英留着一头干练的短发，笑容满面地为我们端上一碗香喷喷的红枣汤，不急不躁地介绍说：“正月里上海这批客人是没赚钱的，因为过年了，冰箱里有许多的鱼肉，都拿出来招待这些远道而来的客人了，一日三餐再加一宿总共70元，还不够这一餐。”

“这钱以后可以慢慢赚的，现在先赚人气，正月特殊情况特殊对待啊！”欧胜梁大度地说。他说有几个上海客人本来自备了一些小菜，可一看他们家菜肴这么丰盛，就把自带的菜又藏了回去，纷纷赞叹象山人真的是太客气了！一想起自己现在代表了象山人，欧胜梁觉得再客气些都是不为过的。

“想不到我们六十多了还能创业，而且是在家里创业。”欧胜梁一边带我们参观客房，一边开心地说。他家的客房完全是三星级标准的，席梦思、热水器、电视机一应俱全。抬头一望青山就在屋檐下，空气好得让人沉醉。不远处的溪边有村姑在浣洗，传来的衣槌声让村庄更为古朴安宁。更为重要的是，这两位老人给人特别宁静朴实的印象，住在这样的农家客栈就像回到了姥姥家一样踏实温暖。

这两位客人来自上海，是两只“掉队的雁”，因为他们俩跟随着大部队前来方家岙，住进了钱翠英客栈，本来打算住一天就走的，但是一住住上瘾了，这已是第十天了。这对颇具风度的夫妻是一对老干部，他们的女儿定居德国，他们自己便有了极大的生活空间和自由，他们说上海常常都看不清天，不像这里山清水秀，而且价格又这么实惠。

对此钱翠英说，他们一般是不怎么接待这样的散客的，因为利润实在微薄，必须接最起码十人以上的团队，一个大圆桌吃饭，才会产生利润。但是既然客人的热情这么高，你总不能扫了人家的兴。

乡间的空气清朗，乡间的天空明朗，乡间的人儿淳朴，所以越来越多的人选择到乡间来度假。

花园一样的家

每一次见到欧昌伍，他总是一副睡眠不足的样子，眼皮肿肿的，而且不管他那身衣服有多新，总有那么点泥巴散布在身上，或在袖子或在裤脚或者直接洒在肩膀上。每一次来到方家岙都会有惊喜，这些惊喜都是从这些泥巴里诞生的。

昨日可以说是开春以来阳光最好的一天，我又去了方家岙，又看见了一大新景：长廊景观，上次来的时候还在建设中，这会儿已经焕然一新成为一景了。长廊好长，一下子走不到尽头一般，塔山遗址、才华剪纸馆等几乎所有象山的景观都以图片的形式展示在长廊中，可以说把这长廊从头走到尾，你基本上是个象山通了。

站在其中，感慨于这一份良苦用心，走到村庄里，遇见风尘仆仆的欧书记，我对他说：“村庄因为这个长廊又有了新的活力。”欧书记非常开心，凡是和村庄有关的话题都会引起他的兴奋。他笑得像一朵花一样，请我到他家去坐一坐。因为春节刚过，他身上这件衣服估计是过年的新衣服，簇新的，但是零星的泥巴还是亲昵地沾在上面，散发着清新的田园气息。每一次见到他，他的衣服上没有一次不沾着泥土，但是这一点也不影响他整个人的干净。

他家庭院里的牡丹开了，花开富贵，一派吉祥。这小院子里的花草树木都是他老婆打理的，这么千姿百态的盆景足以成为公园一景。他的妻子是个普通的农村妇女，一直生活在村庄里，但是这一点不妨碍她渴望美、追求美、塑造美。这么多盆景是日积月累而成的，每一盆的来龙去脉她都了然于心。有些是在山上采摘来的，有些是问亲朋好友要来的，有些是花鸟市场买的。每一盆盆景后面都有一个故事，这些故事让盆景更生动。空闲时修枝剪叶成为她的一大消遣。所有的美丽都是需要精心呵护的，而这美丽的爱好也美丽她的心情。

能把盆景打理得这么美丽多姿的女人，家里一定也是井然有序的。她的家看上去整洁舒适，充满了怡然和美的气氛。客厅的墙上挂了好些字画，“家和万事兴”这幅字挂在客厅中央，那书法也像盆景一样耐人寻味。这个家可以说屋里屋外一样漂亮。都说一个家是主人心灵的反映，这么美好齐整的家，任何人走进去都会由衷地感叹这主人家真是有一颗热爱生活的美丽心灵啊！

把太多的时间放到了村庄建设上，家庭生活中的欧书记就完全依赖老婆大人了。“我身上穿的每一件衣服，哪怕是袜子都是她准备好的。”没有比这话更秀恩爱的了。

无独有偶，在村庄的另一户人家的庭院里，也盛放着这花园般的美景。这些花木没有经过规整的剪裁，看上去更有一种蓬勃的生气。不知道这户主人家叫什么名字，只是敞开的大门内一片碧绿吸引了我们的视线，女主人热情地请我们到屋里坐坐。这些花草也是这位胖胖的女主人培育的，我甚至觉得她花在这些花木上的心思大过花在自己身上的。

我们走进屋的时候，他们一家正在用午餐，其中有两位头发花白的老人，一位是女主人的妈妈，一位是她的婆婆，两位老人谈笑风生，像对老姐妹，男主人憨厚地在一边心满意足地微笑着。

看着这和谐的居家生活，我想，只有这样懂得生活、热爱生活的女人才能协调好生活中的各种关系。让生活在她身边的每个人都快快乐乐的，因为她知道只有让身边的人都快乐，自己才能真正快乐。

◎ 四季果园和海上布达拉

我们象山有个村庄号称“海上布达拉”，尽管广告做得比较响，可是由于地处偏僻，去的人还是比较少，不过正因为人少，倒也让这个叫鹁鸪头的村庄保存了那份淳朴的气质。

去年的 8 月 9 日，一行宁波客人来到了“海上布达拉”的以琳客栈，到达时间是中午的 11:30，客栈的三位主人在厨房里分工合作，土灶和煤气灶同时在燃烧，一桌用纯朴的真情烹饪的菜陆续地端上餐桌，朴素无华的餐厅里那个立式空调，呼呼地吹着冷风。主人一个劲地招呼，“那么远的路来，累了吧！坐下吃饭吧！菜还在烧，慢慢先吃起来！”那笑容里带着几分唯恐招待不周的羞涩，这样的天涯海角有这样一个宾至如归的客栈，让人一时间几乎动了在这里天荒地老的念想。

吃饭前，我们先去看了下房间，每一间房都是名副其实的海景房，整片大海坦坦荡荡地呈现在院子前，有几艘归航的渔船停泊着，像是油画中的场景一样。尽管房间略嫌简陋，但是卫浴设备一应俱全，而且比标准房大出一半面积以上，人到海边一番凭海临风后，心胸也跟着宽广起来，这些都不属于计较范畴。小渔村可以说是人烟稀少，海浪声更增添了旷古的寂寥，在这样一个几乎遗世独立的小渔村里看着彼此亲切的脸，亲切的人显得更

同行的笑朵在葡萄架下感悟人生，她在微信上说：生活有所缺憾，也有所裨益，像每一滴酒回不了最初的葡萄，人回不了年少。人生最大的幸福就是在感恩中健康地活着。

生命是一趟美好的旅行，衷心地希望表哥一行再次来象山，因为还有太多美好的地方，我这个导游都想介绍给你们！

亲切了。

这批宁波客人是我介绍来的，是我的表哥、表嫂和他们公司的员工们。那天表哥说想带员工们来象山度一天的假，问我去哪儿好。我逻辑清晰地向他介绍，来西边塘村摘葡萄，住在距西边塘五分钟车程的鹁鸪头村，穿过葡萄架便能享受到海景房，有山有海，估计世上很少有这样周全的地方，而且三餐一宿每位不超过100元。

正是葡萄的丰收季，车子开进西边塘村，一下子掉进了绿色的海洋。那成串成串的葡萄像天上的果子一样散发着不可思议的甜蜜…… 站在葡萄架下，真正体会了什么叫硕果累累，尽管葡萄架下还是有几分闷热，但是再怎么心浮气躁，在这块绿荫下也会变得平静起来。看着这些美好的果实，仿佛脱离了凡尘俗世，世界就是这样无边无际的绿意、甜蜜和清凉。

西边塘村是象山最早在土地流转中实行土地入股的村。2009年，该村138户农户以土地入股形式成立四季果园果蔬合作社，并在入股的309亩土地上建起了一个生态农业休闲观光园，取名"四季果园"。四季果园，顾名思义，那就是一年四季都有果子，除了主打产品葡萄，还有柑橘、草莓、樱桃、水蜜桃、杨梅、猕猴桃、紫番薯、蚕豆、豌豆等百余种水果蔬菜。还有水上"大冲关”、斗鸡、垂钓、走木桩、攀斜面等娱乐活动。在四季果园里待上个两三天，你都不会感到厌倦。

孙书记长着一副结实的身板，一张红通通总是在微笑的脸庞，村里人都亲切地叫他“老孙头”。老孙头是村里的领头羊，这四季果园就是他通过土地流转方式组建的。土地流转既增加了农民的收入，又推进了新农村建设，可以说，西边塘村目前几乎没有一块空着的土地，荒地、水塘、溪坑都被合理开发利用，走在村庄里仿佛走在一座大公园里。要去四季果园玩的，要买葡萄和葡萄酒的都可以联系老孙：15958230990。

“我喜欢夏黑，我喜欢金手指，我要买香玉 ……”西边塘村有 2100 亩葡萄，村民们还在附近村庄种了 1500 亩，有 20 多个葡萄品种。那么多的品种，再怎么挑剔也能找到自己百分百满意的。参加这次自驾游的，有谁是空着手回来的呢？大家或多或少都采购了这美好吉祥的果子。成立于 2014 年 3 月的象山自驾车旅游协会，就是希望以这样的活动让参与者们得到快乐，让果农们劳有所得。

◎ 阿素农家乐：绿满池塘花满树

绿满池塘花满树，总是一次次置身于这样的图画中，而且同行的都是朴实得像大地、亲切得像姐妹的人。

此行来到的是黄避岙乡兵营村的阿素农家乐，去年夏天也来过一次。再次见到阿素像见到一个阔别已久的老友，细细地打量一番，阿素比一年前更胖了更黑了也更快乐了！说话也更有趣了，她和我们说的第一件事表述如下：

“那只狗把我们家的鸡咬了不少，死的死，没死的也被吓得生不出蛋来了！”

我们一致要求去慰问一下被狗吓得生不出蛋的鸡，那鸡窝在河对面的桃园边。河水托起一片葱茏，负氧离子极高，用房地产商的话来说那真是最佳人居环境。我不免感慨阿素家的

鸡待遇可真高，能住在如此仙境般的地方，而且鸡窝是极具异国情调的砖红色，外墙没上色，裸砖建筑。

走过开满鲜花的小径，我们摆渡来到鸡窝。船老大是阿素的老公，笑一笑便要脸红的忠厚人。这船是我坐过的史上最简单的船，就一块浮木，没一点功夫还真站不稳。人在舟上，我想起那首浪漫得不行的诗：

渡水复渡水，看花还看花。
春风江上路，不觉到君家。

“君”们果然是一副受到惊吓的模样，蜷缩在角落里，都懒得抬眼看我们一眼。自作多情的我们只好转移目标，看看阿素的桃子和虾塘。阿素有400棵桃树，100多棵枇杷，100多棵桑椹，1000棵梨树，还有320亩虾塘、许多的花木。不过眼下最受欢迎的是400棵杨梅树。杨梅树在山上，阿素一早就摘了满满的一篮，那篮子端放在她农家乐的小茶几上，第一时间成为我们的目标。吃了半篮，带着意犹未尽的满足直夸杨梅好，阿素好，这夏天好！

阿素则说象山港大桥好，大桥开通以来，她的阿素农家乐生意日日飘红，吃饭住宿两得意，目前农家乐有8间标房，还有一个大大的会议室。会议室也极具特色，有一排长方桌，可以就事论事地开会，还有一张可坐二十个人的大圆桌，铺着大红的桌布，喜气四溢的模样！我和阿素坐在圆桌旁，阿素说，有时候一个人坐在这里，觉得心里好满足哦！真是要感谢这一路走来帮助过自己的人，人都要靠人抬的，如果没有那些给予支持的人，她不可能有今天这样的日子。

她说自己做养殖的时候连亏7年，那时候口袋里连一百块钱都没有。

那个时候，一位乡干部却无条件地信任她，借给她钱。她一年还不出，第二年还是还不出，可那位乡干部却从来没向她催讨过。说起那些往事，阿素快乐的眼睛里浮上一层雾水，她眨了眨眼睛快速地转移了话题：“来我们农家乐的以宁波客人为多，下班了过大桥来吃个晚饭，晚饭后回到家新闻联播还没结束呢！”

她举例说明，端午那天忙不过来，潮涌般的客人也充分考验了他们的接待能力，“我们厨师很厉害，十多桌的菜没让一个客人等得心急。”阿素带我们去参观厨房，路经点菜间，那里菜品丰富，整洁有序。厨房里大灶小灶大橱小橱一应俱全。最吸引人眼球的是一个庞大的崭新土灶，阿素说那里是用来烧“土豆饭”的。这“土豆饭”必须用土灶烧才能煮出那种锅巴的香味。午饭时，我们非常幸运地吃到了阿素农家乐的独门秘制“土豆饭”，土豆和米可谓是强强联手，打造了一盆色香味俱佳的美味，诱得人不知不觉中吃下满满一碗。减肥计划又推迟到了下个夏天。

吃了土豆饭，阿素又开始推介她的粽子，说是昨晚上包的。我说你精力真是充沛啊，晚上包粽子，早上摘杨梅。阿素自嘲说生来就是劳碌命，前世也许是懒汉，要罚她今生这么起早贪黑地做。说话间，她的女儿打来电话，她女儿现在已考上公务员，在外县的公安系统上班。阿素说当年女儿要上丹城读高中，走读费需要 8000 元钱，为这 8000 块她借了 20 多户人家，大家都不理解要花这么多钱去城里读书。可她就是铁了心，一定要尽己所能让女儿受好的教育。那个时候，她家养虾塘连年亏损，“亏得连路都走不动，屋漏偏逢连夜雨，雨哗哗地落下来，真是淋得人像落汤鸡一样。”说起这些不堪回首的往事，阿素依然用她戏谑轻快的语气说道。我觉得面前这个女人最大的能耐就是不以苦为苦，有着举重若轻的大将风范。

阿素有好多的朋友，她说，人其实都是一样的，与人交往，只要真诚就能沟通！阿素的电话是：13362456718，有空去看看哦，看看我描写的和事实有没有出入。

◎ 世上最便宜的海景房

这海景房的价格是三餐加一宿共70元。海就在家门口，辽阔无边，没有一点阻碍，海中央小船儿翩翩，海对面青山隐隐，房子是崭新的小洋房。这海景房就位于茅洋乡的花墙村。

“这价格也太低了吧！”我真心替他们打抱不平，也替这片海委屈。但是村里人说价格是低了点，但这是团队的价格。他们认为做农家乐可以带动许多附加值，比如他们村里的苔条、苔皮、跳跳鱼、花蛄、望潮等都久负盛名，却苦于养在深闺人未识。旅游市场一打开，这些海产品也就可以拨云见日了。真是脑筋一换天地宽。

村里现在有12个农家客栈，近100个床铺。陈三生家也是农家乐之一。我说好有诗意的名字，陈三生不以为然地说：因为他是家里的第三个孩子，所以叫三生。你看，村里人就是这样实在。他家的农家乐名字也很实在，叫“蟹钳港农家乐”。因为家门口就是蟹钳港。这是一幢美丽的两层楼房，屋里屋外都十分清洁整齐，最吸引眼球的是屋前那一排栅栏，白绿相间，清爽雅致。

陈三生说这屋子由里到外都是自己的创意。他高中毕业，当过兵，是个有想法的人，做的最有想法的一件事便是村里休闲公园的设计。他设计了一个大棋盘，每一个棋子就是一个石墩，上面刻着不同棋子的名称，大家闲来无事可以抱着这大棋子边锻炼边下棋。君子动手又动脑，身心都健康。

花墙村三面环山，一面靠海，村里人的朴素勤俭，花墙村呈现出一派新农村的美丽面貌，道路宽敞，新房林立，而且每幢新房子都各有特色，颇具时尚色彩。

一户叫“嫦娥”的农家乐，整幢房子都是巧克力色的，毫无疑问，这家的女主人名叫嫦娥，所以就以此来命名。看来这位女主人是有着绝对家庭地位的。有这么一种说法：如果一个女性有知识有见解，她对丈夫的重新塑型就非常明显。

到底这位嫦娥是怎么

样的？走过路过不要错过哦！可是大门紧闭，打她电话没人接，敲了半天门没人应。不过，春光满目，我们站在门口一点也不心急，她家隔壁有幢石头屋，枝叶蔓生，花儿成群遮蔽了小屋粗糙的面貌。

站在门口的光景，同行的乡干部把嫦娥的基本情况做了简要说明。他说嫦娥在杜鹃饭店上班，杜鹃饭店也叫“茅洋小炒”，在乡镇府对面，尽管门面不大，没有装修，但是生意好到不可思议，她们家饭店的沙蛤真是远近闻名，一点技术含量也没有，完全清水煮，也不加一丝姜片之类的调料，因为原材料好呀！餐桌上的小海鲜都来自门口那蟹钳涂。不过，也有靠水平的，比如，一盆寻常的炒年糕，就是与众不同的香。

经常有客人为了一盆沙蛤一盆炒年糕不远千里而来，这样的人是活明白的，因为香港美食家蔡澜说：人这一生吃几餐饭是定好的，所以要认真对待每一餐。他是这样说也是这样做的，有时一家新开张的饭店，打飞的去吃个饭是经常性的事。

我们正聊得欢，门开了，嫦娥一身黑衣，穿得跟个保镖似的站在我们面前，那身形也健硕得像个保镖。她剪着个童花头，整个人看起来既朴实又天真。笑起来时特别可爱，有两个深深的酒窝，眼睛好看得成了一轮弯月，圆圆的脸上堆满了笑容，仿佛心中有无限的喜悦，让人情不自禁地跟着她高兴起来。而且她的牙齿格外洁白整齐，都说长这样一口好牙的人是个不折不扣的好朋友。所以这笑容这皓齿，让我第一时间便喜欢上了她。

嫦娥说一天到晚实在太忙了，刚才打了个盹。至于忙到什么程度，她拿起茶几上的一张名片，名片上印着“嫦娥客栈”，但是手机号是她老公的。“我没时间接电话，所以印了我老公的号码。”她说得如此自然，这基本上是董事长这个级别的口气啊。

我问她：家里经营着农家乐，还要去杜鹃饭店上班，怎么忙得过来啊？嫦娥介绍说他们村的农家乐，吃饭都是统一吃的，她负责买菜，烧饭有专人烧的，所以她每天早上4:00起床，买了菜，就回家做家务。“我老公负责拖地，我负责洗被子。地是他拖得干净，被子是我洗得干净。”她非常简明扼要地

阐述了家里的分工，露出招牌式的自满自足的微笑。

当然老公除了地拖得干净，赶小海也是能手，而她自己从 15 岁开始就赶小海。花墙村也是她的出生地，生在花墙，嫁在花墙，她这一生与花墙真是有太深的缘分。

村子之所以名叫“花墙”是有典故的，据说是南宋时期，有位史姓的太傅，也就是皇帝的老师，看中了这块靠山面海的风水宝地，便在此地落户。造的房子极为考究，每一面墙都是雕花的，故名花墙。村里有过 172 块横铺石板，据说是要有一定功名的人家才可以铺的，以前还有一块“文官下轿、武官下马”的石碑。

我们到花墙的角角落落走了一遍，山和海都很美，可是印象最深的是这些花瓶。它们在没画上画、没种上花之前，应该称为酒缸，一位朋友用“天下无敌”来评价这花瓶。这画是茅洋学校的学生画的，农民画是茅洋的一块金字招牌，也是茅洋学校的教学特色，水平怎样，从这些作品就可见一斑了。明媚的花儿盛放在花瓶里，仿佛孩子们阳光灿烂的脸。

天蓝蓝，海蓝蓝，一路走来张灯结彩，芳华四溢。这样的村庄在等着你，你来或不来，村庄和古朴的人情都在这里。联系电话：15058278238。

◎ 漂洋过海来看你

住在山脚下却推窗见海，明明是山里山弯里弯，每一间房却有着最时尚的设计装潢，楼下的咖啡香带着奶油味飘上来，耳畔是涛声鸟鸣……这样的地方你无法不青睐吧！这是青籁度假村，位于鹤浦大文沙村。大文沙是个小渔村，一个村庄独享一大片沙滩和一望无际的大海。

“以前我们这个村庄一直叫大沙，现在叫大文沙，可我还是习惯叫它大沙。”青籁度假村的总经理赖志丹说。她是“80后”，有一双聪慧的大眼睛，文静秀气，生于大沙长于大沙，在上海读大学，读的是旅游专业，毕业后在上海一家旅行社工作。

因为工作的关系，赖志丹游走了许多地方，让她印象最深的是那些极有风格情调的民宿。于是想到把自己家的房子改造成民宿，那真是得天独厚了，所以就有了今天的青籁度假村。这度假村的前身就是她家老屋，世代都住在这里，而今她的父母依然住在这老地方，只是老地方换了新模样，他们的晚年生活随着民宿而活泼生动。

赖志丹说好山好水好空气是青箍的招牌。这里的确是个好地方，满眼看不完的绿，还有触手可及的海。同行的县旅游局的韩晓说我们象山每立方厘米大气中的负氧离子含量达 14700 个，这里肯定不止这个数字了。我们大口呼吸，唯一担心的是怕醉氧。

尽管是在象山本土，但是我们也是漂洋过海才到达青箍的。自从象山港大桥通车以后，象山人对轮渡的感觉有些陌生了。如果想重温这种感觉，那么去鹤浦吧！在石浦轮渡码头等渡轮的时候，那感觉就像是要去一个遥远的地方见一位久别的朋友。

斜风细雨中我们上了渡轮，阵阵轻寒，烟波无际，二十分钟的海上时光，回首又成流年。

周强在大文沙沙滩上经营沙滩摩托车生意。第一眼看他，觉得实在是长得不起眼，但再看一眼你就会觉得这人浑身洋溢着热情 。他是邻村的人，说青籁民宿的开业，为他带来了更多的生意。周强同时还在沙滩上销售木柴，听起来很奇怪吧！我换个词——“篝火”，你就懂了吧！他说有一次有个游客在沙滩篝火旁求婚，场面浪漫极了。他是为浪漫添柴烧火的人！

周强有十多辆摩托车，他选了一辆最气派的载着我在沙滩上兜了一圈，速度比海风还快。这个时候如果海风中传来一首张学友的《想和你一起吹吹风》就完美了。周强还有音响、帐篷，凡是你能想到的，周强都替你准备到了。

正是因为有许许多多的周强和赖志丹们，每一个海角天涯才都变得有温度，我们的每一次出行才能如此尽兴。告诉你周强的电话：15058008131；赖志丹的电话：13918312887。

◎ 他们是神话的翅膀

都说众口难调，可是面对这一船的菜，总有一款是你喜欢的吧！我对正在船前点菜的老板朱恩明说：“你这创意太好了，让人眼前一亮，瞬间食欲大增啊！你是怎么想出这个高招的呀？”

朱恩明腼腆地笑了笑，说：“他们（开发商）有要求，说要有创意要上档次。”和我们同行的三立公司的策划徐博懿说：“朱老板是个很用心的人，他有十多年的餐饮经验，而且为人特别踏实。招商时有好多报名的人，但我们还是选择了朱老板。因为现在这个排档是临时的，是为了唤起大家对爵溪下沙排档的记忆，更好地开展我们海上渔都项目的招商。”作为海上渔都的前身，松兰山下沙大排档有过辉煌的过往。据统计，2005—2009 年，每年夏秋两季（5 月至 10 月），下沙大排档 10000 平方米左右的铺面，工作日每天来排档用餐的人数达 9000 人次，双休日平均为 18000 人次。

我问朱恩明，等明年海上渔都建好了以后，是不是打算在这里买下店铺继续做餐饮生意。朱恩明说：“想是这样想，就看有没有这个实力了。”

都说生意做久了的人想不把精明写在脸上也难，可是朱恩明开餐馆有十多年了，看上去依然像个读大一的大孩子般有着一种天真的孩子气。不大的眼睛里散发出一种柔和宁静而诚实的气息，让人觉得可亲可信可近。

朱恩明的餐馆目前有4位厨师，都是跟随他10多年的伙伴，厨艺上用不着他操心。他花心思的就是买菜，海鲜主要来源于新桥镇一个小渔村，该村的村民们天天把新鲜渔货第一时间提供给朱恩明。多年合作，彼此间像亲人一样了。但每天早上3点钟，朱恩明还是会雷打不动地上菜场去采购，买新鲜蔬菜，再补充一些海鲜。每个晚上他最起码要忙到十一点左右。所以他的睡眠时间只能在早上买菜后一段时间里补充一下。

说话间，他老婆为我们拿来几瓶饮料。她长得白净秀气，笑意盈盈地传递给人一种暖暖的喜悦和稳稳的幸福。结婚后，他们夫妻俩便一直安心经营着餐饮。放眼这长长的海鲜排档，许多客人正吹着海风吃海鲜，面前是十里黄金海岸，五六个形态各异的沙滩，滩滩相连，穿成一线，被称为华

东地区最大的陆岸沙滩。幽静的海湾、神秘的岛礁，在一片雾气中真有一种波上涌起蓬岛的味道，这样如梦似幻的山海风光就陪伴着游客们共进晚餐。总结一下：视野开阔，空气清新，海鲜美味，这一餐吃进去的能量简直不可估量。告诉你朱恩明的电话：13486066799，说去就去吧！话说我在书里的任何一个电话推广，没有收任何的广告费。我只是在想，易地而处，如果别人会出这么一本书，我在开这个饭店或在卖小海鲜，我也希望有人为我广而告知一下。

象山海鲜的名气如日中天，而撑起这名气的是无数像朱恩明夫妻这样的经营者们，他们一年、十年，甚至一辈子都在做这同一件事。望着他们，我想起了一句话：日出为什么这么美，因为太阳每天都做这同一件事。他们是平凡的，但无数个他们让象山像太阳一样光彩照人，他们是真正撑起海上渔都神话的人。

海上渔都总建筑面积4万平方米，百余户沿海旺铺，由全球顶级商业建筑事务所——美国捷得操刀设计，13栋独立建筑似一条优雅的弧线分布在美丽的爵溪下沙沙滩上，以独幢、连廊、内街、广场的形式将人流与各消费业态完美融合在一起，实现500米商业无死角，大大小小数十个露台，使经营内外相通。

渔都之畔有约1万平方米的天然温泉spa养生中心，这是浙东地区最大的，也是长三角唯一的天然海边温泉，来自近3000米的地下。

渔都还有一位邻居是希尔顿五星级度假酒店，270度直面海景，是中国东海岸唯一的全海景酒店。近2000平方米的无柱宴会厅，打造全宁波最奢华的上流之地，长三角最美的无边游泳池。

◎ 华翔山庄

华翔山庄的特色在于绿，一眼望去，高高低低深深浅浅层层叠叠无边无际的绿，丛翠之间，有亭翼然，望之可爱，唯恐不可登临。其实有亭必有路，路就在脚下。一池碧水在山庄中间，名曰鲤龙潭。有水就有灵气，真可谓，山借以润，人仰以清，物借以荣。

往上走，在一块巨石上有庄主周辞美的题词：千古山庄是吾身。山水报缘，华翔集团在资本市场叱

咤风云，一家人有两家上市公司——华翔电子和华众控股。

周辞美说成功的关键在于每个人面对困难的态度，面对困难是消沉还是积极决定了你人生的高度。1972年他开始办厂，那个时候吃过多少苦受过多少累无以言喻。但是他心中有一个信念，路是人走出来的，但不是所有人都能把路走通的，这就取决于一个人面对困难时的态度。他对年轻人的寄语是：创业没有捷径，实干才能兴业，才能图强。正所谓："春蚕到死丝方尽。"是他对自己的人生定位。

他觉得人生最大的快乐是自由，如果被困难束缚就无自由可言。他说这么多年以来，他之所以越来越感觉自由是因为自己帮助别人的事，不管这恩情大小他一律忘记，而别人有恩于他的事，点点滴滴他都铭记。"实干兴业，荣辱与共。"是企业的宗旨，一个人本事再大，没有合作精神，没有双赢的理念都无法成就事业，所以在最困难的时候，他都不轻易裁员，他一直认为员工是为企业及国家创造财富的第一资源。

最后他谈到了爱，他说爱是一件轻松愉快的事，有好多人把爱想得太沉重了，以至于每一天都过得闷闷不乐。"老板不拘小节，是个粗线条的性情中人，重感情，对人信任，说话从不反悔，让人亲近。即使在劳伦斯最困难的时候也总是给我们以鼓励。"这是职业经理人马至聪对周辞美的评价。有一次一位朋友对周辞美说："您的名字取得真好，辞藻华美。""哪里，那是告别美人的意思。"周辞美言谈诙谐，性情活泼，有着和年纪不相符的率真。

华翔在德国、美国都有自己的公司，心有多大舞台就有多大，这些话用在周辞美身上真是太贴切，可周辞美从来不说这些话。每一次看见他总觉得仿佛面前这个人轻轻松松地谈生风生地啥事也没在做一样，所谓大将风范就是这样地举重若轻吧。

周辞美说走遍世界各地，最美的风景还是自己的山庄。这里的一草一木他都熟悉得叫得出名字了，还有家乡的小竹笋那是天下无敌鲜。所以来自世界各地的客商，他都在华翔山庄里的华翔酒店招待。他的夫人出任华翔酒店的董事长，给许多客人的伴手礼是西周的米馒头，客人们第二次来的时候都会自己再去买一些，带回去送给他们自己的亲朋好友们。

坐在华翔酒店里吃饭最大的享受是落地窗外那一片苍翠的山林，见之忘俗，在华翔酒店你可以放心地酒逢知己千杯少，因为可以夜宿山庄。清晨推窗，若是微雨天气，那你真的就不想走了，烟雨空蒙，山林如在天上。撑把小伞漫步雨中，最好听一曲《情深深雨蒙蒙》，一颗留恋的心让你无法把脚步移出山庄，那么，就在山庄里做一回闲云野鹤，住到雨停。说不定能偶遇周辞美，他每天走一万步，只要不出差，这一万步基本上都是在华翔山庄完成的。

◎ 象山的普罗旺斯

我几乎有点不相信，自己是站在象山的天空下。真的有些恍惚，象山有这么美的一片花海，有一个只属于童话般的美丽山坡。这样说，一定会引来许多热爱家乡人士的批评。在批评中进步吧！

这么粉嫩的花，深红浅红地盛开在碧绿的山坡上，我几乎不知道把视线停留在哪里更好一些，每一朵花都是那么娇柔，千朵万朵地开放着，却又不过分浓烈。还有许多紫色的高个子的花，像薰衣草又分明不是，像鸡冠花可是又不全像。花不知名分外娇，到底是什么花在这里并不重要，就仿佛你在这里，你是谁并不重要，此时此刻，你是一个走入了童话世界的人，你是一个天使。

草坪嫩绿齐整，在白色栅栏的护送中无尘得让人不忍心踏足，草坪尽头一排彩色的房子长在这块鲜花盛开的土地上。“结庐在人境，而无车马喧”，这清新的画卷展开在我们面前，没有一处不诗意，没有一处有瑕疵，真是读你千遍也不厌倦。这完美无瑕的地方就在赵岙水库边，是一家名为兰瑰舫的花园餐厅，去过的人一致认为，这是象山最美的餐厅。

那开着蓝色小窗的小房子就是酒店。房子一间间不设防地开着，里面

画满了好看的画，粉粉的颜色淡淡的画面让人看一眼心底便有了水草般的柔软。那些桌椅也都花团锦簇的，我相信任何严肃的人来到这里都会舒展眉头，在里面哪怕喝一杯清茶也是会让人陶醉的。我对美珍说，我在这里天天洗盘子也会很快乐。

丝丝清风吹拂，洁净清爽。时近黄昏，一份暮色像一层薄纱笼罩，让此处更为优雅静谧。懿懿花仙子一样飞来飞去，我们走来走去，东也在图画里，西也在图画里，真山真花真图画。想打听这个在大自然上绘画的人是谁？美珍说，这个人真是太了不起了！是啊，一个人能为这片土地创造这样一种不属于尘世般的美好，让我们在尘世找到天堂，这样的人是了不起的！我无数次希望自己也能成为这样的人，可是老天爷太厚爱我了，似乎担心我会累着，老是让我光说不练。

在这样的仙境中，想起许多与此处一样美好的人，真希望能与这些人一起分享这里的每一朵花，每一缕微风中蜜甜的花香。我们都知道在这块土地之外，依然有尘土飞扬，有激烈的竞争，有生存的压力，有不公平的事在发生……可是，我们来到这个世上，不是为了竞争为了压力而来的，我想，造物主的本意是让我们都生活在花香鸟语中，愉快和谐地度过一天天一年年。

有人说，这一辈子活过的时间不在于你呼吸了多久，而在于有多少次的美和感动让你无法呼吸，这样的时光才是你真正活过的时光。我打算常来这儿让此生多一些真正活着的时光。这不，两天时间我就来了两次。

去兰瑰舫，打这个订座电话：65708111。

◎ 黄避岙赶小海

我想用这些图片来说明一件事，那就是这家位于黄避岙白屿村的白屿农家乐的海鲜，来源于全村人赶小海的收获。村子前是整片的西沪港。

“哪怕一只蟹两只虾，我们全都收。”饭店老板娘说。去她家饭店好几回，到现在还不知道她的名字。反正知道她是老板娘就行了。每次我去这家饭店，老板十有八九在悠闲地喝老酒，我们总是夸他：福气真好，娶了个能干的老婆，每天只负责喝酒了。他总是笑而不答，心满意足地喝着杯中酒。后来才知道他真没闲着，每天早上他都会撑着小船去出海，哪怕饭店一开十几年，年年蒸蒸日上，他依然保持

着这个风里来浪里去的习惯，刮风下雨都不曾改变。他的名字叫沈和文，这个名字真应该从事文化工作，不过，我一直觉得最大的文化就是经营生活。

这位阿婆 90 多岁了，最让我奇怪的不是她这么高龄还能下海，而是她这把年纪，居然皮肤那么紧致光滑，瞧瞧这张被海风吹得红彤彤的脸，不但不松弛，而且几乎是连皱纹都没长。“莫非海风有抗氧化作用？”除了这个解释，我真想不出其他的。记得十年前我采访路过阿婆家，阿婆的老伴形容憔悴地在晒太阳，阿婆正从海里上来，卖了海产品眯着眼睛在阳光下数钱。十年过去了，老头子被岁月带走了，阿婆依然天天赶小海，让人不得不相信那句话：“只有坐死的小姐，没有做死的丫鬟。”

夕阳西下，金光洒满整片西沪港，三三两两的村民们卷着裤腿挑着小海鲜走向农家乐，落日的余光洒在他们的脸上，那么动人。真想为他们写一篇热情的诗。

尾/篇

当海风吹起长裙，海鸥在你身边围绕，云雾儿满海岛，你被自己感动了，各种诗情画意都来了。可海鸥依然心无旁骛地散着步，渔嫂淡然地把煎饼翻了个面，问你“还要再来一个吗?”那一刻，感动可以有。我们乘风破浪而来，凭海临风寻找人生的洒脱和豪迈，可最终给我们心灵以滋养的还是这天地一般的从容。可我们还是要不断地出发，享受风浪过后那杯暖暖的茶。如果你还在犹豫去哪，那么就来我们象山吧！

象山海域面积 6618 平方公里，岛礁 656 个，海岸线 925 公里。来吧，暂时抛开柴米油盐酱醋茶，来亲近一下山海滩涂岛礁湾吧！

在渔山岛接受大海愉快的邀请

5月30日，也就是今年海钓节这一天早上，我出门时看了看手表，是4:50。真是不知有多久未曾在这么早的清晨里呼吸过室外的空气了，而这一口气吸进的清新空气真可以说抵得过一年。我的面前是整片海，一望无际又清澈透明，据说这里海水的能见度有十米。这是渔山岛。海风吹来，辽阔而温柔。“每个早晨的降临，都是一次愉快的邀请。”这个早晨，我感受到了大海愉快的邀请。

海让我分不清东西南北。遇见一位渔民，打着哈欠从自家门口出来。我看着他，想着每个人拥有了一样东西就不会珍惜啊，他看这片海就像看老伴一样，已经不再激动了。我说要看日出，他对我说往五虎礁方向走，那边是东。我立马调转方向，往五虎礁走去，走过一条小小的山路，惊起一滩鸥鹭，我心里有点遗憾，看来我这人俗气太重，无法令鸥鹭忘机。

几个彩色的帐篷出现在眼前，渔山岛已成了露营爱好者的天堂，以天为被，以地为庐，枕着涛声入眠，那真是大格局的人生啊！一边想一边走，马上看见五虎礁了，五块礁石如虎立海面，岁月中呈现出永不妥协的姿态。轻涛拍岸，一叶小舟嬉戏般游走在海面，海阔天空，那份博大深远，什么词都无法形容。因为是一个人，故只有凝视，只有沉思，只有完全无抵抗地被眼前雄伟壮观的风景融化。

自己是被自己感动了，可是却没有感动老天。估计也是感动了，下雨了，看日出计划宣布流产。我淋着雨想找一找前不见古人后不见来人的苍凉，可是海风带雨那就不是单薄的衣衫可以抵御得了，反正海在我的四面八方，回到宾馆照样看。我往回撤的时候想，难道老天爷让我不要做个勤快人吗？好不容易起个大早，可天道却未酬勤。

比我更惨的还有两位，居然比我出门还要早，居然不带伞就去看日出。这话听着自相矛盾，因为天气预报说有雨，我们是抱着万一预报有误的心态

你能想象这两扇窗属于同一个母亲吗?这房妈妈也太不公平了,北窗是海纳百川,南窗是面壁思过。

去的。所以说他俩成为落汤鸡是一点也不值得同情的。我是出门时福至心灵,带了把伞。我们一起住在梦洋宾馆。这宾馆就一层楼,楼里有一条过道,分成南北两面,我的窗口朝南,窗外是一堵小矮坡,他们的窗口朝北,窗外是整片的海。这仇一个晚上就报了,真爽。

接下去是出海采访海钓。8点钟,雨停了雾未散,雾把渔山岛装扮成了仙,海山仙子国在这一刻那么直观地出现在我面前,无须添加一丝半毫想象力。九点雾散后,我们坐上采访船,海钓的过程我在另一篇文章中已提及,这里就不赘述了。总之是看海钓手们一个个独立船头,只觉人生豪迈,觉得自己关在小屋子里写些小文章真不知道是在活点啥。人总是这样,在某个瞬间会全盘否定自己的生活,那一刻,的确有点想重新做人的感觉,想做个弄潮儿。

对于我来说,这次的最大收获是拍了一组超仙的照片,趁着和钓鱼船未相逢之际,我勇立潮头过了把明星瘾。同船的都是一流的摄影师,从相机到水平都一流。而我不走寻常路,有备而来穿了一袭长裙,那一刻用翩然若仙之类的词也是可以凑合一下的。

上岸后,一个麦饼筒又让我回到悠闲的状态,斗志全无了。做麦饼筒的这位和我一样不是渔山岛人,但和我不同的是,她有亲戚在这里:她姐姐嫁

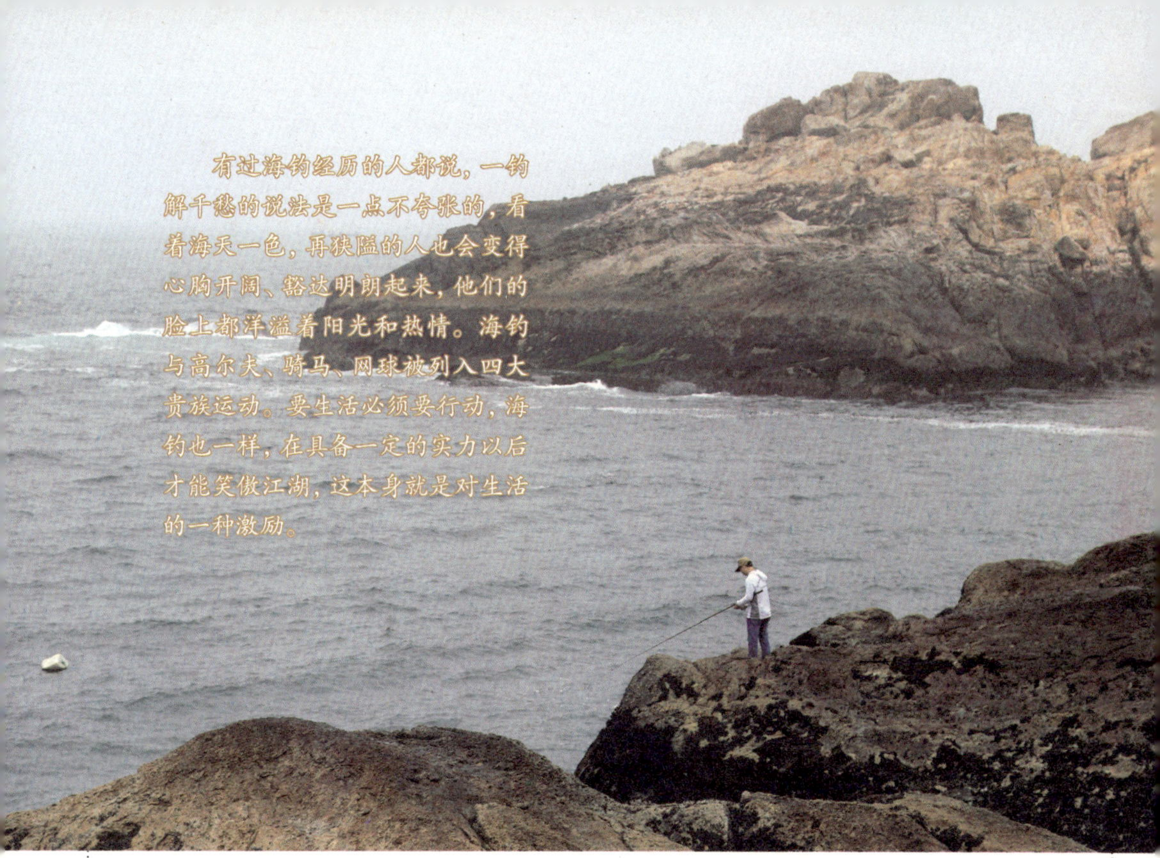

有过海钓经历的人都说，一钓解千愁的说法是一点不夸张的，看着海天一色，再狭隘的人也会变得心胸开阔、豁达明朗起来，他们的脸上都洋溢着阳光和热情。海钓与高尔夫、骑马、网球被列入四大贵族运动。要生活必须要行动，海钓也一样，在具备一定的实力以后才能笑傲江湖，这本身就是对生活的一种激励。

到了渔山岛，她是来帮姐姐打理麦饼筒生意的，她本人家住石浦。5月到10月是渔山岛的旅游旺季，这段时间尤其是周末，岛上游客天天有500人左右，这还是控制以后的人数。光麦饼筒一天就能卖好几百个。我如果有这么一个住渔山岛的姐姐，这门手艺我一定得学会，然后从5月住到10月。

和这片美丽纯净的海相比，这小渔村实在是太老太旧了，好像是一个满脸老年斑的老头娶了个花季少女般，好不搭调。可是老头也不容易啊，与世隔绝地陪着美人终老，心比石坚啊！我住的梦洋宾馆的老板名叫励茂盛，一直住在渔山岛。他有两个儿子。我问当年儿子读书怎么办？他说儿子读书时老婆住在石浦陪读。所以，在他们平静的背后，生活的艰辛几乎多如海底细沙。关于渔山人的生活不一一细述了，其实也许他们的烦恼并没有我们想象的多，人在单纯的环境里久了，并无过多的索求。想法少了，欲望少了，

需求少了，烦恼就少了。子非鱼，焉知鱼之乐？

尽管这渔村是依托，让我们在一片海面上落脚。但人到渔山岛，重点总是在看海看礁，那海天一色的壮阔让人仿佛能脱离世俗，清澈的海水把纯洁的精神植入身心。仿佛自己就是那海面上的一叶小舟一只海鸟，可以在蓝天飞翔随海水荡漾。海边的一块块岩石让人对岁月心生敬畏，沧海桑田上下五千年，此刻我与这片海的相逢不知是修了几世的缘！

要写尽渔山岛的美，给我一张天空一般大的纸也写不完，高度浓缩地说这片风景真的美丽了我的眼睛，纯净了我的心灵。在小屋子里写小文章时只要想到有那么一片辽阔的地方在不远处，想一遍就觉神清气爽，感官舒畅！也想着什么时候把文章写得好一些，用渔山岛一样的美丽笔迹记录下渔山岛的点点滴滴。

海钓：钓起一竿豪迈

“海钓锻炼了我的意志，要说带给我最大的改变，就是让我学会了忍耐。”此次海钓单尾第一的天津队队员韦坚说。他来自杭州，海钓的时间并不长，只有两年。他非常感谢此次组委会能不拘一格降人才，让他们这些非专业运动员也能参与比赛。“跟对队伍很重要。”韦坚开心地表示，他们这次收获的这条重达 6.04 公斤的鲈鱼是导钓员程永发钓到的，程永发是象山人，有着 20 多年的海钓经验。

尽管海钓只有两年，但是韦坚已经是“战功赫赫”：“一条鲨鱼就足够让我在海钓界站住脚了。”韦坚说他在帕劳海钓时钓上过一条鲨鱼，兴奋地抱着鲨鱼拍了好多照片后，毫不犹豫地放生了。对于海钓爱好

ark

者来说，并不是为了吃鱼而去钓，对一些珍贵鱼种他们都是放生的，还有一些普通的鲈鱼之类他们会带回家送人。“竿一扯，对未知的渴望那是最吸引我的。”韦坚说。他的脸上始终洋溢着一种近乎天真的热情，我看了看周围的海钓手，个个都是喜气洋洋的模样。是啊，常常乘风破浪让他们的心胸更宽广了，人在大海中，世俗生活的种种琐碎都变得不值得一提了。我想，这应该是海钓最大的魅力。

5 月 30 日，我们坐船去海钓现场采访。说是采访，不如说是观看，因为我们不是坐在海钓船上，每艘海钓船只限四名运动员、两名导钓员。那一天，雾特别大，整个海面像是罩了一层面纱，远处的岛屿，朦胧依稀，仿佛世外仙山一样。上午 9 点左右，雾慢慢散去，我们出发。

有 20 艘海钓船遍布渔山岛周边，所以，无处不相逢。看着运动员们拿着根钓竿凭海临风，豪迈之情无以言表。天光水影中时有海鸟翩跹，一座座

岛礁坚挺在海面上。岛礁和海鸟一静一动，一刚一柔，交相辉映。而渔船掀起层层细浪，满耳涛声中只见人儿稳立船头，潇洒挥竿，这画面真是天人合一。这澎湃的画面激起了内心所有的喜悦，“尽吸西江，细斟北斗，万象为宾客。叩舷独啸，不知今夕何夕。”的的确确，我想在这样的海面上，海钓手们收获的不仅是鱼，而是一种超脱豪迈的人生观。

渔山岛有“亚洲第一钓场”的美誉，有大小岛礁 23 个，海域水深 30 ~ 40 米，矶边水深 5 ~ 20 米，常年水清如碧。全年海钓时间长达 10 个月（每年的 3 月 —12 月），鱼种繁多，有真鲷、黑鲷、黄鳍鲷、石鲷、石斑鱼、鲈鱼等十五种名贵鱼种。日本、韩国、中国台湾的海钓者也时常专程来渔山岛进行海钓。

海钓和高尔夫、骑马、网球被列为四大贵族运动，一次海钓的成本是比较高的。但是我们不一定去海钓。在海钓的季节来一次渔山岛，只要你有一颗善于发现和容易感动的心，我相信，你收获的那种奋发的心情一定不亚于海钓手。

渔山岛的休闲时光

——写于上一次渔山岛行

一样的季节，一样的海风，一样的海钓节，机缘巧合，住的又是三年前的同一个小宾馆，叫其客栈更为合适。一样的胖胖的老板娘，好像更胖了一些，笑容也更温暖了，总觉得胖胖的老板娘给人以家的可靠和温暖。

第二天，我对老板娘提了个意见，我说昨天的炒面好像不太好吃。老板娘说：是的，因为一盆炒面分成了两盆装，料理都放在另一盆了。第二天她给我单独炒了一盆，那一盆炒面的量是我今生都难以忘怀的。我冒着撑破肚子的危险，把炒面吃完了，因为我要把这份盛情装进身体里。

老板娘这个客栈叫“五虎礁”，是名副其实的海景房，一溜小平屋奢侈地占用着海景资源，朴素的房子里没有一样实用品以外的装饰，似乎给我们提供了一种生活哲学，那就是我们需要的真的不多，然而我们真的已经拥有了很多。像我们这批来到小岛的人，一离开波涛汹涌的大海，一上岸就宾至如归，就有老板娘煮好了一大桌的菜，铺好了整洁的床，就可以穿一双拖鞋享受面朝大海春暖花开的陶醉。

走在小岛上，偶遇了三年前的老朋友，我问他："你还记得我吗？三年前我来过你家。"这位船老大真是怎么也想不起了，可我是怎么也不会忘记这张典型的渔民脸孔的，黝黑的脸，雪白的牙，还有那闪着光芒的双眼，用海明威的一句话说："他身上的一切都显得古老，除了那双眼睛，它们像海水一般，显得喜洋洋而不服输。"为了来这小岛，我特意又读了一遍《老人与海》，于是在岛上遇到的每个渔民，都是海明威书中那位可以被毁灭却不可以被打败的老人。

徐水良拿着一瓶啤酒坐在小店里当白开水喝。他说在这个岛上一住就是32年，如今儿子也和他一起在捕鱼。他还说了句很有哲理的话：生活本来就是空虚的，在这里却没感到怎么空虚。这不就是最好的一种生活状态吗，自己满足于自己的生活，在这个遗世独立的小岛上与世无争地活着。

这开小店的是他的小姨子。这瓶子里装的可都是香喷喷的饼干。这里的饼干不按斤两称，五毛钱一小袋，我买了十块钱，香了一个晚上。

这一位的辣螺酱是声名远播，她说来渔山岛 28 年了，这手艺也有那么多个年头了。记得当年挑着辣螺去丹城卖，真是会找地方，居然在工商所门口吆喝起买卖来了。

一般编剧也编不出这么好的情节啊，我又感叹了一回，艺术来源于生活啊。这样的笑容这样的经历，都像艺术一般给我们带来一种净化和升华。

海钓带给我们更多的是一种对生活的感恩。当你横渡大海时，那惊涛骇浪会告诉你在海上讨生活是多么不容易，像我们这样在陆地上生活的人是多么值得感恩。当你收起钓竿漫步在渔山岛时，知道海那边有一片净土，有朴实无华的人们，他们过着出没风波里却始终单纯温暖的生活！

我总是很不好意思，因为老有少见多怪的毛病。其实渔山岛我来过三回了，和大海更不是初相遇，可是这份深情却一如初遇。前两回来我都吐浪吐得比浪还厉害，一再发誓后会无期，可是好的事物就是这么邪门，它总是让人变得这么宽容，宁可辜负了自己也不能辜负了这份大美啊！我还是来了，渔山岛被我感动了，第三次我居然没晕船不吐浪了，上了岸没有说我不另类的。我很另类，在清一色裤装的人群中穿

着长裙。我只是想以此表示我隆重的心情，见一个高雅的朋友总不能穿得太随意。这份情，渔山岛领了，一日间它邀请风，邀请雨，邀请雾，然后盛情地邀请太阳出场，用这样的高规格招待我们。这是一场视觉的盛宴，海风把美浸润在心里，我想我们将会把心遗忘在岛上好多天，以报答这份美丽和深情。

人在渔山岛
一种博大的美充溢心头
岁月轮回,涛声依旧
日复一日,我们却总是让这片大美闲置
也可以说愿化作一只海鸟日日与之相伴
或者立成一座岛礁与海浪缠绵
其实,这些话都有些矫情了
只要我们认真地生活
总会有和风景相逢的时候
如果天天把自己搁在这片海岛
用一颗麻木的心是看不见动人心魄之美的

泰戈尔说：认识美需要克制和艰苦的探索，空虚的欲望宣扬的美是海市蜃楼。当我们完美地认识真理时，我们才真正地懂得美。完美地认识了真理，人的目光才纯净，心灵才圣洁，才能不受阻挠地看见世界各地蕴藏的欢乐。

所以，让我们不要动不动一封辞职信，说是去看世界，尽责任和看风景并不冲突啊！没有一颗坦荡的心，再博大的风景也仅仅只是眼中的风景，无法住到你的心里去。

衷心地希望有一天，我们一起到渔山岛，用清澈强大的灵魂和风景建立密不可分的关系。

远东第一灯塔

爱似灯塔在海上高照，它坚定地面对风暴，毫不摇荡；它是一颗星，把迷航的船引导，它的高度可测，价值不可测量。

——莎士比亚

后记

再看一遍这本《小村之恋》，我总结出里面用得最多的是“洁净”“愉快”“健康”“明朗”之类的字眼。是的，这正是书里的人物给我的感受：洁净、愉快、健康、明朗。

每一次当我感觉烦躁、疲惫甚至是迷茫的时候，是他们给了我指引和力量，尽管他们从来不会说类似心灵鸡汤的话，可是身教重于言传，看一眼他们行走在乡间田野、海塘船舱上充满活力的身影，便觉得一切不愉快都云淡风轻了。

现代人总是动不动就希望有一个小园儿两三亩地过过隐士生活。是的，把种田捕鱼当成一种娱乐是诗意的；可是把种田捕鱼当成一种生计，那就诗意不起来了。但是诗意绝不是一种空洞无聊，无病呻吟不是诗，踏雪寻梅才是诗。有梅无雪不精神，日暮诗成天又雪，与梅并作十分春。梅花傲雪是每一个劳动者的形象，所以说劳动者本身就是一首抒情诗。

路遥说过，他在稿纸上的劳动同父亲在土地上的劳动本质上是一样的。我想，如果路遥从事农业，他就是一个超级农业大户，就是以这一个人的敬业程度来讲，他是做什么都能做到极致的。以此类推，如果我从事农业呢？我想分给我几亩田我应该不会让它荒芜，但要满世界开荒，我应该没这个能耐，也没这么勤劳。世界上大多数是像我这样的人，也有一些比我还不如，会让田荒着的人，但世界上更有许多不遗余力奋力开拓开荒创造的人。

一事精致，便能动人，不管是种田捕鱼还是写书、从医、造房……谨以此书，向所有用心做事、做事精致的人们致敬！